# NIVLANDS

·美人醉·

新世界出版社
NEW WORLD PRESS

**图书在版编目（ＣＩＰ）数据**

九州幻想.美人醉/ 潘海天主编. -- 北京：新世界出版社，2011.7
ISBN 978-7-5104-1860-0

Ⅰ．①九… Ⅱ．①潘… Ⅲ．①中篇小说－小说集－中国－当代②短篇小说－小说集－中国－当代 Ⅳ．①I247.7

中国版本图书馆CIP数据核字(2011)第094584号

### 九州幻想·美人醉

作　　者：潘海天 主编
责任编辑：熊嵩
封面设计：陈微微
责任印制：李一鸣 黄厚清
出版发行：新世界出版社
社　　址：北京西城区百万庄大街24号（100037）
发 行 部：（010）6899 5968 （010）6899 8733（传真）
总 编 室：（010）6899 5424 （010）6832 6679（传真）
http://www.nwp.cn
http://www.newworld-press.com
版 权 部：+8610 6899 6306
版权部电子信箱：frank@nwp.com.cn
印　　刷：北京中印联印务有限公司
经　　销：新华书店
开　　本：700×1000 1/16
字　　数：200千字　印张：12.5
版　　次：2011年7月第1版　2011年7月第1次印刷
书　　号：ISBN 978-7-5104-1860-0
定　　价：12.00元

**版权所有，侵权必究**

凡购本社图书，如有缺页、倒页、脱页等印装错误，可随时退换。
客服电话：（010）6899 8638

# 唯有夏天是永恒

【文】阿豚

春困秋乏夏打盹，睡不醒的冬三月。

上海的夏天终于到了，昨天在编辑部楼下的小河边见到一只水鸟，极轻快地扑向水面又腾起，爪子里已握住一条朱红的小鱼。我在那一刻想象它必然有个家庭，或许还有同族，就如《里约大冒险》那样，有一个热闹的天堂在水草上下——上面是鸟的，下面是鱼的，鸟生鱼汤，其乐未央，人类算什么，世界根本不需要。

昨夜跟一个很久没联系的老朋友聊天，这哥们喝醉了——当然，他不是美人，但确实是个才子。

他说：大刘在前，再写什么也是白费。

他说：这个世界，那么多人，那么多人在写，全都在瞎鸡巴写，被碾得粉碎。

我这个朋友是个生意人，属于《少林足球》中所说的"我一秒钟几十万上下"那种，我问他为什么写小说？

他的回答是，为了震撼到自己的灵魂。

灵魂，初生之时孱弱如最幼细的苗，轻薄透明，无色无味，历经岁月和宇宙尘的洗礼，承蒙人类文明精华为滋养，再摔过多少跟头，经历多少风雨，受过多少摧残，向过多少光芒，捱过多少阴霾，方才在二三十年后成了自己，成为"我"。

亿万个"我"，应各有不同，我生平最恨"雷同"，今天的云抄袭昨天的云，明天的你重复今天的我，放眼望去，浮生如蝼蚁，攒动如万千雨滴，自天上来，往渠沟去，生命短暂得就像一场雨，我们落地的一瞬间便尘归尘、土归土……奔跑得太快，灵魂还挂在半空中，飘飘荡荡。

我有很多爱喝酒的朋友，有男有女，他们往往独酌于千里之外，喝多了就找人说话，尤爱找我。

因为我是一枚优质且免费的树洞。

传说，如果心中有什么梗阻的心事，却找不到合适的人倾吐，便去山上林间，找一棵大树，对着它身上的树洞说个够——然后，别忘记用泥巴封住。

其实我更像是一盘空白磁带，录下朋友甲的故事，又录下朋友乙的故事……循环录制，不断覆盖，每一个倾诉者都是上一个倾诉者的泥巴封印，而我已经分不清那么多，它们多得足以拍成三百集电视剧。

那喝醉的朋友，往往会在电话那头醺醺然地说：

"呵……我的故事是不是很俗套，很狗血？"

"还好吧，"我静静地回答，"大家都是这么过来的。"

"你有什么心事的时候，一定要找我说哦。"我的朋友在结束电话的时候，往往也会这样加上一句，作为一种回报的承诺。

"一定的。"我也诚恳地回答。

但我很少去寻找"树洞",在听过了那么多人和事以后,我发觉并没有什么好诉说的了。

……一样的爱,一样的恨,一样的纠结,一样的摆脱,一样的欢喜,一样的失落,一样的激动,一样的麻木。

下辈子,我希望认识新的朋友,爱上新的人,就像三毛对荷西说的那样。

她有一首诗,《说给自己听》,抄给你们看:

如果有来生

要做一棵树

站成永恒

没有悲欢的姿势

一半在尘土里安详

一半在风里飞扬

一半洒落阴凉

一半沐浴阳光

非常沉默非常骄傲

从不依靠从不寻找

如果要我附加一个条件的话,我希望我变成的那棵树,它腰间仍有一个温暖光滑的树洞,成为那些寻找主人的灵魂们的临时庇护所,不然,斯诚寂寞也。

如果我是一棵树,最爱的就是夏天。

春天如童年,夏天如少年,秋天如中年,冬天如死者。

唯有夏天,枝叶甫成,烈日骄阳,热力无限,翠鸟伫立于枝头,甲虫漫步于叶底。远山钟声绵延,不绝如缕;脚边情侣相拥,互诉衷肠。忽而暴雨,忽而轻风,时间像落进了半透明的果冻,万物拥有着无尽的未来与可能——还没有到最繁盛的秋天,而繁盛之后便是衰败。

在最遥远的未来,也许所有的基本粒子再度变成一锅热汤,我们脆弱、疲惫的肉体与万古漂浮的灵魂们融为一体,来不及欣喜,就已经遗忘。那是无人持镰的收割日,那是众生的大欢喜,那将是新的文明诞生之前,最漫长的酷热之夏。

所以说,唯有夏天是永恒。

我的夏日午间呓语便到此为止,或许这将是我在《九州幻想》上的最后一篇卷首语,我写得很艰难,读者大概也会觉得无甚趣味,好在,这就要结束了。

最后,推荐一部电影给或醉或醒的你我。

"我们走得太快了,灵魂还没有跟上来。"

——《云上的日子》,安东尼奥尼导演,1995年。

秘密 异想天开 古典风潮 文学 及其他
ODYSSEY OF CHINA

# Contents
## 目 录

**001**
星海彼岸/苏学军

**030**
九州·莲花塔/谈骁

**087**
九州·冰泉酒/黑火

**101**
九州·擎梁山往事/宛在水中央

**116**
南屏晚钟/郭步调

**146**
闲话九州/恰好

**150**
九州百业/巫妖

**152**
燕垒怪谈之三/燕垒生

**156**
寒武纪·九州·雪遇/王姑娘

**166**
老鱼有话说/老鱼

**168**
天启都市报/恰好

**170**
老妖大爆炸/水泡

**171**
南淮一页/可可欠

**173**
2050年的语文课本/潘海天

**190**
编辑部涂鸦板/编辑部众人

**192**
卮言小语/骑桶人

**193**
周边商品表/可可欠

九州小说/设定构想/周边八卦投稿信箱：
恰好：Lbfqiahao@live.cn 老鱼：Oldfish9@live.cn

泛奇幻/科幻/青春/童话/小说类投稿信箱：
骑桶人：qitongren@gmail.com 老鱼：Oldfish9@live.cn

投稿详情请见：http://bbs.9zfun.com/thread-6177-1-1.html

# 星海彼岸

【文】苏学军

## 流星

　　星际航船穿越一个个星系，在亘古的宇宙中流浪。

　　没有人知道它航行了多远，迎面而来的星系在资料库中没有一点记载。它在向着一片未知的领域前进。

　　更没有人知道它航行了多久，它早已与母星失去了联系，甚至母星是否还存在也未可知……

　　它花费了漫长的时间，跨越了半个宇宙……

　　它，到底在探索什么？

　　航船在绝大部分时间里完全是一块毫无声息的石头，只有在掠过恒星进行加速的时候才发出那么一点微光。它所要完成的使命太渺茫了，它最终的可能就是化作宇宙中的一粒微尘。

　　终于有那么一天，它来到了这里。

　　探测器悄然扫描着这片空域，几秒钟的时间里，浩如烟海的资料涌入主机进行检索、筛选……这项工作早已使主机厌烦了，这么遥远的航程，却没有发现一点线索。可是这一次，一个重要的数据跃然而出，主机立刻开动了所有资源进行分析……过了几毫秒……可以确认了，这就是它的目的地。

　　主机唤醒了飞船……发动机开始为飞船减速……航向对准那个星系……船舱内灯火通明……船员们正在从休眠中醒来……

船员们围绕在全息星图旁,欣喜万分地观赏着那颗蔚蓝色的行星,主体构造吻合……大气成分吻合……运行轨道吻合……毫无疑问,这就是他们用尽一生在寻找的星球。

舷窗外还看不到星球那晶莹剔透的蓝色身影,它还处在几亿公里外的深空中,但是与飞船所经历的航程相比,这点距离是那么微不足道。

航船像一颗耀眼的流星向着星球逝去……

## 峡谷

践远弯着腰在田里收割麦子。

一手挽住麦杆儿,一手用石刀切割着……

他已经干了一个上午,身后割下的麦秸堆成了小山。他的身体几乎淹没在麦丛中,在烈日的暴晒下,汗水不断从额头落在田间,腰部从酸痛渐渐变得几无知觉,手掌上的水泡已经磨破,被汗水浸着,一阵阵刺痛。

他停下来,挺了挺僵直的腰部,向四周望去。在他的周围还有几千族众在紧张劳作,这差不多是部族全部的人口了,就连能走路的孩子也蹒跚着在田间拣拾麦穗。践远看着他们,从一阵阵欢声笑语中,他能感受到丰收的喜悦。他也很开心,于是呵呵地笑了起来。

他把目光放得更远。

这是一片扇形的山间谷地。两道高不可攀的峭壁沿着扇骨的外缘,夹住了山谷;弧形的一面是波涛汹涌的海岸线;在扇柄的夹角处,一道巨大的瀑布从天而降,汇成了穿越谷地流向大海的无名小河,这条河滋润了两侧的谷地,是部族的母亲河,可是……

星球表面绝大部分被海水覆盖,一年之中不是阴雨绵绵就是暴雨倾盆,难得见到几天太阳。这条小河现在看来温顺而平静,可是它随时会在电闪雷鸣中展现出另一副可怕的面孔。

部族就生存在这一小块山间平原上,主要依靠种植谷物为生,当然他们偶尔也会驾驶独木舟出海捕鱼,但那是一件极其危险的事情,变幻无常的海面随时会掀起滔天巨浪,海中的生物也大都凶猛异常,不到万不得已部族是不会涉足海洋的。

温暖的气候,肥沃的土壤和充沛的水量使谷地非常适合谷类的种植,农作物一年可以成熟好几季,然而这里决不是部族生存的天堂,突然而降的大雨会让瀑布变成咆哮的山洪,暴涨的小河会瞬间淹没整个平原,辛苦了几个月的部族就只有眼睁

睁地看着劳动成果被一粒不剩地冲入大海。

今年是个数十年不遇的丰收年,几个月的时间里,竟然有多一半是晴天,雨水虽然依旧充沛,却没有引发山洪,小河的流水恰好灌溉了田野。金色的麦海从小河两岸一直蔓延到山脚下的峭壁边缘,每一颗麦穗都十分饱满。践远欣喜地望着一望无际的麦田,心里盘算着:再有两天,收割作业就可以完成,这一季的收成大概够部族一年的粮食了吧,大家终于不用在饥饿中挣扎度日了,自己也可以有时间去钻研石壁上的神谕了,那上面一定记载着使部族真正摆脱困境的办法。

一个五六岁的男孩捧着一个陶罐走过来。

"阿爸,吃饱了才有力气干活。"男孩稚嫩的声音在男人心里荡起一丝暖意。

践远接过陶罐放在地上,一把抱起儿子,举过头顶。男孩高高地俯视着原野,咯咯地笑个不停。践远也跟着哈哈大笑起来。

父子二人的笑声在山谷间回荡,部族的人们纷纷停下手里的活,笑吟吟地注视着他们。

突然之间,践远的笑声戛然而止。他呆呆地望着远方的天际,一片浓重的乌云正从那里升起。

乌云的浮现就像是拉响了战斗警报,部族的每个人立刻陷入近乎疯狂的工作状态。

乌云的动作更快,几乎是在眨眼间就已遮盖了天空,天地间顿时昏暗一团,大雨倾盆而下。

星球上的雷雨天气是极为可怕的,闪电如蛛网一般在云端此起彼伏,震耳欲聋的雷声响成一片,雨水密集得分不出雨点,整个世界仿佛都沉入水底。

水像是从地面渗出来一般,飞快地没过了脚面,又没过膝盖,金黄的麦田也不见了,只剩下一片苍白的水面……

践远茫然四顾,族众们开始向山洞中转运割下的麦子,还有几个人不甘心地在水中摸索着麦田。

必须要撤回高处的洞中去了,山洪随时会前来卷走一切,刚才还平静的峡谷现在变得极度危险。两天呀,只需要两天,这个吝啬的世界却不给他机会……

践远仰天发出一声无奈的长啸……

困境

夜深了,洞中的最后一堆篝火也已熄灭,一天的劳累和紧张使人们进入了睡梦。

　　践远倚靠在洞口附近，默默望着外面。雨下到现在，丝毫没有停歇的迹象，反而愈下愈大，轰鸣的水声与滚滚的雷声响成一团，一道道电光不时照亮践远那严峻的脸庞。

　　他曾经期望这只是忽来忽去的阵雨，那样被水淹的麦子还有救，多少会挽回一些损失，但是雨下到现在，他已经不抱任何希望。

　　一阵经久不息的咆哮声隐约传来，转瞬间就变得震耳欲聋。熟睡的人们被惊醒了，人们在恐慌中交头接耳，有几个人靠近洞口向外张望，又垂头丧气地退了回去。

　　山洪来了，在山顶之上凝聚的庞大力量终于倾泻而下，沿着瀑布，沿着小河，把山谷中的一切卷入大海，那片金色的麦田，部族几个月的心血全都完了。

　　从已往的经验判断，这场雨下个十天半月，在星球上是平常的事情。

　　践远的心中虽然沉重却没有过分的悲痛，虽然他担任首领的时间并不算长，但眼前的一幕已经上演过好几次，这或许就是部族的命运。其实比起多少次的颗粒无收，这次的情况算好的了，收割的粮食除了保留一部分作为种子，剩下的还足够部族吃上三四个月，到那时，下一季麦子估计也快成熟了，山谷间又将是一片金黄。

　　他现在的思绪飘得很远。

　　部族是从何处迁徙而来，并在这道峡谷定居的，族里最长寿的老人也不知道，通天洞石壁上的神谕中同样没有记载。

　　从童年开始学习文字的时候，践远就在思考这个问题，那些复杂的文字绝对不是这个小小的部族所能够发明出来的，况且还有一些深奥的文字，族人们虽然在流传着，却不明白它们的含义。他断定在世界的其他地方一定存在着一个庞大、富庶、文明的人类群体，部族大概是因为某种原因从这个群体中脱离出来，单独去寻找新的栖息地，并最终被困在这里。

　　这道山谷虽然肥沃，却并不适合部族生存，它的地势太低洼了，一遇大些的降水就会化成一片泽国，要不是峭壁上存在着一些可以避难的洞穴，部族也肯定早就葬身于洪水中了。

　　年轻时代的践远曾经对周围的峭壁和那道瀑布进行过多次探索，他试图找到一条能够通向外界的山路，但是没有一次成功。环抱山谷的峭壁像是天造地就的城墙，表面光滑严密，寸草不生，很难找到可供攀爬的岩缝。有两次，践远以为找到了路，但没到半山腰就被垂直的峭壁拦住了。瀑布从天而降的部位是两道峭壁的交界处，似乎存在着可以攀援的岩缝，但飞泻直下的水流冲得人根本站不住脚，更别说向上攀登了。践远为此摔断了一条腿，现在走起路来还有些跛。

　　践远又想到了大海,他曾经划着独木舟,期望能够沿着海岸线绕过山脉,可山谷两侧的山脉绵延不绝,一座比一座高大陡峭,到最后密集的礁盘深入大海,阻断了去路,他尝试了几次,险些船毁人亡,只得放弃。

　　他向大海深处眺望,难道部族是从海的另一端来的?但是他立刻就否定了这个想法,这片无边无际的大海大概是自然界最凶险的所在了,即使在岸边你都能感受到那惊涛骇浪的毁灭力量,可以想象大海深处会是一幅多么恐怖的景象,何况海中还游弋着数不清的巨大海兽,它们可以轻易地将船只打得粉碎,事实上根本不可能有一艘人类的航船能够穿越这片地狱之海。

　　践远飞快地长大,后来成了部族的首领,他的全部精力都放在部族的事务上,保证族人们不受饥饿的威胁已经让他伤透了脑筋,他很少再思考其他问题,但是他始终相信,只有离开这里,找到一片没有洪水困扰的肥沃土地,才是部族唯一的出路;而部族既然能够迁徙到这里来,有一天也一定可以离开。这一点在神谕上也有明示:你们是大地的精灵,你们受到众神的宠爱,在经历了神的考验之后,神将给你们一个美丽的新世界。

　　所以生活虽然如此艰难,践远却并没有感觉到绝望。但是他并没有想到,这场雨会持续那么久。

## 神谕

　　十天过去了……

　　一个月……

　　两个月……

　　出乎践远的预料,雨一直没有停。世界似乎成了一个被颠倒的沙漏,海洋仿佛就悬在空中,正倾泻下来重新汇聚成海。践远每天都在洞口观望一阵,乌云遮盖了天空,外面漆黑一片,只有雨声喧嚣不绝,似乎永远也不会停止。有的时候,他恍惚看到天边透出了橙黄的微光,雨也小了许多,似乎随时都会放晴,可是过了一阵,乌云重新合拢,雨声的轰鸣再起,并且有愈演愈烈的趋势。

　　没有太阳就没法晾晒麦子,幸好族人们带回了大量麦秸,才能够用篝火烘烤麦穗,使麦粒脱壳,但是得到的粮食随着雨季的延续越来越少,现在每顿饭都是清得见底的米汤了。

　　雨还在无休止地下,峡谷里一片汪洋,水面还在不住上涨,淹没了部族曾经居住的洞穴,人们已经向上层洞穴搬了两次家。

践远的心也渐渐焦虑起来，不过他表面上仍然若无其事，族人们的眼睛都看着他呢，他们不安的心情需要他用自己的镇定和自信去抚慰。但是他也是一个普通的人类，他也有迷惘和茫然，也有孤独与无助，他又能向谁去寻求解脱呢？

通天洞高高地处在部族居住的洞穴群上方，要到达那里需要从部族最上层的洞穴再攀爬一道十余米高的石缝才能到达，在风雨交加的天气前往那里要冒一定的风险。

山洞的洞口狭窄细长，人匍匐着才能爬进去，洞内的空间也不大，只能容纳五六个人。那只是个普通的岩洞，但是内侧的洞壁却像镜子一样平整光滑，绝非天然，而且以部族的能力也根本不可能做到。洞壁的左上角刻着著名的神谕：你们是大地的精灵，你们受到众神的宠爱，在经历了神的考验之后，神将给你们一个美丽的新世界。正是这些文字让部族一次次从绝望中坚持下来，并最终走到了现在。

践远到洞中来的次数越来越频繁，逗留的时间越来越久，他是期望从神的信仰中得到信心，还是在向神寻求部族的希望？

大部分洞壁上还密密麻麻地刻着神启，部族用了几代人的智慧也只能读懂前面的一小部分。神需要树来为你们开启通往新世界的天梯，神还需要一面旗帜来书写神的史诗，神还要你们……

谷地中贴近峭壁的一小块高地，曾经是部族最好的田地，那里的庄稼长得最茂盛，一般也不会被洪水淹没，现在那里种植着一片树林，树木都已经成材，真的像天梯一样直刺云端。

在部族最大的洞厅里，妇女们一有时间就用神启上记载的繁琐方法编制一面巨大的旗帜，那是一件艰苦的工作，经历了几代人的努力和失败，现在终于接近完成。

神还有许多莫名其妙的要求，比如一条长得出奇的绳索，和许多奇形怪状的器物，没人知道它们的作用，但部族都在努力制作，他们相信当神的考验完成之后，神就会降临，带给他们一个美丽的世界。

践远坐在石壁前，有时一坐就是一天。他的眼睛久久地注视着那些浩如烟海的文字，他清楚地知道这些字可以为部族打开一个难以想象的天地，可惜能够读懂的不到千分之一，即使读懂的也是一知半解，迷惑重重。石壁上还有一小半的空间是空白的，一个字也没有，黑沉沉的像是一团看不破的夜雾，但是那更加深了践远的想象空间，让他的思绪飘得很远很远……

在没事的时候，践远总是喜欢在石壁前打坐，他希望从神谕领会更多的含义，虽然总是徒劳无功，但是他至少从中汲取了更加坚定的信念，作为首领，这无疑是极为重要的。

但是现在，他的心中是那么脆弱和无助。他在一遍又一遍向银色女神祈祷。雨终于小了，乌云的缝隙中透过了几缕天光，可是部族的粮食也所剩无几，至多再坚持两三天就会断粮，然而山谷中的洪水退去还要七八天，然后耕田播种，及至庄稼成熟至少要两个月，这段时间部族靠什么维持呢？即使把种子吃掉也坚持不了那么久呀。

一个高大但有些驼背的身影出现在践远身后。

"父亲。"践远的声音低沉无力。

"神是我们万能的救主，但是枉自在这里祈祷，是不会得到神的怜悯的，只有通过神的考验，我们才能得到她的救赎。"老人虔诚地望着石壁，声音苍老但浑厚。

践远的眼前一亮，霍地站起身："我明白该怎么做了，我现在就组织人出海捕鱼。"

老人的手有力地放在践远肩头："族人们还需要你，神也需要你完成历练，我这把老骨头随便埋在哪里都行。"

### 潮起

此刻应该是正午时分，但是从洞口向外望去却灰暗如黄昏一般，乌云不断变换，如同一幅无法看懂的水墨画，闪电停止了，雨小了许多，但还在下。峡谷已经被水完全淹没，离地十余米的部族洞穴现在伸手就能触到水面，两侧的峭壁像两把利刃插入大海，使峡谷成了一个天然的海港。

八只独木舟从洞口推入水中，每只上面三个人，一共二十四个壮年男子承载着部族的希望向辽阔的大海驶去。

践远和族人们站在洞口目送他们离去。

老人就在最前面的独木舟上，目光一直望着大海，始终没有回头。

送行的人们逐渐散去，践远还默默伫立在洞口，儿子践翎站在他身边，一边拉着他的手，一边把头偎在践远身上。这个孩子已经从父亲的沉默中明白了许多东西。

独木舟越来越远，渐渐变成几个黑点，最后什么也看不见了。

践远怅然若失，像是生命中的某些东西突然消失不见了。

这个时候，在海天交界的地方，乌云突然裂开了几道缝隙，几束耀眼的阳光透射而下，在海面上反射起金色的闪光。

践远的手颤抖着,他的眼中突然亮起希望的光。

神迹,这是神迹啊,是神在向我们昭示一个美好的未来吗?

仿佛是在应验践远的猜测,傍晚的时候,雨终于停了,乌云悄然散去,露出一天繁星。

多少天没有合眼的践远放心地安然睡去。

然而星球上那多变的天气恐怕连神也无法预测。午夜过后,践远被一种越来越强烈的凄厉的啸声惊醒了。他马上意识到,风,起风了。他踉跄着奔向洞口。风虽然对部族没有什么威胁,可是对于在海上航行的人却是致命的。

风很大,践远站在洞口要扶着洞壁才能站稳,风是向着大海的方向吹的,这说明父亲他们会被风吹得越来越远。更让他惊惶的是,他在星空中看到了两轮盈白的月亮。

两轮月亮同时出现于天空在行星上是个罕见的天象,大概每过几年才能出现一次,它们巨大的潮汐力量将在行星表面掀起一场大潮。

践远颓然跪在洞口,他竭力向黑沉沉的海面眺望,他似乎看到父亲正带着族人们在风暴中奋力搏斗。他感到自己是那么的渺小,他只有一遍又一遍向银色女神祈祷,期望她能够在这个残酷的世界中创造一丝奇迹。

双月凌空的时候,老人的心中也是一沉。他茫然四顾,水手们也正惊慌地望着他,他们之外是没有边际的大海。风这么大,他们不可能逆风返回峡谷了,现在只有依靠自己的力量去与罕见的大潮对抗了。

刚才还平静的海面骤然荡起了波澜。老人呼唤各船尽量聚集在一起,以免失散。平原般的海面变成了一片绵延不绝的丘陵,山丘一般的巨浪不断向这些渺小而脆弱的独木舟涌来。人们竭力控制着独木舟,一会儿冲上浪峰,一会儿又落入浪底。

浪越来越大,越来越密集,与强大的自然力相比,人类的努力是徒劳的,一艘独木舟刚刚从一个巨浪中穿出,就被另一个巨浪压了下去,再也没露出水面,上面的人甚至连一声呼喊也没能发出。

老人奋力与风浪搏斗着,他必须使船头与巨浪垂直,一点点的偏离都会让独木舟倾覆。随波逐流中,他的眼前一会儿是迷乱的星空,一会儿是深渊一般的海面。他知道,这样下去,他们根本坚持不了多久,随时可能会葬身海底,然而除了绝望的挣扎,他们还能做什么呢?

情急之间,老人看到了捕鱼用的绳索。那些绳索是按照神谕上记载的办法用树皮搓成的,坚固异常,原本是用来捕鱼的,一端系在鱼叉尾部,一端系在船上,海

中的鱼类大多体形庞大，生性凶猛，鱼叉即使击中目标也很难致命，只有用绳索牵着猎物在海中遛到其筋疲力尽才能捕杀。

聚在老人左右的有四只独木舟，远处还有几艘在浪间起伏，老人示意他们靠拢过来，用绳索把船相互绑在一起。

这个动作看似简单，但在惊涛骇浪中却是极为困难并且危险万分的，靠得太近，就很可能相互撞得粉碎，太远了又根本无法达成目的。他们只能互掷绳索，然后拉着绳索一点点靠近，一边还要撑着桨使他们不至于靠近得太快。

这段时间并不长，但对于他们来说仿佛过了一年，所有人都累得筋疲力尽，躺在船上动弹不得。最终有五只独木舟捆绑在一起，形成了一艘大船，果然平稳了许多，虽然仍旧颠簸得厉害，倾覆的危险却小了许多。

老人心中一阵欣慰，现在大概可以逃过一劫了吧，况且这个应急的办法以后可以让部族建造更大的船，也就能捕捉更大的鱼了。他举目寻找其它的独木舟，但视野中只有滚滚而来的海浪。这个时候，老人的目光穿过层层波浪，无意间望向海天线，他顿时惊呆了。

在双月与繁星的照耀下，海面上能见度很高，老人看到在海天线上出现了一道白线，那白线从天边越升越高，就像一片乌云一直升起，飞速地吞噬着接近海面的星辰。老人知道那是什么，那是星球上最恐怖最具破坏力的自然现象：海啸。那道直冲天际的白线是由百米高的海浪形成的，它们扫过的星球表面，一切都将荡然无存……

"神啊，您的考验竟然这般残酷吗？"

老人颓然跌坐在船头。


## 潮落

海啸在黎明时分抵达峡谷，海水突然上涨了近百米，一下子将峡谷全部淹没，只剩两道峭壁的顶部露出水面。在海啸到来前，践远带领全族临时用石块封闭了洞口，但还是有两个下层洞穴被淹没，七十余人葬身大海。

这一切发生的时间不到一个小时，而后海水像一个得意洋洋的破坏者，反身退去。

假如怒火可以燃烧，践远一定会化成扯地连天的烈焰将海啸挡在峡谷之外，可是他的身体在强大无比的自然界中是那么的不值一提，除了苦笑，他甚至不能表现出他的愤怒和绝望，他只能徒然地等待平原重新露出水面，然后在上面重复日复一日的耕耘。

两天后洪水全部退去，久违的黑色土地终于显露出来，部族再一次从灭亡的边缘起死回生。奄奄一息的人们开始在平原上忙碌，他们需要尽快把种子播种下去，并期待着一次梦想中的丰收。

践远惊异地发现，矗立在峡谷高地上的森林竟然安然无恙，它们的根一定深深地扎入了岩缝深处，那顽强的生命力让他感慨万千。

他把目光投向大海的方向，现在的大海风平浪静，微微的波澜反射着万点阳光，几只不知名的大鸟在海面上翱翔，让人无法想象它几天前暴怒的样子，但是践远知道，父亲永远不可能再回来了。

老人从昏迷中醒来，睁开眼就看到了明媚而刺眼的阳光，难道自己已经来到了天国吗？不过冰冷的海水让他回到了现实。他发现自己仰卧在一艘独木舟上。他想坐起身，可是根本动弹不得，整个身体好像除了大脑还在运转，其它部分都已离他而去。

他还记得失去知觉前的景象：巨浪像一群疯狂的野兽围着独木舟撕咬；同伴们一个个被卷走，濒死的悲鸣在风中一闪就听不到了；捆绑独木舟的绳索在一根根断裂；接着，铺天盖地的巨浪之墙轰然撞击过来，一切都变得粉碎……现在海啸已经过去，大海呈现出一派风和日丽的景象，老人甚至出现了短暂的幻觉，他觉得自己又回到了童年时代，母亲正把他温柔地揽在怀中轻轻摇动，但是他马上就清醒过来。他艰难地挪动头部，向周围观望，看不到一个同伴，甚至看不到一块木头或是一段绳索，无际的海面上只有他一人一舟在漂荡。

过了一阵，老人终于积攒起一些力气，他挣扎着坐了起来，再次极目眺望，过了良久，他意识到只有他一个人幸存下来。一段绳索缠在他的腰间，另一端系在独木舟上，如果不是这个巧合，他恐怕也早就沉入大海了。不过老人的命运可能比死去的人还要悲惨，独木舟里只剩下一支长矛，他只能随着独木舟漫无目的地漂泊，直到饥饿慢慢夺去他的生命。

老人出奇地平静。岁月的历练已经让他看破了生死的界限。他坐在船头上，看着瑰丽的朝阳和湛蓝色的大海。他回忆着自己的一生，虽然他和部族始终在艰难和困苦中挣扎，但现在看来却充满了乐趣，那是生命所赋予的最简单也最美好的快乐……

一道风帆一样的背鳍在附近的海面划过，又没入水中，打断了老人的思绪。不久，它再次出现，这次距离更近了，背鳍前面还露出了一个庞大而丑陋的头颅。这是一只被部族称作海丘的海兽，它的实际体积有小山丘那么巨大，不过与海中的大

多数海兽比较，它的性情比较温顺，属于食腐生物，现在它大概看到老人已是奄奄一息，才游了过来。

一道漩涡骤然在海面形成，独木舟恰好处在漩涡核心，像一只失控的野马在疯狂地旋转。它来了。它已经在独木舟下面张开了大嘴，等待老人落入口中。

老人手中紧紧抱着长矛，等待着最后时刻的到来。

老人并不仇恨这只海兽，作为生命，捕食是它生存的本能，人类也是一样；他也并不想去捕获它，它是那样的庞大，即使是几十个人类聚集在一起也休想杀死它；但是老人仍旧准备用尽力气进行反击，那是他对命运最后的抗争。

随着一阵巨浪掀起，海丘的头颅像山峰一般从海面耸立而起。老人发觉自己已经置身于海丘的血盆大口之中，两排惨白的板牙正在头顶上合拢，自己的身体正向一个无底的黑渊下坠。

这个时候，老人挺起长矛，奋力向海丘暗红色的喉咙刺去……

落日已经从海面隐去，只剩下一片绯红的晚霞游动在天边。

人们仍旧埋头在田间忙碌，平原表面最上层的土壤由于海水的浸泡而充满盐分，需要铲掉，田间的灌溉沟渠需要重新挖掘……他们的劳作还是很有成效的，有几块田已经插上了秧。

天色更晚了，但还是没人停下来。践远也一言不发，回到洞中又怎样呢？那里除了一些种子，再没有一粒粮食，等待他们的只有饥饿和漫长的黑夜，也许让他们留在田野中更好些，劳动可以让他们看到丰收的希望，而希望也许可以让他们暂时忘记饥饿。

海岸附近突然传来一阵呼喊声。

是父亲回来了吗？践远一阵惊喜，扔下石锄，向海边跑去。

海岸线上，一头巨大的海兽被海水冲上岸来。它肯定才死去不久，身体还没有腐烂，看样子够部族吃上几个月。

人们跪在海兽周围虔诚地祈祷，他们相信一定是神将其送上岸，以此来挽救众人的生命。

之后，他们开始切割海兽，把割下来的肉块运往洞穴深处储藏起来。不久，人们在海兽的口腔中发现了一支穿透了海兽大脑的长矛。

践远手捧着长矛，久久向黑沉沉的大海眺望。星光下，依稀可见他的眼中饱含着泪水。

## 幻灭

生命的种子已经埋下，人们在天天关注着天气的变化，期望着田野中的种子生根、发芽、成长、结出丰硕的果实；星空之上，是否冥冥中也有一双眼睛在注视着这个小小的部族，并祝愿他们繁荣、发展，创造出一个灿烂的文明？

等待收获的那些天里，人们并不轻松，虽然没有再遭遇暴雨和山洪，但降雨却几乎没有断过，小河的水位一直很高。践远带着男人们整天在小河两岸修建一道堤坝。已经记不清从什么年代开始，部族就开始在河岸上建造堤坝，但它总是被洪水冲得无影无踪，可是为了生存，部族就像是蚂蚁一样，执着地一遍又一遍重复祖先们的工作，即使明知它根本没有建成的那一天。

女人们除了做饭，就在洞中忙碌着制作神谕中神需要的物品，虽然那些东西是那么复杂，很多甚至根本无从着手，但那似乎是部族获得新生的唯一希望。

践远每天晚上还是要对着神谕面壁沉思，不过他现在多了一个学生。他开始教授儿子践翎学习文字。传说在远古时候，践远的祖上曾有缘觐见过银色女神，并得到了女神最初的教诲和启蒙，从此以后，每一代首领都出自践远的家族，有一天践翎也会接替践远成为部族新的首领。

践翎的智慧和学习能力要远远超过老成守旧的父亲，这让践远感到高兴。说不定有一天儿子会从神谕中领悟到更深奥的真谛，从而揭示出一个崭新的未来呢。不过，践远没想到会有那么快。

这天，践远正和大家在堤坝上挥汗如雨，践翎一跑一颠地把一块石头举到他面前。践远拿着石头端详，开始还不明所以，突然间手就颤抖起来："这，这就是可以提炼出铁的矿石吗？"

铁是制作神谕物品的重要材料，没有它，很多东西让部族一筹莫展，没想到竟然被一个孩子找到了。一个月后，第一件铁制品在部族的熔炉中完成了。部族开始驶上快车道，一件件奇形怪状的物品接二连三地制作出来。

这一天，男人们劳累了一天，回到洞中，女人们却还没有做饭，并且每个女人的脸上都洋溢着欣喜的笑容。践远被拉到洞穴深处，一面无比巨大的旗帜几乎铺满了整个洞厅。

神谕上要求的最难的一件物品终于完成了。践远在心中盘算着神谕中需要的物品，突然振臂高呼："万能的银色女神啊，我们终于完成了您的要求，我们虔诚地向您献上我们的贡品！"

那一夜，部族无人睡眠，众人在篝火前载歌载舞，狂欢了一宿。

黎明时分，践远带着族人们面对群山后面微亮的晨曦，无比虔诚地跪倒，金色

的朝阳从他们头顶缓缓升起。他们在等待着，等待着银色女神从天而降，等待着部族的再一次新生……

然而直到中午，什么也没有发生，一切还都是从前的样子，午后甚至又下起了小雨，天空中一片阴霾，一点也看不出将要出现神迹的样子。

践远的心中略微有些失望，但是并没有影响他的好心情，毕竟部族等待这一天，已经等待了无数年，他们不在乎再多等几天。

一天，两天……一个月过去了，仍旧什么也没有发生。

族人们的情绪一天天低落下去。他们一遍又一遍清点为神制作的物品，并不厌其烦地一次次与神谕上的记载对比，得出的结论都是一个：他们确实完成了所有物品的制作。可是为什么银色女神没有降临呢？每个人的脸上都流露着迷惘与恐慌，他们的迷惘与恐慌是因为世世代代对神的信仰已经刻入心灵深处，这信仰是一个美丽得无可言状的希望，支撑着他们一天天熬过那些苦难的日子，可是现在，他们的心灵正变成无根的浮萍，渐渐地无所寄托，他们不知道自己将向哪里去，他们的生存究竟还有没有意义。

这段时间，践远几乎一言不发。族人们的疑问，他根本无以面对，他的家族是神的代言者，现在如何对族人解释？他们克服了难以想象的困难，经历了许多代人的努力，终于完成了神的试炼，可是为何神却没有显身来实现她对部族的承诺？

践远的心中也充满疑问，但是他端详着神秘的神谕石壁，一次次告诉自己：一定是哪里出了纰漏，一定是哪里错误领会了神的深意，才让神没有降临。他在石壁面前彻夜不眠地钻研，试图找到一个合理的答案。几天的时间，他的一头黑发突然变得斑白，然而他仍旧没有一点头绪。

无论如何，生活还是要继续。人们又开始辛勤劳作，试图用劳动去掩盖心中的失落。他们都装作若无其事的样子，可是心上的伤口又怎么能瞬间愈合呢？只有践翎还是整天无忧无虑地在峡谷中乱跑，欢快的笑声使部族沉重的气氛轻松了许多。

践远坐在堤坝上远远地看着儿子。践翎正在峡谷尽头的大瀑布附近攀攀爬爬，看样子想找到一条通往峰顶的道路。他就和自己年轻的时候一样，对什么都充满好奇，时不时就有新奇古怪的想法跳出来，而且不得到答案决不罢休。也许，践远想，也许部族的将来就在这个孩子身上了吧。他的心头有几丝欣慰，也有几许怅惘。

忽然之间，践远隐隐听到一声悠远、沉闷的隆隆声，接着大地开始微微颤动起来。他把目光投向天际，烈日当头，万里无云，不是雷声。族人们面面相觑，不明白发生了什么。忽然，有一个人跪了下去："神啊，您终于要降临了！"众人也纷纷跪倒，向上天祈祷。

那一刻，践远的心头也是一阵狂喜，可是他立刻又冷静下来，也许是司空见惯的雷雨给他带来了心理暗示，他总是对这种不明的震动有种强烈的不祥的感觉。他昂起头，向着震动传来的方向，那高高在上的瀑布源头张望。他看见践翎在瀑布脚下也停了下来，望了望上面，又回头望着他，接着向他挥动着双手，口中似乎在呼喊着什么。

践远还没有明白过来，就听到一声震耳欲聋的巨响，接着看到一股滔天巨浪突然出现在瀑布源头，像一头凶恶的妖龙，张牙舞爪地向峡谷扑来，践翎在一瞬间就被吞没不见了。

黑沉沉的洞穴里，只有篝火在寂寞地跳动，周围的黑暗中不断传来哭泣声。

这场毫无征兆的洪水在部族的历史上还从来没有出现过，它吞噬了践翎和三百余正在向女神祈祷的族人，正在结穗的庄稼也全部毁于一旦。

践远默默地坐在篝火旁，他的眼中爬满了血丝，目光让人害怕。

践翎的母亲在生他的时候就死了，现在践翎和父亲也在几个月的时间里死了，只剩下践远一个人孤零零在这个世上，而他的部族呢？在他成为首领的时候还有四千多人，可是这些年下来，还剩下不到两千人，那预示着部族在一步步走向消亡。他曾经把全部希望都倾注于无所不能的银色女神，可是他失望了，他终于明白石壁上所谓的神谕不过是部族的祖先们留下的遗迹，它的本意是让部族对这苦难的生活还能够怀有一丝希望，而现在，这个唯一的美丽的梦幻终于也破灭了。

践远霍然起身，抄起一把斧子，向洞外冲去。

族人们追了上去，但是到洞口又停住了，他们已经知道践远去做什么了。

在神谕石壁前，践远用颤抖的手抚摸着那些来自远古的玄奥文字，然后挥起了手中斧子疯狂地向石壁砍去。

## 迁徙

天亮的时候，回到族人面前的践远像换了一个人，曾经憨厚和蔼的面容现在沉默而冷漠，让人感到了距离。

他宣布了一项从来没有过的决定：带领部族向另一块土地迁徙，至于那里是乐土还是地狱，甚至能不能够到达，他都不知道，但是他已经决定了，一定要这样做。

族人们用沉默表示了认可，这并不等于支持，只是他们还有其他的路可以选择

吗?

三天后,第一批二十只独木舟出发了。接着,第二批、第三批……

为了制造独木舟,曾经是用来献给神的树林被砍伐了三分之一。

践远跟随第十批,也是最后一批,共六十个人出海。

与其说迁徙,其实这更像一次孤注一掷的大规模探险,参加行动的有五百名男性,这个数目是部族青壮年劳动力的绝大部分,还有一百名尚未生育的青年女性,此外有大约一千人留在了峡谷中。践远做出这个决定绝非是出于绝望与疯狂,他为部族做了两方面准备,假如他们找到新的栖息地却不能返回,那么他带走的这些人在几代人以后,又会繁衍成一个昌盛的部族;如果失败了,留下来的人也同样能够延续。

这些小小的独木舟缓缓地向大海的深处驶去,转过峡谷的一道岬角,终于消失不见。与浩瀚的大海相比,他们还不如一粒微小的尘埃,但是他们所要做的却是一件人类的壮举,他们有成功的可能吗?

感谢天公作美,启航的这些天里,天空万里无云,海面风平浪静,这在气候恶劣的星球上是极为罕见的。

"是神在保佑我们吗?"有人在感叹,但是他意识到什么,立刻沉默了。

如果神在保佑他们,就不会让他们踏上这条绝路。没有人怀疑,他们终将葬身大海,另一个新世界不过是一个不可能的梦。这样做是因为他们选择了抗争,而不是默默地消亡。

践远带领着众人始终靠着海岸线前进,一边是高耸入云的悬崖峭壁,一边是漫无边际的大海。大海的平静不过是表象,践远深知它的残暴。

前两天平静地度过了。陆地的一面始终都是峭壁,根本无法靠岸,不过有一条小瀑布从悬崖上垂下,补充了消耗的淡水。一路上也没有遇到前面出发的族人,看来他们是一路向前去了。

第三天的时候,他们发现了一个小小的峡谷,并且在岸上看到了前一批族人。他们弃舟登岸,与族人会合,在陆地上睡了一宿。践远本想带领大家向峡谷深处探索,不过有人告诉他,前面的族人已经去过了,那是一个死胡同。

天亮后,他们继续沿着海岸航行。

这一天,大海变脸了,掀起了一道风暴。幸好他们及时找到了一个避风的巨型岩缝,没有遭到损失。

风暴停止后,他们再度启航,可是走了没有多远,不得不停了下来。一道密集的礁群从陆地一直伸向大海深处。

尝试了多次之后,他们放弃了从礁群中穿越的想法,礁石间充斥着数不清的暗流和漩涡，稍不注意就会船毁人亡。陆地上仍是无法登陆的峭壁，他们唯有向海洋深处前进，绕过这片礁群。

礁群的面积远远超出了他们的想象，航行了一整天，礁群还没有尽头，到了午夜时分，他们仍在奋力划行。

践远暗自庆幸，如果这个时候出现一场风暴，后果是灾难性的。

空中群星璀璨，海面上能见度很好。人们忽然发现礁群中出现了一个很大的缝隙，就像是一条宽阔的道路，完全可以让众人轻松穿过。

众人一阵欣喜，改变航向朝缝隙驶去。

这确实是一条捷径，处于礁群最狭窄的地段，远远的似乎能看到对面的出口。

践远隐约听到一阵呼喊，他侧耳倾听，发现声音来自左前方的一块礁盘上。

一个人从礁盘上站起来向他们挥手，身上的装束显示是部族的人，他摇摇晃晃的，看样子很虚弱或是受了伤。

见到同伴，众人加速向礁盘划过去。

践远却突然让大家停了下来。

他怎么会一个人孤零零待在礁石上，其他人呢？践远又有一种不祥的预感。

果然，在前进的方向上，一个庞大的漩涡几乎占据了整个通道，它旋转的速度并不快，所以在远处根本看不到，可一旦误入其中就根本无法挣脱。看来礁石上的人一定是前几批族人的幸存者，其他的人肯定已经葬身漩涡之中。

践远也终于听清楚那个人在呼喊什么，他是要族人们赶快离开这里，另寻出路，千万不能靠近。

大家群情激昂，有两艘船冒险向礁石靠近，却被践远喝止了，他埋着头，划起了桨，独木舟掉头向缝隙外驶去。

众人都默默跟随践远离开，除了划桨声，没有一个人说话，悲痛像一座大山压在每个人的心头。

人们驶出了很远，还能看到礁石上的同伴在落寞地向他们眺望。

一天后，船队找到出路，绕过礁群，重新向陆地靠拢。经过这里的时候，那块礁石上已经空无一人。

伤感始终笼罩着人群。践远忧心忡忡，他不知道有多少族人在那里遇难。直到三天之后，他们在海岸线上赶上了前面一批船队。践远了解到，礁盘上的人是第一批船队的唯一幸存者，不过正是由于他的指引，后面几批才幸免遇难。践远暗暗思忖：从第一批船到最后一批，间隔了六天，没有食物和淡水，不知道他是怎么坚持过来的，那需要多大的毅力啊。

漫长的航程还在继续，陆地上山峰与峡谷交替出现，没有遇到一块可以长久栖

息的平原,而峡谷的尽头总是被更高的山峰挡住去路。践远甚至有一种错觉,他们是面对着一堵永无边界的世界之墙,墙里面的世界总是拒绝他们进入。

有的时候,践远也会向海面上眺望,但浩瀚的海面空无一物,连一块礁石也看不到。

一路上,他们也再没有遇到其他同伴。不知道他们现在情况如何,即使只有一支船队能够找到新的栖息地,这次探险也是值得的,践远这样想到,可是,如果大家都失败了呢?他简直不敢去想。

时间悄然流逝……

践远已经记不清他们漂流了多少天,粗布的衣衫早就变成了布条,大家看上去像是野人一样,幸好食物和淡水能够在陆地上补充,使航程还能够继续,但是探险的前景却越来越暗淡,就连践远也已经不再相信他们能够找到一块没有洪水威胁的肥沃原野。他们在继续前进,只不过因为风暴、海兽和饥饿还没有夺去他们的生命,前进就是他们活着的全部意义。

风暴开始一次比一次猛烈地袭来,尽管人们小心翼翼地防范,还是不断有独木舟沉没,人员损失在一天天增加。

海兽也开始注意他们,不断有巨大的海兽在远处游弋,只不过由于担心搁浅才不敢游到近岸来,但那是一个潜在的威胁,让人们时刻绷紧着神经。

更让践远担心的是,开始有人莫名其妙地死去,不是饥饿,也不是伤病,就那么躺在那里默默死去。践远知道,这些人的死是因为他们已经对生存失去了信心。

终于有一天,山峰张开了怀抱,一道开阔的平原展现出来,上面似乎还有金色的麦田。

沉闷的船队中猛然爆发出一阵经久不息的欢呼,人们热烈拥抱着,雀跃不已。

践远也跟着欢呼起来,可是突然间,他看着那肥沃的平原,心中像挨了一记重捶,一口鲜血从口中喷出,天地剧烈旋转起来,他一头晕倒在船上。

这片平原是那样熟悉,他认出来,那就是他们世代生息的峡谷,他们航行了这么多天,只不过画了一个完美的圆,最终又回到了起点,他绝望地意识到,这个世界是一个充满了苦难的孤岛。

### 大船

践远从昏迷中醒来,他并没有睁开眼睛,他害怕看到族人们一张张忧愁的脸,可是很奇怪,他听到了笑声,不是一个人,好像是整个部族的人都在欢笑,他不禁睁开了眼睛。不错，族人们正在围着洞厅中央的篝火舞蹈，男男女女笑成一团，像是遇到了什么天大的喜事。

践远站起身来，一脸迷惑。族人们见到他醒来，又爆发出一阵欢呼。

践远被带到了通天洞，洞壁上还留着被他用斧头砍过的痕迹。他一下子惊呆了，他终于知道大家为什么狂欢了：在神谕后面空白的洞壁上，现在写满了内容。

践远一下子扑到洞壁前，像个孩子一样大声哭了起来。

没有人知道对神的信仰的破灭，在他的心中造成了多么大的创伤；也没有人知道，他独自承担了多么大的压力和责任，如果不是为了部族，他那天已经自杀在神谕石壁前；更没有人知道，他明明已陷入绝望之中，他的身心已濒于崩溃，但他却要苦苦坚持下去，带着部族去苦苦寻找另一条出路……

身边的人都沉默着，没有人劝他，让他哭吧，多少天的苦闷都会在泪水中消失，因为他们终于确认，神一定在冥冥中保佑着他们，等待他们的将是一个美好的未来，但愿今后部族不会再有泪水。

从这天起，践远足不出户地在洞中研究神谕上新增的内容。没有人来打扰他，部族中只剩下他才通晓神的语言了，大家都在紧张地等待着结果。

四天后，践远来到了部族的洞厅中。在篝火的映照下，他拾起一根烧焦的枝条，在地上画了起来。他先画了一个手指大小的椭圆形，又在周围画上许多波纹状的线条，这是我们的岛，被浩瀚的大海所包围，他说道，然后他又在很远的地方画了一条长长的曲折线，这是一片广阔的大陆，也是我们一直期望的神赐予我们的乐土，部族会在那里无忧无虑地生活，践远又说道，我画的就是神谕上新出现的图案，不过有个问题，他顿了顿，在我们的岛屿与大陆之间的距离大概有八百公里。

众人骚动起来，失望的情绪迅速蔓延，八百公里，八百公里无所依靠的航程，八百公里风暴肆虐，到处出没着猛兽的大海，那根本是一段不可能逾越的距离。

践远没有言语，带着七八个人忙碌起来。

又过了一个月，一个精致复杂的物体制造出来，践远小心地捧着它，赞叹道："这是神赐予我们的礼物，它可以带着我们驶向遥远的彼岸。"

族人们迷惑地端详着它。

"这是一艘大船的模型，是根据神谕上的图纸制作的，"践远道，"当然，真的把它制作出来还是一件艰苦卓绝的工作，不过……"他沉吟着，"那一天终究会到来的。"

部族马上投入到制造大船的热潮中去了。

大船的建造地点设在峡谷深处树林所在的那片高地上，一方面能够就地取材，一方面在洪水到来的时候可以尽量减少损失。

人们在高地上挖了一个巨大的深坑作为船坞,将来大船建成之后,还要挖一条运河使大船下水。

制造大船确实是一件宏大的工程,艰难程度远远超出了部族的想象。仅仅是挖掘船坞就用去了半年时间,而安放龙骨则更是一个复杂的工作,不仅要集中大量的劳动力,还需要足够的技巧,而这两方面都是部族所欠缺的,经过了四次失败,浪费了十几棵最高大的树木之后,他们终于成功了,而这时已是两年过去了。

践远一直暗自庆幸,在自己那次绝望的探险中只损失了一百余人,绝大部分人先后安全返回了峡谷,为制造大船留下了宝贵的劳动力。

这期间,峡谷中经历了三次洪水的洗礼,部族又挨过了两次饥荒。

人们早就从最初的狂热中冷静下来,日子又恢复了往日的平静。白天,男人们在船坞中忙碌,女人负责照料庄稼和维护小河上的堤坝;晚上,草草用过晚饭之后,他们就聚集在一起制作大船上需要的一些部件。

践远终于明白了银色女神的深意,她考验部族的那些要求全都是为了制作这只将要承载着部族远航的大船。高地上的那片树林,在洪水泛滥的峡谷中,即使一切顺利,也需要几百年的时间才能长成现在的大树,没有这项材料准备,即使有了图纸,制造大船也只能是个幻想。而部族织就的那面旗帜,现在看来是用来作为大船的风帆,制作它不仅需要大量的树皮和极为复杂的制作程序,也同样需要漫长的时间与部族坚持不懈的努力,那样大船完工的时间大概就要用去几代人的时间。由此可见,为了部族未来要进行的远航,银色女神在许多年前就着手准备了,只不过部族还蒙在鼓里面。

时光流逝……

大船的建造进度在稳步推进。

艏柱和艉柱被嵌接于龙骨两端,然后将船底肋骨横向安置在龙骨上,船首和船尾精心的结构设计是为了抵御舵和锚索的张力以及海浪的冲击力……

内龙骨则沿着龙骨置于底肋骨,船底肋骨除了两端外都是笔直的,在两端,木材开始弯曲,也就是向上翘起……

复肋材与船底肋骨紧接在一起;这些都是弯曲的或弧形肋材,构成了帆船的曲边,这些肋材被安排得非常紧凑,而且在船的中间部分和靠近桅的地方是双层的,在这里会受到巨大的应变作用……

沉重的厚压板水平排列在肋材内侧,支撑住甲板梁的两端……

桅孔加固板是很结实的木材,垂直穿插在甲板梁之间,用来支撑桅杆,而桅的根部则竖立在内龙骨之上……

随着树木的减少,大船开始在高地上显露出庞大的身躯,它是部族有史以来制造的最雄伟的物体，连他们自己也几乎不敢相信，这简直是一个奇迹。

大船竣工的日期日益临近，践远的心中却逐渐弥漫起一股淡淡的忧伤，虽然他大部分时间都是喜悦甚至是亢奋的，他迫切地期待这大船竣工，恨不得马上扬帆启航，可是每当他一个人独处的时候，那股忧伤就侵染着他的情绪，挥之不去。

是他的心底还在眷恋着这个峡谷吗？是的，因为他的亲人都埋葬在这片土地上，他的一生的大部分时光也是在这里度过的。可是这并不是忧伤的全部，有时在干活的时候，他向远处的悬崖无意间地一瞥，或是在夜深人静时他孤单地仰望星空，他都似乎感觉到好像有一双眼睛在幽怨地注视着他，那是一个饱含着许多情感的目光，那是神的目光。

对于这莫名的忧伤，践远也觉得奇怪，怎么会这样呢？神是无所不在、无所不能的，她从远古至今一直在暗中保佑着部族，即使部族最终越过海洋，迁徙到新的大陆去，也同样会得到神的庇佑，自己有什么可担心的呢？不，不，不是这样的，他突然发现在潜意识中与神已没有隔阂，他把神当作是一个人，一个最亲近的人，一个和自己一样被抛弃在孤岛上的人，当他率领族人离开之后，神就会一个人孤零零留在岛上，慢慢地被人遗忘。践远一次又一次告诉自己，不，神是万物的救主，神是至高无上的，自己的想法亵渎了圣洁的神，简直该死，可是他偏偏无法把这种情绪挥去，反而日渐强烈。

践远又开始把目光投向峡谷深处那道飞流直下的瀑布。那次探险，使他基本上了解了这个岛的地貌，沿着海岸线，它全部是由高山峭壁和山间峡谷构成，整个岛就像是一个高大的城堡，可是在岛的中心是怎样的呢？是更高的山脉，还是其他什么，不得而知。在那道瀑布背后的群山中一定隐藏着什么！践远断定。

半年前的一次雷雨，瀑布旁边的峭壁恰好被几道闪电击中，光滑的岩壁上出现了一些蜿蜒向上的裂缝。

"自己或许可以沿着这些裂缝爬到瀑布顶端去呢。"践远寻思。

终于有一天，在一个满月的夜晚，践远再也抑制不住心中的冲动，带了几根火把，来到了瀑布前。

在月光的映衬下，他沿着岩缝缓缓向上爬去。

即使有了那些岩缝，要攀上陡直的峭壁仍然是一件异常危险的事。裂缝时断时续，践远一度被困在那里上下不得，好在他一次次找到了出路；岩缝中的石块有许多是松动的，扳动一块，弄不好就会有一连串的碎石滑落下来，他也幸运地躲过了；他的手和膝盖都受了伤，岩壁上留下了一串血迹，他的头也被石块砸破了，血顺着额头流下，他不得不不断擦去眼睛上的鲜血；但是他忘记了疼痛，他只有一个心思，无论如何要爬上去。

最终,他登上了瀑布的顶端。

在他的两侧是更高的峭壁,如同两扇微微开启的大门,而门内,展现在眼前的是一个辽阔的高山湖泊,峡谷的瀑布就是它的出水口之一。在湖泊与瀑布之间,一艘巨大的星际航船横卧在那里。

出乎意料的,践远没有感到震惊,他知道那是一艘飞船,并不是神的宫殿,他对这里的感觉是那样熟悉,就仿佛自己离开了千年,一切的记忆都已抹去,现在重回故地,远古的记忆又在一点点恢复。

他默默端详着飞船。

飞船就毫无声息地矗立在那里,不知道有多少年了。它的外壳残破不堪,有两处完全断裂开来,看上去似乎已经与岩石融为一体。

在飞船的中部,有一扇舱门敞开着。践远迈步向那里走去。

## 星空之上

走进舱门,是一条黑沉沉的走廊,践远点亮了火把,摸索前进。

走廊曲曲折折,仿佛迷宫一般,两边有许多舱门,有的关闭着,有的敞开着,但同样没有生气,就像是一座在深山中沉寂了无数年的溶洞。走廊和敞开的舱室全都锈迹斑斑,墙壁呈现出斑驳的灰黑色,完全看不出当初的样子。

践远慢慢走着,脚步激起的尘埃像一团迷雾在走廊中扩散。

他不知道飞船从何而来,为什么会出现在这里,但是他知道,飞船已经在这里停泊了千百年,它已经老化、死亡,再也不可能飞到星空中去了,而且它已经彻底被属于它的那个世界遗忘了,它将永远停留在这里,直到岁月的刻刀将它划得粉碎,完全融解在异乡的土地上。

践远还在向前走着,他并没有灰心,他知道他一定会得到一个答案。

忽然,他停下了脚步。五六步远的前面是一扇关闭的舱门,舱门上有一盏绿色的小灯发出微弱的光亮。

他推开舱门。在舱门打开一道缝隙的时候,里面还是一团黑暗,但接着就亮起一片柔和的光线。

于是,践远就看到了银色女神。她就仰卧在船舱中央的一具水晶棺内。她并不是传说中肋生双翅,浑身光芒四射,让人不敢正视的女神,相反,她只是一个普普通通的人类女孩,身材娇小柔弱,让人怜惜,一张娟秀的脸上几无血色,带着一种病态的美。

践远看到她的时候，她还在沉睡着，但是一瞬间她就醒来了。

她坐起身，看到了践远，她并没有惊讶，只是疲倦地说道："来啦。"然后她站起身来，走到旁边的一张椅子上坐下，她走得很慢，身体像是很虚弱的样子。"坐吧。"她指了下旁边的椅子。

践远站在那里没有动，他一时还不知道该以怎样的态度去面对她。

"坐吧，"她又说道："你现在应该知道，我并不是神。"

"不，不，您就是我们的神，"践远的情绪有些激动，"是您在石壁上留下的神谕鼓舞着我们一次次度过灾难，是您给我们指引了一个新的世界，而且我还相信，"他充满感情地望着她，"我相信，是您创造了我们这个部族。"

女孩受到了践远的感染，她似乎回忆起许多事情，眼圈一下子红润起来："其实你不该来。"她忧郁地说道。

"我应该来，"践远坚决地说，"我们要知道自己是从何而来，将要向何处去，至少，我们应知道自己的母亲是谁。"

女孩沉默着，但践远能够感到她的内心思潮翻涌，忽然她捂住嘴剧烈地咳嗽起来，身体摇晃着，几乎从椅子上翻倒。

践远急忙上前几步，可是又忽然停下来，他想去搀扶她，可是多少年的信仰所带来的尊崇与敬畏又让他不敢妄动。

女孩终于止住咳嗽，她虚弱地再次指了指旁边的椅子。

践远犹豫着坐了下来。

"好吧，不知道有多少年没有和人交谈过了，今天就对你讲一讲吧，"女孩说道，"凝春是我的名字，你们的先祖就出生在这个舱室里，我和叶城的细胞合在一起诞生了他们，四个男孩，四个女孩，照顾孩子可真是件辛苦的事，尤其是对我这个没有做过母亲的，"凝春陷入回忆之中，嘴角浮起一丝甜甜的微笑，"他们在暖箱里的时候倒还好，只要喂饱他们就会香甜地睡着了，可是到他们会爬的时候可就麻烦了，刚哄好一个哇哇大哭的，另一个又不小心掉到床下去了，最吓人的是小三，他不知什么时候爬出了舱室，我找遍了也找不到，急得我大哭起来，另外七个孩子也跟着我一起哭，后来发现他竟然在线缆地槽里睡着了，"凝春自顾自说着，仿佛那些事就发生在昨天，"不过随着他们长大，我竟然不再害怕也不再孤独了，他们给我带来了说不尽的快乐，他们慢慢地会叫妈妈了，会走路了，会说话了，我教他们写字，教他们知识，教男孩武术、游泳和怎么种植庄稼，教女孩做饭、织衣，还有舞蹈、绘画。他们整天围拢在我身边，有的到湖里捕鱼，有的给我做饭，还有的把自编的舞蹈跳给我看，哦，那恐怕是我生命中最快乐的一段时光了，直到他们十二岁的那一年……"凝春忽然停下来，脸色又变得忧郁。

"后来怎样了？"践远问。

"后来我就把他们带到了峡谷的山洞里面，我要让他们开始自己的独立生活，"凝春低低的声音道，"开始他们还很开心，可是没过几天，他们就开始满峡谷的到处呼唤我，我以为过几天就好了，但是一个月过去了，地里的庄稼都荒芜了，他们仍然只顾寻找我，那一天，小三为了爬上悬崖，结果失足摔了下去，"女孩的眼中泛起了泪花，"他们不知道，我和他们一样伤心，每天夜里都睡不着，一闭眼，眼前就全是他们的音容笑貌，白天要不傻傻地坐在那里，脑袋里一片空白，要不就莫名其妙地哭个不停，我真想到峡谷去，从此与他们生活在一起，可是我不能，后来，我只得进入了休眠。"

凝春把头扭过去，不让践远看到她流下的泪水，她沉默了一会，心情渐渐平静下来，她接着说道："再次醒来的时候，已经是三百年之后了，部族已经发展到六百多人了，当然他们早已忘记了我的存在，他们开始在这片土地上凭借自己的劳动和智慧自由发展了，我很欣慰也很高兴，可是不知道为什么我的心中又那么失落，他们是我的孩子，我却不能去相认，这是多么残酷的事啊，"沉默，"我再次睡去，这次过了一百年，看到他们的时候，我大吃一惊，部族的人数只剩下不足三百人。我意识到，峡谷中的大气成分和土壤、植被虽然都与母星相仿，但是这里的气候却要严酷得多，我教授给他们的知识太少了，根本不足以与这么恶劣的大自然对抗，况且，他们那时已经失去了战胜自然的信念，他们开始自甘堕落，开始一步步走向灭亡。于是我在一个小山洞中刻下了那些知识，同时让他们开始为迁徙到海对岸去做准备，更重要的，我要让他们重新树立起信心，让他们知道，他们不是弱者也不是生命的弃儿，总有一天他们会成为这个荒芜世界的主人，并重新踏上光辉的文明之路。"女孩的眼中爆发出璨然的光芒。

"是的，"践远说道，"我们把您当作了神，也正是对您的信仰让我们坚持到了现在。"

凝春望着践远道："这些年来我只接触过两个人，上一次我正在峡谷中观察部族的情况，恰好碰到了一个，他看到我一身银色的宇航服，就把我当作了银色女神，吓得跪在那里一句话都不敢讲，可是你不同，至少你很冷静。"

"我是在那次探险之后突然意识到的，"践远道，"我发现您并不是万能的神，我甚至觉得说不定您比我们还要脆弱，还要无助。"

"看来是被你猜中了。"凝春微微一笑，但目光是那么的凄然。

"大海对面的大陆是什么样的？"看着她，践远心中一阵酸楚。

"与峡谷相比较，那里是一片乐土。"

"在您的指导下，大船快要造成了，不久之后我们就准备启航。"践远道。

"你是来向我道别的？"

"不，"践远第一次大胆地凝视着女孩，"我是来带您一起走的。"

凝春注视着践远，目光里亮起一团火焰，那一刻，践远可以肯定她一度动了心，可是最终她的目光又暗淡下去："你能想象这艘航船当初的样子吗？它矗立在那里，像一座巍峨雄伟的大山，像一位意气风发的银甲武士，可是现在它已经腐朽成一堆废铁，只残留下一副骨架；我虽然还是年轻时的样子，可即使休眠也不能抵御时光的侵袭，我的身体已脆弱不堪，生命随时会逝去；你们去吧，这个世界的未来是属于你们的，我根本就不应该在这个世界，在你们的历史中存在；这里，这里就是我最终的归宿。"

践远犹豫着还想说什么，却被凝春用目光制止了，她向他伸出手："走吧，我送你一程。"

凝春挽着践远的手向外面走去。

她的手是那么小巧，那么冰凉，可是践远却有了异样的感觉，他恍惚间回到了孩童时代，母亲拉着他的手，呵护着他走出了人生的第一步……践远从来没有见到过自己的母亲，可是现在感觉是那么真切，他的心中感到一阵刺痛，几乎落下泪来。

他们就那么手挽着手，默默走出飞船，走过湖岸，来到悬崖顶端。

他们在崖顶站立了很久，手握在一起，久久不愿分开。

"还不知道我们是从哪里来的，我们的故乡在哪里？"践远问道。

凝春抬头仰望浩淼的星空："我们来自星空之上，我们根本看不到它，甚至大概位置也不知道，这也是我一直迷惑的，最初的时候，我核对了电脑里所有的星图，却不能找到母星的位置，或许我们是来到了另一个宇宙吧。"

"我们有家难回。"践远感叹，"那么我们当初为什么来到这里呢？"

"和你来到这里一样，"凝春道，"我们是来寻找我们的祖先。"

"哦？"践远吃了一惊，继而不解地望着她。

"对于这些，你不需要明白，至少现在还不到揭晓的时候，"凝春说道，"你只要知道，对于你们来说，这里就是你们的家，未来必须靠你们用双手亲自去创造，你们的明天决定着我们的未来。"

"我不明白，"践远一脸迷惑，"就像我不明白您千辛万苦创造了我们，却宁肯受尽孤独的煎熬，也不愿与我们生活在一起，"

"总有一天会明白的，"凝春松开了手，"去吧，孩子，照我说的去做。"

凝春用充满母爱的眼神望着践远。

践远知道，只要一回头，就将是他们的永别……

## 彼岸

又是两个月过去了，峡谷大部分时间被大雾笼罩，难得见一次阳光，虽然耽误了庄稼的生长，好在没有遇到强降水天气。

这天，天空终于放晴，刺向半空的主桅竖立起来，大船终于建造完成，这是星球上有史以来最为庞大的智慧产物。它的船身由无数块木板拼接而成，显示出人工雕琢的精巧之美，人们甚至雕刻了一尊头生双角、身披鳞片的神兽图腾安放在船头，使大船平添了几分生气。不过要让大船下水，却还是一件非常艰巨的事。

部族的大部分人在开凿大船下水所用的运河，一部分人在为大船安装风帆和各种索具；麦田里人们在抢收庄稼，尽量为不久后的远航多积累一些粮食；还有一部分身体最强壮的男子，建造了两艘小帆船，整天在海里练习航海技术，他们将是大船的第一批水手……整个部族已经陷入疯狂的工作状态，他们强烈盼望着扬帆出海的那一天。

运河终于挖开，它大概有五百米，从大船的船坞起始，倾斜着与无名小河的上游交汇，这是最便利的办法，剩下的一千米航道就利用了小河的河床。

河水开始灌入船坞中，随着水位的上涨，大船一点点浮了起来。起初人们还真担心这么个庞然大物究竟能不能漂浮起来，现在见此情景，部族顿时欢声雷动。大家开始兴高采烈地向船上转运货物，首先是黏土和石块等压舱物，接着是淡水和食物，最后是一些生活必需品。出海是人们所盼望的，但他们心中又惴惴不安，谁也不知道将要在无依无靠的海上漂流多久，谁也不知道遥远的彼岸什么时候才能抵达。

天开始下起了雨，雨并不大，半空中云彩的缝隙中能透出昏黄的天光，践远的脸却阴沉起来，他可不想在这关键时刻出什么乱子。

忙碌了一宿，终于装船完毕。

黎明的第一缕曙光照射在高耸入云的峭壁上，它飞快向下移动着，在瀑布顶端反射起一片银光，最终将热火朝天的峡谷完全展现出来。

践远的眼睛却在望着另一个方向，在无际的海的尽头，海与天交界的地方，似乎腾起了一团通体漆黑的太阳，那黑色也像曙光一样在迅速扩展着，一会儿就吞噬了小半个海面。

践远的心中掠过一丝恐惧。与此同时，熟知这星球上气象变化的族人们也预感到大难临头。部族顿时愈加疯狂地投入到劳作当中。

上百条系在大船上的绳索投下来,人们在河两岸拉着大船一点点向前移动。他们是在与时间,与风起云涌的暴雨云团赛跑。

大船刚刚驶出船坞的时候,阳光退出了山谷,天地间陷入一片漆黑;又行了几十米,暴雨倾盆而下。

有史以来的第一次,人们没有退缩,这一回终于有了一次获得新生的机会,他们宁死也不会放弃。

大雨滂沱,对面已经看不到人,只有一团灰色的微光。微光中,数不清的人影在泥泞的地面上拼死拉动绳索,所有人的动作协调得像一个人一样。

大船缓缓挪动,十米,二十米……

雨水漫过了脚面,又没过了膝盖,然后到大腿……

时而有人不小心滑入河道中,在暴雨和雷电的轰鸣中悄然消失,但仍旧没有人动摇。

终于,大自然退却了,乌云拖着滚滚雷声,渐渐远去,阳光重新投射下来。

不过危机仍旧没有过去,这场暴雨造成了严重的后果,无名小河已经在雨水的推波助澜下泛滥,淹没了峡谷,虽然水位并不深,但部族要更加小心翼翼地移动大船,使它不至搁浅。

更让人忧心忡忡的是瀑布的流量大增,由两股变成了五股,并且还在不断扩大。践远知道,暴雨虽然停了,但各个山峰上的雨水正化成无数股溪流,向高山湖泊汇聚,随着湖水暴涨,洪水就会沿着瀑布狂泻而下,淹没整个峡谷,现在看来,洪峰的到来只是迟早的事情。

没有人松懈,此刻正是紧要关头,大船已经抵达运河与无名小河的交汇口,只要转过这个拐角,大船就会沿着小河顺流而下,直奔大海。

大家胜利在望。

而与此同时,在瀑布顶端传来一阵恐怖的咆哮声,瀑布化成了一个无比巨大的浪头猛地砸了下来,峡谷中的一切顿时淹没在惊涛骇浪之中。

洪峰过后,峡谷中一片狼藉,虽然人们死死拉住了绳索,还是有百余人被冲入大海,但是大家惊喜地发现,大船还在,坚固的船身使它成功抵御了洪峰的冲击,但由于洪水到来时船身恰好侧对着洪峰,现在它倾斜着船身,搁浅在小河与运河交汇口的岸边。

这是最危机的时刻,更凶猛的第二道洪峰随时可能袭来,大船再不可能经受那样的打击,一定会倾覆,一定会被洪峰击得粉碎,他们只有赶在洪峰之前让大船驶上小河的河道。

人们分成两部分,一部分在岸上推,一部分在对岸拉,试图使大船重回河道。

大船的船身缓缓回正，一点点在泥泞中挪动……

咆哮，那令人惊恐万状的咆哮再次响彻峡谷。

人们放下了手中的绳索，抬头向瀑布顶端望去，目光中满是绝望与无奈，末日，这是部族的末日，再没有什么能够拯救他们了，许多人颓然倒地，连日的劳累使他们本来就在依靠一丝希望坚持着，现在他们的精神支柱已轰然坍塌。

刚刚回复平静的瀑布再次涌起，一道几十米高的水墙从瀑布顶端扯起……

一个银色的纺锤体突然出现在峡谷上方，它的体积只有一艘独木舟大小，但是它周身散发着刺眼的银光，简直比阳光还要刺眼。

它沿着峡谷划出一道弧线，并明显在大船上空停顿了一瞬，接着就像一颗银色的流星，猛然撞向瀑布左侧的峭壁。

一声天崩地裂的爆炸响彻峡谷，那道峭壁摇晃了一下，然后突然从中间折断，上半部分坍塌下来堵住了瀑布所在位置的缺口。整个峡谷淹没在铺天盖地的烟尘之中。

被拦腰切断的洪峰像一头被斩首的怪兽，颓然落入山谷，化成一个大浪。大船在大浪的浮力下，一下子脱离河岸，顺着小河向大海漂去……

浪大，顺风。

大船张满了帆，向着遥远的彼岸，乘风破浪地前进。

水手们不住忙碌着，他们操纵大船的技术还很生疏，不时会出错，不过经历这次远航之后，他们会成为最出色的水手。

大部分人无事可做，但是没有人去睡觉，尽管每个人都已筋疲力尽。他们都在默默望着来时的方向发呆。拉，拼命地拉，大船在缓缓移动……洪水铺天盖地……大船倾斜在岸边……那银色的物体……那光亮真的刺眼啊……突然响起的爆炸把耳朵都震聋了……峭壁，无比坚固的峭壁竟然像脆弱的庄稼一样折断了……不久前发生的这一切还不断在人们的脑海中闪过，简直像梦境一样。是神在危难时刻又一次拯救了我们，人们一次又一次向岛的方向顶礼膜拜。

岛已经在天边化成了一个黑点，几不可见。

践远从那里收回目光，然后又把目光投向了广阔的海面，那遥远的海天之线……

只有他知道发生了什么，但是他什么都没有讲，在前进的方向上，肯定还有更多的艰险，对神的信仰可以使人们心中无所畏惧，他准备把这个秘密永远藏在心底，并且他宁愿相信，那个来自远古，来自星空的女孩还在安然入睡，有一天会再次出现在他的面前……

## 尾声

  几座坟茔，背靠巍峨险峻的群山，面对波光粼粼的湖泊。

  风云变幻，日月如梭，白昼与黑夜交替闪现，坟茔上的野花不断绽放又不断枯萎……

  是否还有人知道坟内的主人是谁？是否还有人记得他们叱咤风云的一生？

  曾经有一个女孩经常来到这里，给坟上除除野草，放上一束花，然后在坟边坐上半天，她会和他们聊聊天，回忆他们在一起的那些时光。

  后来，那女孩也再没有来过，曾经在峡谷中生息的部族也早已消失在海的尽头，坟茔陷入了永久的寂寞。

  没有人知道，即使岁月将他们磨灭得没有一点痕迹，即使这片土地上崛起多么辉煌的文明，他们永远都是这颗星球上最伟大的丰碑。

  他们从母星出发，跨越了半个宇宙，来到这片蛮荒之地。他们原本是来寻找自己的祖先，自己的源头，可是他们没有想到会揭开一个宇宙间巨大的秘密，这个秘密随着他们的死去，也许永远也不会被人知晓，但这并不重要，重要的是，文明的种子已经播下，他们为自己的使命画上了一个完美的圆。

【文】谈骁　【图】霸王兔

# 莲花塔

## 九州·莲花塔

### 一

"啪",墙上的水汽凝固,蜿蜒着汇成水珠滴下来。李晚年额上一凉,梦境如同额头上的水花,四散而去。他翻了个身,只觉得腰间如被针刺,牙齿酸软,两腮也隐隐作痛。他身体下面是一张竹床,床下面,四方的水池正冒着淡淡的雾气,屋里显得模糊而朦胧。对面是窗台,昏暗的光线下,能看到水池里波光粼粼的一角。屋子里水池不少,他凝神一听,不时有水珠落到池子里,"滴"的一声脆响;落到别处,则是瓷实的"啪啪"声。两种声音交织在一起,错落有致,李晚年只觉得熟悉不过。在声音之外,竹席的清香飘入鼻息,混杂着淡淡的药味,这也是似曾相识。

似曾相识的还有刚刚离去的梦境。

梦中有一面城墙,远远看去,墙壁暗淡,墙垛也是破损得不成样子了,萦绕着一股淡淡的荒凉气息。走近了看,夯土的墙面参差不平,裂开了细细的缝,偶尔还有几道深浅不一的印子,像是刀枪留下的划痕;墙脚和裂开的缝隙里,枯黄的杂草轻轻摇摆着;城门上有几块城砖,看来是刻过字的,但也磨损在时间和风沙里了,只残存着几个笔画,粗砺而模糊。走进城去,街道并不宽阔,人却不少。远处有个高塔,钟声传来,"当当"的声音在耳边回响。李晚年听了一阵,钟声随风飘散,周围的人也随之消失了,城门边空无一人,只有风在街道上穿行,卷起几片落叶,吹走几声叹息。地上有暗淡了的血迹,在面前铺展开来,最后消失在一间孤零零的房子前。门紧闭着,褐色的油漆剥落,门环却闪闪发亮,静静地垂在空中。

他不假思索地踏上台阶,手叩住了门环。

"别进去!"

不知道哪里传来的声音。他迟疑着缩回手,可心里又有无法克制的好奇。犹豫之间,房门自动开了。里面坐着一群人,都微笑着看他。他们笑着笑着,脸色越来越白,像是开谢了的花一般,一个个倒在地上。倒地的动作整齐划一,地上的身体也是整齐地堆放着,像是砌好的砖墙。李晚年看着他们苍白的脸,眼前发黑,有些站立不稳,他赶紧闭上了眼睛。再睁开时,那门不见了,自己站在一条巷子口,这回他看得清楚,巷子边的墙上,写着"翠竹巷"三个字。他往前走,只见青苔爬满

墙壁，门前有一两步麻石台阶，摆着鲜花，粉红、墨绿、淡蓝，颜色各异。走到小巷尽头，眼前豁然开朗，一个草坡微微倾斜，天是蓝色，白云变幻着形状。一个小女孩弯着腰，身边放着一个竹篮，篮子里插着野花野草。

小女孩挽着篮子，慢慢转过头来。

"阿莲！"李晚年高兴地叫起来。

女孩望着他，伸出手，细瘦的手臂在空中轻轻地颤动着。他满心欢喜地跑过去，把小女孩抱起来。小女孩在他脖子里蹭来蹭去，嘴里轻声嘟囔着什么。恍惚间，他低头一看，怀抱里空空如也，只有两手还兀自环绕着，交叉在一起。

李晚年看着空荡荡的怀抱，梦境中那怀抱里的小女孩，只留下一点隐约的念想。怀抱的感觉还没有远去，小女孩在他脖子上蹭来蹭去的感觉也还在，她细碎的头发，小小的近乎透明的脸，还有那奶声奶气的声音——李晚年叹了口气，雾气在周围氤氲着，天已经大亮了，细碎的阳光从窗格里穿进来，照在屋里的水池上。池里的水很清，轻轻地晃荡着，细碎的斑纹交叉展开，又投射到旁边的墙壁上，墙上仿佛也有了水波，摇曳着，变幻着形状。

外面传来细碎的脚步声，一个女子推门进来，她穿着一件绿色的碎花裙子，阳光照着她纤弱的身影，还有映在水池里摇曳着的小碎花。"小瓶？"李晚年轻声叫道。

女子似乎没有听到，直到打开了最后一扇窗，才转过头来。"你醒了啊！"她小步走过来，眼睛亮了一下，"他们说你要到中午才醒呢。"

淡淡的香气环绕着她的身体，若有若无，阳光在她身边结了一层淡淡的光晕。李晚年微微抬头："我怎么会在小石房呢？"

"你受伤了啊，还能去哪儿，"小瓶打量着他，点点头，"嗯，今天气色比以前要好啊。"

"以前？"李晚年有些诧异，"我睡了很久吗？"

脑海里突然出现了更多的图像，可上面覆盖了一层细纱，所见所想，竟都不那么清晰了。只有身前这个女子的模样是清晰的，还有这个柔和的声音。

"才睡了两天，"小瓶微微一笑，"这回去广水，谢谢你照顾着苏淮。"

她的目光在李晚年脸上盘旋着，李晚年觉得脸上微微发烫："那……那苏淮呢？我是怎么回宿松的？"

"你先躺着吧，我去叫他。"

掩上门之前，她回过头，虽然是背着光，李晚年能感觉到她脸上的笑容，温柔而又含蓄。

小石房陷入了深深的阒静，只有水在池子里晃动，发出轻轻的"哗哗"声。窗外有几声鸟叫，几棵大树在水池里留下倒影，一阵风吹过，那些绿色糅成一团，说不清是水在动还是树叶在动。屋子里的雾气盘旋，有几缕顺风飘向了窗外。

## 二

小石房在宿松城西，傍着一座名叫松阳山的小丘。宿松是火雷原南面的一座小城，因为有几处温泉，也算有些名气。

很早以前，有一个老医生经过松阳山时，在山脚下小憩，没多久，只觉得神清气爽。老医生觉得奇怪，他仔细一闻，隐约有淡淡的药香。他便循着香气，穿过一个小山坡，看到了一条小河。河中有一段正汩汩地冒着热气，药香就来源于此。老医生于是在此开了药店，因为温泉在一片碎石之上，就叫它小石房了。后来小石房的主人数度变迁，名称却一直没有换过。

李晚年第一次去小石房，是送苏淮去治伤。

李晚年六岁的那一年，跟着父亲李双城去了瀚州。父亲是宿松新任的城守——城守名字好听，其实是个闲差——李双城平时悠闲得很，在家里陪着妻儿。有时候他带李晚年去城西的松阳山，两人沿着盘山的小路跑上去，再下来。李晚年性子散淡，不爱到处走动，平时基本都在家，活动范围不超过方圆百米。松阳山是他十六岁以前去得最多的地方。站在山上，远处浩瀚的草原依稀可见。山脚下，草地远远地舒展开，河流像一条细绳，把草地分成两份；有时候河中反射着阳光，蒸腾着淡淡的热气，笼罩在房子周围，又像烟雾一样飘散。

李晚年一开始并不知道小石房。他看着雾气变幻着形状，从浓到淡，再到消失不见；看着阳光下清澈的一线河水，不禁心向往之。李双城告诉他那是小石房，顺便讲了小石房的来历，最后他说："小石房是个温泉，我估计宿松还有不少温泉，可惜的是没被发现。"

李晚年怀疑父亲之所以要来宿松，寻找温泉是动力之一。他们原来住在澜州，虽然也很偏僻，到比起宿松来说，不知道要好多少。

过了几年，去松阳山上的就只有李晚年一个人了。他喜欢一溜烟跑上山顶，看着远处的草原、近处的小石房发呆。而李双城带人在宿松考察，终于在城西发现了更多的温泉。

随着温泉旅馆陆续开张，宿松渐渐地竟有了繁华的模样，李双城也不再如之前那么悠闲。温泉街经常有纠纷争吵，少不了有舞枪弄棒动刀的时候。城里有一队城

门卫,但那是看守城门的,而且多是老弱,没什么战斗力;宿松营倒是装备精良,却又很少干涉地方治安。李双城只好在城中招募捕快。

这一年李晚年十六,他穿着城门卫的铠甲,略微有些显大;在腰间挂了一个牌子,上面雕着一个"捕"字;再别上腰刀,看起来倒也精神。但一个人当捕快不免寂寞了些,李晚年自己无所谓,李双城却很在意。有一天他让李晚年带着招募的告示出去,凡是街道边巷子口,一律都贴上一张。李晚年照办了,但没抱多大希望,没想到第二天还真有一个少年拿着告示到了李双城家。

少年个子虽然不矮,但身体单薄。也许是为了让自己显得成熟一些,他板着脸,严肃里带着一些滑稽。他自称十五岁了,可声音还是小孩子的尖嗓门。

他叫苏淮,真实年龄是十二岁,这是他当了捕快以后李晚年问出来的。那时候李双城巴不得有人给儿子做伴,哪里管苏淮年纪大小。他问苏淮是否住在宿松,苏淮说是。他再问苏淮会不会使刀用剑,苏淮连连点头,说:"都会的,都会的!"李双城也不考察,当即就拿了一套城门卫的衣服出来,当然,对苏淮来说这套衣服太大了。

苏淮抱着衣服走了,第二天,他早早地来到李晚年家,衣服被他改得很合身,只是针脚杂乱;腰间也还像模像样地挂着一个"捕"字,笔画旁溢斜出,看来也是出自他自己之手。

当捕快不到半个月,莺莺楼两帮人争侍女,谁也不让,大打出手,于是伤及无辜——苏淮被划破了胳膊。李晚年在他的指点下,扶着他去了小石房。

后来想来,见到小瓶完全是一个偶然。到了小石房外面的草坡上,李晚年已经停下来,他没准备进去。和苏淮说了再见,还没走几步,苏淮又蹑手蹑脚跑过来,躲在草坡后面。李晚年问他躲什么,他指着草坡对面,只见两个人正坐在桥上,那是苏淮的父亲和姐姐。

"这个什么房是你家开的么?"李晚年问。

苏淮点头,纠正道:"是小石房。"

等了一会儿,桥上的人走了,苏淮这才出去。神差鬼使地,李晚年说:"我干脆送你进去吧!"

苏淮手忙脚乱地把伤口包扎好,有人在外面说,地上怎么有血啊。然后门被推开,小瓶走了进来。

那是一个黄昏,屋里波光粼粼,小瓶站在门边,波光也在她身体上摇曳着,夕阳的余光照着她扶在门楣上的手,李晚年看得出了神。

苏淮慌忙指着李晚年:"不关我事啊,不关我事——是他受了伤。"见苏淮又是眨眼又是做鬼脸，李晚年便配合地点着头。

小瓶狐疑地看了两人一眼，苏淮背着手，冲她嘻嘻地笑着。

当捕快是苏淮自己的决定，父亲和姐姐都不知道。李晚年帮他掩饰了几次，最后还是露馅了——苏淮受伤太频繁，不到两年，他受了七八次伤，刀伤剑伤跌伤撞伤，各种各样的伤。

在李晚年看来，苏淮的伤大都可以避免，那一刀那一脚，那个飞来的石块，他应该可以躲开。可是有时候他就呆子般杵在那里，好像世界上没有"躲闪"这个词一样，眼睁睁地看着石块砸在脑袋上。有时候呢，他也会躲，但总是慢半拍，甚至几拍。李晚年觉得只消轻轻一个滑步，一个仰身，就能躲个一干二净，可刀尖剑尖还是会在苏淮身上留个口子。

看他伤得多了，后来有什么事，李晚年便吩咐他远远地看着。旅馆里小打小闹，李晚年一个人应付也绰绰有余；如果阵仗太大，便去城门卫来帮忙。可苏淮闲不住，一有人动手，他立刻把李晚年的吩咐忘了个干净，"哇哇"叫着冲上来，加入战团；然后冷哼着退下，肩膀胳膊大腿或者后背添上一道伤口。

苏淮一次次地受伤，李晚年却总是安然无恙。时间一长，不免让人生疑。有一回，小瓶给苏淮包扎之后，突然怀疑地看着李晚年，问他怎么不受伤。李晚年愣了愣，不知道怎么说。

苏淮笑着说："他本事比我大啊！"

苏淮说这话时，是心悦诚服的。李晚年动作比他敏捷，刀法也比他好。

小瓶叹一口气，说："好端端的，当什么捕快嘛！"

李晚年在小瓶眼里看到了异样的东西，原本小瓶看他的目光是淡淡的，没什么表情，李晚年倒也欢喜。可那天以后，李晚年总能在小瓶目光里捕捉到怀疑的成分。李晚年设身处地，假设自己是小瓶，会怎么想呢？可能性很多，其中也许有这么一条：

你李晚年是缩头乌龟，所以从不受伤；苏淮每次冲在前面，刀啊剑啊当然就全让他挡了。

李晚年想到这里，心里很不是滋味。虽然意识到这只是自己的臆想——也许小瓶的目光里根本就没有什么怀疑，自己多心罢了——可臆想多了，也觉得事实似乎就是这样。他没有别的法子，要苏淮袖手旁观不可能，所以再有什么风吹草动，他索性不让苏淮知道，独自悄悄出去。头几次李晚年都如愿了，后来苏淮发现了这一点，便像影子一般跟着李晚年。比如这一回去广水，李晚年悄悄出了城门，正要长舒一口气，却看到苏淮骑着一匹瘦马，从旁边的一棵树下闪出来，笑着说："你要去广水吧，怎么能丢下我呢！"

## 三

老盘坐在春来旅馆里，百无聊赖地拨着油灯的灯心，火光暗了一下，突然又明亮了。莲花塔的钟声已经响过很久，看来今天又没有人要住店。老盘在心里叹息了一声，旅馆里生意一向不好，这几天尤其糟糕，别说是住店的人，就是来吃饭喝酒的人也少——除了那队换防时例行公事般前来喝酒的城门卫。

这时外面隐隐传来脚步声，老盘一惊，还以为是幻觉，可脚步声渐渐清晰。城门卫换防没这么早，一定是有人住店了，老盘一下跳了起来。

他没猜错，两个年轻人一先一后走进来。前面一个个头略高，穿着灰色的布袍，后面那人却披着轻甲。两人腰上都挎着刀。老盘迎上前去，笑吟吟地道："二位是住店吧？"

他们点点头，挑了靠窗的一张桌子坐下。披甲人看着灰袍人一眼，道："要不，要不弄点酒过来吧。"他年纪比那灰袍人还要小，脸上稚气未脱，声音里也还有些孩子气。

老盘见灰袍人点头，才笑道："好嘞，我们这有草原上最好的火烧！"

酒拿来了，披甲人倒了一小盅，就全部推给了灰袍人。

灰袍人话不多，披甲的少年却叽叽喳喳说个不停，不过声音很小。老盘斜着眼看看着他们，忽然那披甲的少年抬起头，笑道："你也来喝一杯？"

老盘笑着摇摇头，说："不了。"

"来嘛，"披甲少年笑道，"我们还有些事要问你呢。"

老盘只好走过去，那披甲人杯子里只剩一点点酒，他拿在手里晃荡着，不时凑过去闻闻杯里的香气。灰袍人给老盘倒了一杯，他还是摇头，说："酒就不喝了，你们有什么问题，只管问，只要是我知道的。"

披甲人嘻嘻笑道："既然你不喝，那再让我喝一口吧，晚年哥。"

灰袍人摇头，披甲少年笑了笑，眼睛四处打量着，说："店里生意不大好啊。"

老盘局促地笑了一下："广水嘛，小地方。"

"一直是这么冷清吗？"灰袍人突然问。

"也不是，不知道怎么，这几天人突然就少了，以前人虽然也不多，但还不至于这样。"

"哦。"披甲少年点点头，"城里是不是有个塔，叫什么莲花塔的。"

老盘说："是啊，莲花塔是我们这最高的地方，两位要是白天来，一准儿能看到。"

"为什么叫莲花塔呢？"苏淮问。

"这是造塔的河络取的，也许有什么深意吧，"说到莲花塔，老盘来了兴致，话也开始多起来，"每天早晚，塔上各有两轮钟响，你们进城的时候，听到钟声了吗？"

两人一起摇头。

老盘呵呵地笑着："也是，你们进城晚了些，莲花塔的钟一向是最准时的，它不用人敲，自己就能响。"

少年眼里突然亮了，说："怎么可能，哪有这样的钟！"说着看了看灰袍人，灰袍人倒没说什么，平静的脸上也有了一丝好奇。

"我不骗你们，明天你们自己去看吧，"老盘见他们不信，只是淡淡地一笑，"杜先生住在塔里，他脾气好极了，谁都可以上去看。"

"杜先生？"灰袍人道，"是叫杜长卿么？"

老盘说："是啊，嘿嘿，你也知道杜先生啊……"

老盘正要说下去，外面突然一阵嘈杂，把他的话打断了。他笑了笑，说："有人喝酒来了。"话音未落，五六个兵士走进来，穿着黑色的皮袍，头盔上的丝带顺着头发，一直垂到半腰；每人腰间都挂着弯刀和配饰，走起路来丁当作响。

他们在门边坐下，老盘拿了酒出来，领头的一个瘦脸士兵道："老盘，今天生意不错啊。"说着他端起杯子，朝靠窗的桌子上遥遥地举了一下杯。

披甲的少年愣了愣，也笑着举了举杯。那瘦脸士兵笑着喝了杯里的酒，一手突然举起，在脖子上轻轻一抹，身后的士兵一起笑起来。

少年转过头，低声道："奇怪，看他们装扮，像是——"

少年欲言又止，灰袍人说："没错，他们是蛮族的士兵。"他指着老盘，老盘也穿着皮袍，腰间扎着又宽又厚的腰带，"别忘了，这里是瀚州啊。"

披甲的少年沉默了片刻，突然道："这里也有广水营吧，不知道有没有宿松营那么厉害？"

"你还是想去宿松营么？"灰袍人微笑着问。

"嗯。"少年点点头，眼里闪耀着光芒，"还是他们风光。听说他们一个月有半个金铢，一个月啊，抵得上我们半年。"

灰袍人笑着，没有说话。

"你父亲呢，他想你进宿松营么？"披甲人道。

灰袍人摇头："他倒没和我说过，宿松营有那么好吗？"

"你父亲怎么说也是一城之守。"少年语气里有了些伤感，"等我有钱了，

就带着姐姐和父亲回东陆去。父亲常向我们说起东陆,不像瀚州,到处都是羊膻味儿。"

"你们是怎么来瀚州的,在东陆住着不是挺好?"灰袍人问。

少年摇了摇头:"父亲没有说过,我问姐姐,她说不记得。"

他拿手支着下巴,脸上的憧憬慢慢淡去,没多久,胳膊一软,就趴在了桌子上。

蛮族士兵也喝完酒离开了,旅馆里安静下来。老盘收拾完桌子,把门关上,又从墙上取下油灯,走到灰袍人这边,喃喃地道:"今天真有些古怪。"

灰袍人道:"什么古怪?"

"我是说那几个城门卫,"老盘道,"以前他们都要喝得烂醉,今天却没喝多少。"

灰袍人道:"他们是蛮族人吧?"

老盘点头:"我们广水有两队城门卫,另外一队就是东陆人了。"

灰袍人架起披甲的少年,跟着老盘往楼上走去。

"就是这里了。"老盘打开房间。屋里很简陋,靠窗是两个架子床,床边有个木头柜子,油漆剥落得差不多了,桌上放着一盏油灯,老盘点了灯,又帮着把披甲的少年扶上了床。

广水的夜晚万籁俱寂,耳边只有均匀的呼吸声,淡淡的乳白色月光照在窗边,一片清凉。

李晚年对草原说不上有多喜欢。虽然只在澜州住了六年,可朦胧中有一种难以割舍的情愫。至于瀚州,美则美矣,总觉得不属于自己,只有那些身着皮袍腰别小刀脖子上挂满饰物的蛮族人才和草原相配。蓝天白云,羊马成群,蛮族人站在草丛中,皮肤黝黑,牙齿洁白,黑色的眼睛里闪着蓬勃的光芒。他们属于草原,草原也属于他们。

东陆人把建筑和技术带到了草原,建了宿松和广水两座小城。城里蛮族人和东陆人混杂居住,已过了几十年,可和睦相处永远是镜花水月,不切实际。几十年中,双方的冲突从来就没有停止过。

苏淮不会想那么多,在他眼里,有冲突便该去制止,那或多或少的受伤,也都来源于此。最近那次,温泉街的五六个蛮族少年和一群东陆混混冲突上了,李晚年与苏淮居中调停正被小瓶看在眼里,那一场架苏淮又挂了彩,但李晚年的竭力维护也被小瓶收入目中。那天晚上,李晚年准备回去的时候,小瓶送他到门边,想说什么,但又忍住了。李晚年回过头,说:"怎么?"

她这才说:"你以后多照看着他一点,好吗?"

她语气柔和,脸上有一种哀楚的神态,李晚年心里一跳,连忙点头,说:"好。"

如今在广水,李晚年听着苏淮均匀的呼吸,回想着小瓶那真诚的略微带着恳求的脸,不自觉地笑起来,心里也鼓鼓荡荡的,没有一点空隙。

四

李晚年是被广水的钟声惊醒的,晚上他想起宿松,想着小瓶说话的语气神态,睡得并不安稳。苏淮四仰八叉地躺在床上,嘴满足地吧唧着,李晚年推了他一把,他顺势翻了个身,睡得更香了。

窗外还没亮明,天空蓝中带黑,朦胧中能见到不远处一个笔直的身影,高高地耸立着:想必就是莲花塔了。

"当……"又响起了一轮钟声,李晚年打开了窗子,钟声这一回响亮了许多。苏淮这才揉着眼睛坐起来。

两个人从旅馆出来,街道上略微显得有些冷清,行人不多,大多数店铺还没开门。莲花塔离他们的住处不远,高高的塔顶似乎就在眼前,可两个人在巷子里钻来钻去,走了不少冤路,最后站在塔前时,太阳已经升上去一截了。

莲花塔是一座石塔,基座是巨大的石块和石条,四面各开了一扇木窗。往上有七层,是石砖和青砖的混合,每一层有简单的飞檐。塔顶像个亭子,四角是木头柱子,柱子间连着栏杆,在柱子中间,能看见一口铜钟,亮铿铿的,反射着阳光。

两个人仰头看着塔顶,苏淮道:"晚年哥,你看,那边有个人。"李晚年顺着他的手看去,果然有个人站在栏杆边,他们只能看到他飘飞的衣襟。

苏淮道:"老盘说钟不要人敲,哼,骗谁呢!哪有自己会响的钟?"

李晚年后退几步,略微看得清楚一些,那人身形有些瘦弱,两手扶着栏杆,一动也不动。"他一定是杜长卿了。"苏淮道。

"应该不是,"李晚年摇了摇头,"杜长卿是个老头子,哪有这么年轻。"

两个人走到门边,轻轻叩了叩门环。过了半晌,才有人过来开门,一个瘦削的老人站在门前。

老人穿着宽大的袍子,愈发显得消瘦;颧骨微微突起,堆着皱纹的脸粗糙不平,不过他看起来很是和蔼,眉眼间有平和的微笑。

李晚年道:"请问这是莲花塔么?"

老人的样子让他觉得亲切,他见老人微微点头,便躬身行了一礼:"那么您一定就是杜先生了。我们此行是来找一个叫丁碧的人。"

老人目光扫过两人,微微侧过身,说:"请进。"

李晚年一进门,就暗自吃了一惊。从外面看莲花塔长宽都不过两丈,也许是视觉上的误差,里面显得很开阔。窗子关得很紧,四周都点着灯,塔里倒也明亮。杜长卿径直带他们走到墙边,木阶镶嵌在砖里,旋转而上,直通塔顶。杜长卿停下来,说:"丁碧就在上面,你们上去吧。"

苏淮试探着踩上一级木阶,薄薄的木板轻轻晃了一下,他"哎哟"一声退下来:"别上去,上去不得。"

李晚年也踏上一级,他提了一口气,慢慢把全身重量放上去,木板晃了两下,也就不动了。他一连走了几步,回头笑道:"上来吧。"

苏淮将信将疑地站上去,见除了晃荡之外,没有别的动静,也就稍微放下心来。但嘴唇还是紧紧咬着,手扶着墙壁不敢松开。

里面的砖墙很平整,走了七八级,苏淮拍着墙道:"咦,这上面有画。"李晚年也发现了,墙壁很大,他们隔得又近,看不清楚具体画的是什么,只能看到单个的笔画。第六层上,木阶消失了,一个宽阔的梯子通往塔顶。

才一探出头,猛烈的光线刺得他们眯上了眼。他们的方向,正朝着太阳。两个人摸索着站定,都转过身子,背对着阳光。

面前就是铜钟,两个人看着钟,想起老盘的话:"这钟没什么古怪嘛,哪能自己响。"苏淮道。李晚年朝他摆摆手,说:"等会儿再看钟吧。"他看到了那个身穿白衣、静静地看着远方的丁碧。

李晚年的第一个感觉是惊讶,他还没完全适应塔顶的光线,眼里还闪着金星。丁碧站在钟的阴影里,手扶着栏杆,他的身体似乎有些模糊,尤其是身体的边缘,像雾气一样,轻轻流动着,若隐若现。他转过身来,看起来二十岁上下,脸色在衣服的映衬下,也显得有些苍白。

"你就是丁碧吗?"李晚年问。

他微微偏了下头,说:"我是。"

李晚年看他的眼睛,却发现他的眸子凝视在一个点上,一动也不动。突然他莞尔一笑,说:"你们,是李晚年和苏淮吧。"

苏淮尖叫了声,说:"你怎么知道?"

他不回答,只是轻轻地道:"你们是来接我去宿松的么?"

李晚年点头,他知道为什么李双城要他接这个人了。如果估计没错,丁碧的眼睛,是看不见的。他的眸子始终一动不动,每次说话,都会偏一下头,像在寻找什么。但奇怪的是，他的目光并不是一般盲人的散乱无神，而是集中在某一点，目光里也满是神采，全无迟钝呆滞之感。

丁碧摇了摇头："我现在还不能走。"他手扶着栏杆，慢慢地朝一边移动了两步。李晚年赶紧走上前去，在旁边护着他，栏杆外就是十多丈的高空，他只看一眼都会头晕。

"为什么？"李晚年问。

丁碧慢慢蹲下去，李晚年这才看到，在他身边，钟的另外一侧，有一幅打开了的画。丁碧的手轻轻抚过画卷："是李双城让你们来接我的吧？"

苏淮碰了碰李晚年，轻声道："嘿嘿，他也知道伯父呢。"

李晚年听他直接叫起父亲的名字，心里略微有些不快，便淡淡地道："是。"

丁碧叹了一口气，指着地上的画："我还有事情没做完。"

李晚年心里一惊，难道丁碧还能画画？他俯下身，苏淮也跑过来，一脸好奇地蹲下来。打开的这一段上，密密麻麻的，全都是人，起码有几十个。李晚年拉了拉画轴，又展开了一段，这上面却有一面墙，墙上靠着两个人，墙边不远有一扇拱门，门边站着几个人，都是拿着兵器。苏淮指着墙边的一个人，奇怪道："你看，这个人……"

画上的人穿着铠甲，头发束在脑后，一手拿着刀，另一只手上缠着几圈布带。李晚年看了看画，又看了看苏淮，笑道："这人有点像你啊。"在他旁边，一个穿袍子的人看着门口，侧着头，几缕头发飘在额前，在头发的掩映下，依稀还能看到一道浅白的印子。李晚年不自觉地摸了摸自己的额头。

"哎呀，那这就是你了。"苏淮道。

李晚年也很奇怪，看着一旁的丁碧，却不知道怎么开口。

"你怎么会知道我们的样子呢，你见过我们吗？"苏淮目光还在画上。

丁碧微微一笑，道："没见过，但我知道你们的样子。"顿了顿，他又道，"不过，这不是现在的你们，这是两天之后。"

"你怎么知道这是两天后？画的是哪里呢？"李晚年心里更加奇怪。苏淮的嘴角微微扬起，满脸都写着"不相信"。

"过两天自然就知道了。"丁碧淡淡地道。

"那就先等等吧！"李晚年叹了口气。他看丁碧转过了身，又轻声道，"我们先下去吧！"

苏淮"哦"了一声，跟在他身后。两人围着钟走了几步，脚下突然有些异常的声音，李晚年蹲下来一看，发现有一块木板是活动的。苏淮也凑过来，伸手在木板

上一按,木板"嗖"地弹了起来,吓得他赶紧缩回手。接着一个黑色的木棒从空隙里伸出来,悬空停在铜钟的腰间。

"我明白了,这里有个机关。"李晚年摸了摸那个凸出来的木棒,朝边上一扳,木棒又弹回来。

"钟就是这个东西敲响的呀?"苏淮奇道。

"应该是,"李晚年点头,"这机关肯定是塔下面控制的,老盘说得没错啊。"

他们把木棒按下去,又放好了木板。起身看着塔下,整个广水尽收眼底,阳光照着大街小巷,行人小如蝼蚁,在街道上移动着。

这是李晚年和苏淮第一次去莲花塔。这时的广水看起来安宁如故,如同一个水面,波澜不惊,然而这种安宁在李晚年走下莲花塔时画上了句号。他们满怀疑虑地踩着木阶下去的时候,一颗石子丢进水里,波浪从水面的边缘卷起,很快,整个水面就动荡不堪了。

五

李晚年和苏淮走出莲花塔,隐约听见外面的呼喊声。两个人从巷子里出去,喊声更清晰了,路上有几个面色仓皇的行人。李晚年拦住一个中年人。那人喘着气道:"蛮族人打过来了。"他也无心解释,转身急急忙忙走了。李晚年心里暗道不好,苏淮也有些惊讶,说:"还回旅馆么?"

李晚年道:"当然回了。"他们朝西走去,旅馆要稍微偏僻一些,也许是消息还没传过来,附近都很平静。老盘正靠在椅子上打盹,这会儿才转醒,就见李晚年和苏淮急冲冲走进来。

"人接到了吗?"他揉着眼睛,在桌子上端着一杯奶茶。

"听说城里出事了,"李晚年看他的样子,明显他还什么都不知道,"蛮族人都打过来了,你还在这儿打瞌睡!"

"什么,蛮族人打过来了?"老盘的手停在半空,抬眼看着两人,"开什么玩笑。"

"真的,街上的人都在逃命呢!"苏淮道。

外面突然传来嘈杂的人声,几个人从旅馆门前跑过。李晚年定下神来,说:"我出去看看动静。"

苏淮说:"我也去!"

李晚年摇摇头,说:"你要是在旅馆待不住,就再去莲花塔吧,催一催丁碧也好。"

广水城以胭脂路为界，大致可以分为两部分：蛮族人在西，东陆的移民居东，但也不是泾渭分明的，中间是广阔的混居地带。

街上的混乱远超想象，越往西越是混乱。人们拖着行李，老人小孩挤成一团，杂物丢了一地。他们有的是去投靠城东的亲戚，但大部分是盲目地逃离。一路上消息很多，也很笼统，大致是说蛮族人在驱逐东陆人，说他们如何凶狠，如何烧杀抢掠。李晚年问了几个人，都说不出个所以然来。李晚年想他们多半是闻风而遁，要是真和蛮族人碰了面，按照他们的说法，他们也就没机会逃了。

一连穿过几条街，发现大部分的人马已经过去，街上的人少了很多。两边的门要么上了锁，要么从里面紧紧关着——也有人没有撤离，躲在家里面观望。在一条巷子口，他突然瞥见一队人，身上都带着刀。李晚年连忙闪到一堵墙后，墙上刻着几个字，"翠竹巷"。

这队人停在巷子中央，都是蛮族人打扮。巷子两边，大约有四五户人家。只听一人道："好像都跑光了。"

另一人道："不可能，进去搜一下。"

他们几人一组，各自散开了。李晚年悄悄地探出头，这队有十来个人，有几个中年人，还有几个孩子，十四五岁的样子，腰上别着刀，高高地昂着头。只听有人大声道："上了锁的，都给我砸开！"

门上传来乒乒乓乓的声响。

"没有人。"

"没有人。"

几个人又退回到巷子口。他们一路朝李晚年的方向走来，李晚年正想离开，突然听到一人大声道："来这里，这里！"

几个人围上去，一个蛮族少年正踹着一扇门，那门也十分牢固，他一连踹了好几脚，只听到"咚咚"地响。一个中年人走上去，说："我来。"他退开两步蓄力，用肩膀撞上去，一声闷响，门轰地打开了。旁边那少年道："哈，真的有人。"

巷子里传来小孩的哭声。那中年人走进去，手里提着一个小女孩出来，只听他笑道："总算让我逮着一个了。"

周围人一齐哄笑起来，李晚年只觉得脑子里也轰轰作响。那人将小女孩丢在地上，示意其他几个人进去，他们转了一圈，说："没人了。"

那中年人在女孩面前蹲下，笑着道："小姑娘，你怎么一个人在家啊？"

小女孩茫然地抬起头，身体轻轻地颤抖着。

 有两个少年走过去，低声地问着什么，半晌一个少年站起来，对着前面的中年人摇了摇头，说："放她走吧。"

 中年人沉吟着，李晚年看那小女孩轻轻抖动的身体，心里不忍，刚刚挪了一小步，那中年人突然叱道："什么人？"微微转了个身，周围的人都拔出刀，四下里望着。

 李晚年连忙屏住呼吸，他和蛮族人距离只有十几步，要是他突然冲过去，以他的速度，欺近那人身边倒是没问题，能不能夺过小女孩就很难说了。

 这时只听到一个人沉声道："你们好大的胆子！"话音未落，巷子口闪出一个人来，穿着整齐的铠甲，手里拿着一杆长枪。接着他身后又站了好几个同样装束的人。

 他们往前走了几步，犀利的目光直视着蛮族人。蛮族人已有些畏惧，那中年人一咬牙，道："都停下，再进一步，别怪我……"他一反手，刀已架在小女孩身上。

 他模样虽然凶狠，可握刀的手也在轻轻颤抖。小女孩脸色煞白，旁边的蛮族少年对着她微微笑着。

 穿铠甲的人停下步子，当先那人道："放下孩子，你们走吧，我不拦你们。"

 中年人使了个眼色，道："你们凭什么拦住我们？哼——"他和周围人一起朝李晚年这边退来。穿铠甲的人愣了愣，又朝前走了一步，中年人猛地咬牙，刀光一翻，他们又连忙停下来。

 蛮族人背靠着李晚年，慢慢地退着。见他们的大部分注意力都在对面，李晚年不再犹豫，发足朝人群里奔去。他一吸气，人已悄无声息地到了蛮族人身边，伸手抱住小女孩，轻轻一带，再朝后面退去。一直到了巷子口，那口气方才轻轻呼出来。

 蛮族人这才反应过来，目光里满是惊奇。那些穿铠甲的人，也都有些惊讶，彼此看了几眼，当先那人赞了声："好！"

 小女孩身体轻盈，李晚年感觉手上轻飘飘的，他有些奇怪地看着小女孩——她正紧紧地搂着他的脖子。

 蛮族人失了依靠，有些惊慌失措。那中年人沉声道："朝这边走。"挥着刀朝李晚年这头冲来。他看李晚年只有一个人，料定他不会阻拦。李晚年也很配合地朝后面闪开几步。

 那头突然传来一声冷喝："还想走。"

 声音未落，空气中传来尖锐的破空声。当先那人以枪当箭，长枪划过一道黑影，直朝蛮族人背后刺去。巷里空间本来就狭小，长枪去势迅疾，那几个少年落在最后，他们想要躲闪，哪里还来得及，只听一声惨叫，长枪从一个少年背后贯入，去势未停，又刺入另一个少年背上。

蛮族人收住步子，那两个少年惨叫一声，已经扑倒在地。李晚年看着也觉不忍，小女孩躺在臂弯里，身体抖得更厉害了。李晚年捂住她的眼睛，轻声道："别怕，别怕！"想了想，又堵住了她的耳朵。

蛮族人拔出刀，留了两个人殿后，另外的人仍向巷子口冲去。穿铠甲的人冷笑一声，又有两人丢出手里的枪，一左一右，分别刺向那两个殿后的蛮族人。那两个蛮族人扎着马步，看到枪影到了眼前，猛然挥出手中的刀。他们动作也不慢，刀也挥舞得很有力量。

可是他们的刀却击了个空。

枪的速度太快了，刀还在半空中，枪已经扎入了他们的身体。他们把挥刀的动作做完，人也扑倒在了地上。

这时剩下的蛮族人已经出了巷子，他们回过头，目光中闪着怒火，那中年人远远地叫道："广水营，你们等着！"

李晚年心里已经料到七八分了，他们铠甲整齐，又都拿一柄长枪，只可能是以枪术著称的广水营。

广水营的人也不追赶，待蛮族人走远，几个人过来拖蛮族人的尸体，当先那人走过来，对着李晚年点点头，道："多谢你了。"

李晚年摇了摇头，脸上浮出一丝苦笑，他看着地上那个死去的少年，嘴微微张着，腰上挂着小刀，刀鞘上缠着蓝色的布条，反射淡淡的光。

"还是孩子啊！"他转过头，轻轻叹道。

他放下女孩，轻声说："好了啊，不要怕了。"女孩已经慢慢平静了下来，只是眼神还有些空洞。李晚年又问："你叫什么名字啊？"

女孩轻声道："阿莲。"

"哦，阿莲，你家人呢，爸爸妈妈呢？"

小女孩不再说话，只是盯着李晚年看，神色活泛了些，撇着嘴，像是要哭，又像是在笑。

广水营那人拿回枪，示意后面的人把尸体抬走，再转头对李晚年笑道："你身手好得很啊。"

李晚年觉得他们出手太狠，便只淡淡地道："跑得快而已。"

那人道："你是广水人么，我怎么以前没见过？"他看了看身后，另外几个人也都摇头，

"我是宿松来的。"

"哦,那你是宿松营的人?"

李晚年摇着头:"也不是,我只宿松城的捕快。"

那人点了点头,回头道:"把小姑娘送到大营去吧。"一个人走出来,要从李晚年手里接过女孩,他伸出手——李晚年微微皱了下眉——右手没有食指,女孩本来也犹豫着伸出了手,一见那人的手,连忙又缩回来,紧紧地抱着李晚年不松手,脑袋埋在李晚年脖子上。李晚年有些尴尬,道:"干脆我送她回去吧,她看来被吓坏了。"

那人笑了笑,道:"那也行,可是要是在路上遇到了蛮族人,你带着一个孩子,只怕不方便。"

李晚年一想也是,对着小女孩轻声道:"别怕啊,他们是好人。"小女孩摇了摇头,手抱得更紧了,李晚年心里突然一阵怜爱,摸着小女孩的头,道:"我还要去办点事,等下就来找你,好吗?"

小女孩这才慢慢松手,那个四指的士兵接过她,她恋恋不舍地回头,脸上突然泛起微笑,像一朵徐徐绽放的花。李晚年看到那笑容,只觉得一阵恍惚,耳边有个飘渺不定的声音:"你一定要来找我啊!"

四指的士兵抱着小女孩去远了,李晚年回过神来。

"我们会把她送到营地里,"领头的那人在墙根的草上擦了擦枪上的血迹,手指着身后,道,"你知道我们的大营吗,就在那边不远。"

## 六

灯芯"驳"的一声,塔里突然一亮,但只是一瞬。塔里还是暗暗的,也就更显得寂静。一堵砖墙隔开所有的嘈杂,外面天翻地覆,莲花塔里却一如往常。杜长卿坐在一盏灯的阴影里。"你放心,这里比哪儿都安全,"老人微微一笑,抬头看着塔顶,"他现在正在画画呢。"

"可是他什么也看不见。"

"他看不见的,只是眼睛。"

这话苏淮也不怎么明白,他想到了那些画,画上的神色各异的人,难道真是丁碧画的么?"他看不见,还会画画,真是厉害。可是他都没见过我们,怎么知道我们的样子?"

"这世上,不是每件事都能解释的,"杜长卿叹了口气,道,"以前有个皇帝,很会画画,他画了一幅雪景图,后来,他把这画烧了,你猜怎么着……"

"他为什么要把画烧了呢?"

"这个我们不管，"杜长卿笑道，"他烧了画，结果呢，突然阴云密布，好端端的，竟然下起了雪来。"

"是因为在冬天么？"苏淮问。

"……虽然是在冬天，可之前毫无征兆啊。"杜长卿解释道，"天降暴雪，可以说和画上一模一样。"

"那也没什么，"苏淮笑道，"可能是巧合吧。"

杜长卿微微皱眉："这个人还画过一幅画，画的是一个美丽的女人，后来，这个女子就从画上走了下来，变成了真人——"

这比那件下雪的事要有趣，可苏淮倒也不觉得有多么神奇，他关心的是丁碧，可绕了半天，老人还是没有回答他的问题。他不禁有些失望，正想转个弯再问问，外面突然传来轻轻的叩门声。

杜长卿笑道："去开门吧，你的朋友回来了。"苏淮将信将疑地走过去，开门一看，果然是李晚年，他脸色微微发红，额上沁着细细的汗珠。

李晚年看到了杜长卿，微微行了个礼。苏淮忙问道："外面怎么样了，蛮族人真的要打过来了？"

李晚年点了点头："乱得很，刚刚有蛮族人在巷子里抓人，接着一队广水营的人过来，杀了几个蛮族人，才把他们赶走。"

苏淮吐了吐舌头，杜长卿突然一挑眉："你说广水营杀了几个蛮族人？"

李晚年说："是啊——"他想到那两个蛮族少年，心里仍是有些不忍。

"广水营都出动了，那还有什么可怕的。"苏淮笑道。

杜长卿沉吟道："奇怪，奇怪。"

李晚年道："奇怪什么？"

杜长卿微微一笑，道："没什么，你是想马上带丁碧走的么？"

李晚年点头："是，接下去不知道广水还会发生什么——"他对苏淮招招手，道，"我们上去吧。"

他和苏淮正要转身，却听旁边有人道："我现在还不能走。"

丁碧不知道什么时候站在了里面的转台下，李晚年心里吃惊，进塔时他还看到丁碧站在塔顶，后来又没听到墙边的木阶有什么动静，那丁碧是怎么下来的呢？他想不出其中究竟，惊讶写在脸上："你把画带到宿松去画吧，这里太危险了。"

"其实呢，现在想走也走不了，"丁碧摇着头，苦笑道，"蛮族人好端端的，为什么要起事呢？"

李晚年突然道："我听人说，城门卫里有个叫老路的人，好像还是个队长，他是蛮族人。今天早上，蛮族人发现了他的尸体。"

　　李晚年对广水并不熟悉，因此也无法断定传言的真假。传言里那队城门卫都是蛮族人，他们抬着老路的尸体，占领了城守的府邸。然后往东进发，路上不断有蛮族人加入进来。

　　杜长卿凝重的脸上浮现一丝微笑，"你们先回旅馆吧，我想旅馆里正要人帮忙。"他转过身去，油灯上的火光轻轻跳跃，墙上的影子一会儿拉长，一会儿变短。

　　远远就听到旅馆里的人声，许多人蹲在门外面，身边码着大包小包的行李，都是从西边逃过来的。李晚年和苏淮一进去，只见黑压压的一片人头，旅馆里已经是水泄不通，桌子、窗户、过道、楼梯，全都塞满了人。老盘正在人缝里挤着，嘴里大声喊："不要去楼上了，楼上房间满了，楼上房间满了！"他好不容易挤到楼梯上方，一脸苦笑地说："你们去别处吧，这里真的满了，住不下了。"

　　李晚年和苏淮挤上楼，楼上只有八间房，每间都关得严严实实。他们一走，身后也马上有人跟着挤上来，是几个小孩子，老盘拦不住，只好把他们拉到过道里，说："你们就在这儿呆着啊，房里都住满了，别去打扰他们。"李晚年看了眼苏淮，苏淮对他点点头，便道："要不，让他们住我们房里吧。"

　　老盘摇摇头，说："那怎么成，你们快进去，要不等下人更多了。"老盘连推带搡地把他们弄到屋里，反手"啪"地关上了门。两人回到自己房间，也觉得不是滋味，听到外面又是一阵嘈杂，只见窗外走过一群士兵，大约有十个人，看衣着是广水营的打扮。楼下有人说："这是广水营的人！"消息一传开，人群顿时欢呼雀跃。

　　走到眼前了，人们却发现这队广水营的人是护送伤员的，六个伤员，有老有弱，都是外伤。他们到了门口，门边有人道："没地儿住啦，里面挤满了。"

　　老盘这时挤出来，见有人受伤，皱眉道："不是说人受伤了都送到你们营地里去么，怎么到这儿来了？"

　　广水营的人不答，走在最前面的那人取下头盔，模样还很年轻，像个公子哥儿。窗下有人道："是雷音呢！"苏淮眼中也闪着光芒，李晚年奇道："你也知道他么？"

　　苏淮点头："知道啊，他可厉害了，十九岁就做了广水营的副将。"

　　雷音见四周都挤着人，对老盘道："快腾几个房出来。"

　　老盘拍着头，说："哎呀，实在是没办法啊，别说是房间，过道里都住满了。再说，这血淋淋的，抬房里去了，以后谁还敢住啊！"

　　后半句倒是真心话，他面有苦色，这时苏淮从窗子里探出头，大叫道："送楼上来!我们房间可以住!"

广水营的人架着伤员上了楼,老盘跟在后面,他后面又跟着几个看热闹的人。苏淮走到门口,远远地看着雷音,脸上闪着羡慕的光。雷音走过来,对着苏淮点了点头,走进去看了看房间,眉头微微一皱:"一个房间还不够,得另外再要一个。"

老盘一路跟上来,看着楼板上沾了血迹,脸色已经有些难看,这时听说还要房间,差点跳起来,他大声道:"你们没看见吗?房里都住了人,你要我怎么着,现在给你盖几个房间啊!"

正说着,一扇门里有人大声道:"谁在外头吵呢?"接着门"哐当"一声开了,一个满脸怒容的老人站在门口。他环顾四周,问道:"住间房都不让人安生么?有点规矩没有。"

他声音很尖,周围的人被他目光扫过,有几个低下了头。老盘赔着笑容道:"大人您别生气,刚才广水营的人送了几个伤员来,所以就……"

他把"广水营"三个字咬得很重。老人面色微微一变,道:"广水营不去对付蛮族人,跑到这里来做什么?"

苏淮凑到李晚年耳边,低声道:"这老家伙是谁,是广水营统领么?"李晚年摇摇头,那老人刚才一听到广水营,语气依然咄咄逼人,但神色缓和了很多。他扭过头去看雷音,老盘一直挡在身前,他也一直没说话,这时才走出来,道:"原来是城守大人。"

老人看到雷音,脸上突然堆起了笑容:"是贺将军啊。"他看着人群里的几个伤员,又道:"有人受伤了么?"

雷音冷冷地道:"他们撤离得慢了一些,又不像大人那样,有城门卫保护。"

老人脸色一红,但很快就用笑容掩饰住了,"那赶快医治啊,怎么送到这里来了?"他走近看了看那几个伤员,突然指着一个人道:"不对啊,这是个蛮族人啊!"

那人伤在肩上,血染透了衣裳,又从缠着的白布里渗出来,脸色苍白,眼睛微微闭着。听说他是蛮族人,周围几个人打量着,疑惑地道:"好像真的是呢!"

整个过道里微微有些骚动,老人有些得意,他转身走到楼梯口,大声道:"蛮族人都把我们逼成这个样子了,我们怎么还能救蛮族人呢,你们说是不是?"

大厅里的人大多大声称是,也有人低头不语。老人又继续道:"我看这旅馆里就有不少是蛮族人,他们就混在你们中间,要我说,马上把他们赶出去!"

他这话一出,大厅里却一阵沉默,响应的人寥寥无几。旅馆里东陆人占多,但

也有不少是蛮族人。自从他们混居以后，界限已经不是那么分明了。

老人离开了房间，雷音打了个手势，广水营的人便将伤员送了上去。老盘这回没有阻拦，听老人在门口大声煽动时，他脸色也很难看。那老人还想说什么，雷音走到他面前，道："以大人的意思，那我也不能在旅馆里待了！"他突然取下头盔，深黑色的眸子里光芒一闪，阳光照着他的身体，一大块阴影投射在地上。

老人讪讪道："将军误会了，我不是这个意思。你和他们当然不同。"

雷音冷笑了一声，带着广水营的人就要出门。老盘突然道："你们还有伤员么，要是有，只管送过来，我给你们腾房间。"

雷音愣了愣，道："那多谢了。"

那老人见人们不再搭理他，悻悻地回到门边。老盘拦在他身前："夏大人去下面吧，伤员们已经住进你的房间啦！"老人脸上愤怒，但也不好表示，一甩手，去了楼下。老盘看他走远，接着道："我听说伤员是安置在你们营地的，是受伤的人太多，营地安置不下了吗？"

雷音叹了口气，低声道："不是，我们营地已经被占了。"

老盘愕然道："怎么会，是蛮族人么？他们再厉害，也不会是广水营的对手啊。"

雷音摇了摇头，后面有个广水营的人道："我们大部分人都出去了，营地里只留了几个医师……"

李晚年一直在旁边听着，这时脸色也变了，他走上前道："那你们营地里的人呢？"

"都转移了，多半都去了沙道观，等会儿可能还会有人送到这里。"雷音朝楼下走去，走到一半，又回过头，看着李晚年，"怎么，你有亲人在营地么？"

李晚年摇了摇头，那小女孩和他萍水相逢，实在说不上是亲戚。雷音以为他是在担心，便道："我们现在全部集中在琉璃街，你放心，他们是攻不过来的。"

七

没多久果然又有几个伤员送过来，老盘说话算话，把房间里的人全都赶了出来，接着又到大厅里找会医的人。苏淮自告奋勇地也去帮忙，他毕竟是在小石房长大的，虽然没有正经地学过医术，但从小耳濡目染，清洗包扎这些基本的事也都不在话下。他甚至说要给一个人缝合伤口，不过拿了针，手却又发起抖来。

伤员都安置好了，苏淮走出门，对李晚年道："我们出去走走吧。"

李晚年点着头，脑子里无端地跳出那个小女孩临走时的笑容，他想立刻就去找她，苏淮却担心他们会不会被困在广水，回不了宿松，所以提议去城门边。

城门在城南靠西，那一带是蛮族人和东陆人混居的地方。路上多半是逆向而逃的人，又走了一阵，路上的人渐渐少了，他们看到前面有两个东陆人，方向和他们是一样的。

"挺聪明啊，"李晚年轻声道，"他们一定是觉得城里不安全，想直接出城的。"

那是一对夫妇，都背着行李。行李看来还不轻，走了一段便要停下歇歇，李晚年和苏淮很快就追上了他们。

"你们也要出城么？"男人见了他们，挤出一丝微笑。

李晚年摇头："去看看城边的动静。"

男人道："你们最好还是出城去，等蛮族人逼到城东，那就真成了瓮中之鳖啦。"

苏淮笑道："不是有广水营么，他们会护着我们的。"

男人狡黠地一笑："广水营，他们自身难保，还说什么保护。小兄弟你知道广水营有多少人么，才四十几个，可蛮族人呢，有好几百啊，广水营再厉害，也不能以一敌十呢！"

他分析着两边的力量悬殊，一直到靠近城门。城门附近安静异常，街面上到处都是丢弃的杂物。李晚年率先躲在一个房子旁边，苏淮紧随其后，那对夫妇也跟在后面。

"不对啊，怎么城门上没人？"李晚年小声道。

"那不正好么，蛮族人忙着去东边，可能顾不了这里。"苏淮道。

那对夫妇也探出头，城门敞开着，门边确实没有人，城墙上也是一片安静。男人喜道："他们都跑东边去了，哪里还有人来守这里。我们一起走吧，路上还有个照应。"

李晚年摇头，男人又转向苏淮，苏淮也摇了摇头。男人叹了口气，对女人道："走吧。"

李晚年说："先别走，再看一下动静。"他觉得这里有些古怪，门敞开着，周围安静得有些邪门。

男人回过头，笑道："蛮族人就是想把我们撵出去，我们自己出城，正合他们的意思嘛！"

夫妇俩不再犹豫，沿着街角朝城门走去，他们走了百来步，没有任何动静。那男人回过头，还在冲李晚年招手，李晚年耳中却突然听到"吱呀"一声，他抬起头，在那夫妇旁边的房间里，二楼的一扇窗推开了一个缝隙。缝隙里闪着一道银

光。

　　李晚年看得真切，那闪着光芒的，是一个箭镞。

　　窗子里躲着弓箭手。

　　苏淮也看出了异样，"快跑！快跑！"李晚年跳起来，却不敢叫，只能大幅度地挥舞着手。这条街道是广水的主街，都是整齐的三层木楼，他不知道楼上的窗户里躲了多少个弓箭手。

　　男人看他动作古怪，有些会意。拉着女人的手，直朝城门跑去。但他们跑得实在是太慢了，那女人一边跑，还在一边整理着背上的包。

　　那一簇银光已经脱弦而出。

　　这一箭隔得很近，力道十足，直接贯穿了男人的小腿，男人大叫一声，跌倒在地。女人连忙扶他起来，但他中箭的腿已经不能站立，女人拖着他，两人跌跌撞撞地朝门边小跑着。

　　李晚年还在犹豫，倘若只有一个弓箭手，以他的速度，也许能躲过箭，甚至能抓住箭杆。可是他不知道街上有多少支箭，多少把弓。

　　苏淮脸色一暗，顿时就要冲出去，李晚年眼疾手快，一把将他拉住，低声道："干什么！"

　　苏淮道："救人啊！再不去他们就要死了。"

　　他身体往前，李晚年把着他的肩，往后退着："到处都是箭，怎么救？"

　　"那也不能看着他们死啊！"

　　他出门时没带刀，但李晚年的刀在腰间，他一手拔出来，就要朝那窗户里扔去。李晚年叹一口气，夺过刀来，低声道："你在这里站住别动，我去救他们。"

　　苏淮挣扎道："不，我们一起。"

　　李晚年怒道："你又想送死么？"他声音很低，但脸绷得紧紧的，苏淮这才悻悻地站住。

　　李晚年再探出头时，另一扇窗户里，又是银光破空。

　　女人也跌倒在地上，鲜血顺着他们的腿流下来，他们爬行着，地上的血迹被刷成一道一道的。李晚年叹息了一声，站在墙边没有动，苏淮走过来，那女人爬了两步，和男子挨在了一起。苏淮轻声道："我们走吧，你救不了他们了。"他不忍地转过头，又重复了一遍："我们走吧。"

　　两个人靠着墙往后退，空中隐约又是破空的声响。

　　"你还记得丁碧的话么？"李晚年低声道。

　　"什么话？"

　　"他说就是想出城，也出不了，莫非他知道城门边的情况？"

苏淮停下来，看着李晚年："他说他画的是两天之后，你信吗？"

"不知道。"李晚年摇着头。

苏淮叹了口气，说："反正我是不大信的——"说着他突然道："你看，血！"地上有褐色的血迹，先是一滴一滴的，后来渐渐成一道道的了，他们顺着血迹往前走，渐渐的血迹越来越多，苍蝇嗡嗡地围着血飞。

"去看看吧。"李晚年说。

## 八

血迹最终在一扇门前消失了，看到地上的血迹，李晚年已经能猜出门里面是什么了，苏淮还恍然不觉。那扇门很窄，门口有两级台阶，门槛约有一尺高，上面也沾着血迹，但已经风干了，成了淡淡的褐色。

这像是间偏房，看起来不大，门上贴着一张剪纸，是个小老虎，额头上剪了个"王"字，一只爪搭在地上，另一只举在空中，嘴张得很大，露出一排牙齿。

苏淮伸手放在门边，但很快又缩了回来。"里面会有什么呢？"他低声问道，眼里充满了好奇。

"没什么，你去旁边给我放哨吧。"李晚年推着他走到一边。

苏淮不情愿地走开了，李晚年走回去，手上缓缓用力，门吱呀一声开了。

门开的一刻，李晚年身体一颤，手扶住门柱，但手一挨到柱子，又闪电般拿开了，不停地甩着手。慢慢朝后退着，他退了几步，步子踏了个空，身体一个趔趄，差点摔倒在地。

苏淮侧着头道："晚年哥，怎么了？"

"没什么。"李晚年勉强笑道，站住了，再次走到门边。

屋里码着尸体。

李晚年突然想到了小石房，想到了莲花塔，想到那一块一块码放整齐的青砖。那些尸体就像是青砖，头朝外，脚朝里，整齐地堆放在一起。他们身上都是外伤，血流了一地。

李晚年听到了血在自己身体里涌动的声音，但他突然觉得有些怪异，忍不住努力睁大眼睛，再看了一眼。多半都是东陆人，他们身上有箭伤，也许就是从城门边拖过来的吧，看来有不少东陆人想出城，但无一例外的，都被埋伏在那里的弓箭手射杀了。可东陆人之外，还有蛮族人的尸体。李晚年看到那个翠竹巷里的蛮族少年，在他的腰间，蓝色布带缠绕的刀鞘静静地垂在空中。

广水营杀的人，怎么也搬到了这里？李晚年只觉得脑子里混乱无比，眼看苏淮

朝门边走来，他连忙关上门。

"没什么，走吧。"他拉着苏淮。胃里突然一阵抽动，他扶着一面墙干呕了一阵子，才道，"走吧，去找广水营。"

他们从广场上退出去，横穿过一个小里弄，琉璃街就在眼前。街上路口很多，几乎每一条路口都有几个广水营的人，楼顶也有，月光下他们的铠甲闪着淡淡的银光。

前面不远有几个人，手里拿着武器，正倚着墙打盹，这应该是自发来帮忙的东陆人。李晚年和苏淮走到身边了，他们还没有察觉。苏淮摇着头，轻声道："要是蛮族人打过来，他们恐怕连怎么死的都不知道。"

李晚年摇醒了一个人，那人慌着去拿武器，李晚年低声道："别急别急，我们也是来……放哨的。"

那人揉着眼睛，道："蛮族人来了么？"

"没有，你知道广水营的统领在哪儿吗？"

那人指了指对面一处有灯的地方，又环视四周，大概是觉得还很安全，便又垂下头睡了。

对面是一座两层的木楼，二楼上有一个突出的小回廊，上面点着一盏灯，旁边围着几个人，这是琉璃街上唯一点着灯的地方。楼下的台阶上，也坐着几个人，铠甲整齐，头盔遮住了大半张脸。

李晚年和苏淮朝木楼边走了没几步，楼下那几个人已经站了起来，拿着枪，冷冷地看着这边。苏淮略有些犹豫，李晚年捏了捏他的手，低声道："没事，跟我走。"

又走了几步，有一个人走上前，道："你们是谁？"

李晚年道："我们来找广水营的统领。"

那人道："我是问你们是谁，没问你们来做什么！"

他的声音有些熟悉，但李晚年没有心思多想，从旅馆到沙道观，一路找来，没见到那个小女孩，又想着城门边的蹊跷，心里本来已是焦躁不安。这人态度生硬，他心里有了火气，勉强克制下来，道："我们是宿松的捕快。"

那人随口"唔"了声，说："将军现在没时间见你们，有什么事，等广水安定下来了再说吧。"

苏淮忙道："我们有重要的事要禀告。"

那人悠然道："是吗？告诉我就行了。"

苏淮正要说，李晚年道："我们只能跟统领说。"也不顾那人拦在面前，直接朝前走去。

那人一拧身，挡在李晚年面前，眼睛眯成一条线，说："想硬闯么？"

"我就是要硬闯！"李晚年一声冷笑。身子一转，便从那人身边滑开。他动作极快，街上光线又不甚明亮，他的身形如同一道影子，转眼已将那人丢在后面。苏淮轻声喝了声彩。那人回过头，李晚年站在他身后几步，正挑衅地看着他。

"你跑得倒是挺快。"他道。

说话间他突然一探手，只听到风声一响，一线黑影闪动，向李晚年探去。李晚年待那影子到了跟前，身子微微一挫，影子扑了个空，又迅捷地退了回去。

那人站在那里，身体静若止水，苏淮都没看清楚那道影子是什么，只觉得他的身体似乎变大了许多。他点头道："不错。"话音未落，两手齐出，两道影子一左一右卷向李晚年。一道直扑身体，另一道从他身体后面转了个圈，再绕回来，直点李晚年头部。他封住了李晚年的退路，而且影子如影随形，李晚年往左一顿，影子却也在空中一顿，李晚年虽然快，但影子总能跟着他，无奈之下，他干脆仰下身体，以脚为中心，在空中转了个圈，这下突破了那道身后的影子。他复又站起，身前那道影子已到身前，情急之中，他伸手一抓，已将一道影子抓在手里。

这只是电光火石之间，苏淮看得也不是很清楚，只见到两道影子尾随着李晚年，最后画面停下来，李晚年站在那里，手竟然正搭在他手腕之上。苏淮正要喝彩，只听那人道："小心了。"

他的身体微微一抖，手突然之间也似乎粗了很多，手上的铠甲森然一响，一股大力涌来，李晚年身体控制不住，跟跄着朝后退出几步。那人的手已经反扣住了李晚年，李晚年往后退，他的手竟也跟着伸长。李晚年眼见着自己就要跌倒，那只手轻轻用力，把他拉了起来。

李晚年脸上红一阵白一阵，那人的手无声地退了回去，笑道："好身手！"他语气突然变得亲切起来，李晚年和苏淮都是一愣，他又道："李晚年，上去吧，将军就在楼上！"

李晚年更是诧异，道："你怎么知道我的名字？"

那人缓缓取下头盔，乳白色的月光照着一张棱角分明的脸。"你是……雷音？"李晚年犹豫道，他不太敢确定，虽然一直觉得他的声音很熟悉。那人点着头，语气里也有了笑意："刚才多有得罪了，将军说你身手好，我就想试一试。"

李晚年一怔，将军怎么会认识他呢？他又是惊疑，心里又有种从未有过的沮丧，刚才只两招，他就败在了雷音手里。

雷音已经率先上了楼梯，李晚年和苏淮跟着走了上去。到了二楼的回廊，前面的椅子上坐着一个人，背对着他们，宽大的袍子显出那人身形的瘦小。李晚年迟疑

道:"你就是广水营的统领么?"

"我是。"老人缓缓转过头来。油灯照着一张和蔼的脸——平和的笑容,额上微微叠起的皱纹。

那人是杜长卿。

李晚年和苏淮都吓了一跳。"你就是广水营的统领?"苏淮惊讶地张着嘴,"你不是在莲花塔里么?"

老人微微一笑:"怎么,谁规定了广水营的统领不能去莲花塔吗?"

李晚年定下神来,道:"难怪雷音知道我的名字,原来是您告诉他的。"

雷音道:"将军也才告诉我,在旅馆里我只是看你们面生,倒也不知道你们是谁。"

杜长卿微微一笑:"你们找我有什么事?"

说到了正题,李晚年和苏淮倒又觉得一时间无从说起了,苏淮想了想道:"我们下午去了城门,那边埋伏着好多弓箭手。"

杜长卿点点头,又看着李晚年,道:"只有这个么?"

李晚年想到那个小女孩,又想到城门边的那间屋子,不知道要先说哪一个。半响才道:"我们早上去城门时,发现了一间屋子,堆满了尸体。"

苏淮愣了愣,道:"那房间里……"

李晚年静静地点了点头。

杜长卿沉吟道:"尸体可是城门边被射杀的人?"

李晚年摇头:"不全是,里面还有蛮族人——"他目光一转,定定地看着杜长卿,"早上我说有一队蛮族人和广水营的冲突,你们的人杀的几个蛮族人,也在里面。"

"这不可能。"雷音在一边道,"将军给我们下过命令,只许救人,不能伤人。我们没有伤害过蛮族人。"

"早上在莲花塔里听你说了,我就觉得蹊跷,特意让雷音去查了一下,他细细地问过了所有人,没有人杀蛮族人,当然,也没有人说遇到过你。"

"什么?"李晚年还没反应过来。

雷音缓缓道:"你早上遇到的那队人,肯定不是我们的人。"

"不可能!他们穿的铠甲和你们一模一样,枪也跟你们一样。"

杜长卿摇着头:"这个我也让雷音去查了,除了你,还有一些百姓也见过他们,想必是有人冒充的吧。"

李晚年沉默了半响,杜长卿不像说伪,可早上他也是亲眼所见,"可是谁会冒充呢,"李晚年摇着头,"我不信,我要看看你们的人。"

杜长卿叹了口气，道："你见过那队人的样子吗？"

李晚年颓然地摇头，他们自始至终都戴着盔甲，没有露出脸来，不过——脑海中突然灵光一闪——那个抱走阿莲的人，只有四根手指。

李晚年说了早上救阿莲的事，"他们中有个人没有食指。"他道，这几乎成了他唯一的救命稻草。

"广水营没有这个人，"杜长卿语气平静，"至于你说的阿莲么，他们看来也没有要伤害她的意思，你就放心吧。"

李晚年还在摇头，但幅度小了下去，他心里已然隐隐明白，早上的那队人确实是冒充的，别的不说，雷音不是还带了一个蛮族人去旅馆治伤么？看来杜长卿确实有那样的命令。可是，他们为什么要冒充呢，阿莲又被他们带去了哪里？他想到阿莲抱着他的样子，只觉得心里一阵锐痛，早知道是这样，他说什么也不会把她交给他们的。

李晚年转过身，就要下楼。"你去哪里？"苏淮一把拉住了他。"我去巷子里看看，也许她又回家了呢。"李晚年道。他朝楼下挤去，力道很大，苏淮被他带着走了几步。

杜长卿走过来，看着李晚年的眼睛："明天再去看吧，你们今天也跑了一天，也累了，我们会帮你找那个女孩的。"他的目光像是一潭静水，李晚年被他目光吸引，再也不想移开，只觉得莫名的安宁，心里也镇静下来。

楼外也是一片祥和，周围只有淡淡的月光，无声地洒下来，照着房屋的轮廓。远处传来几声狗吠，在巷子里留下几声回响，若有若无，几不可闻。

九

莲花塔的钟声如往常一样响起，琉璃街离莲花塔稍远，声音传来时已弱了许多。这时的琉璃街还是平静的，除了楼下那些严整以待的武士和四周紧紧关闭的房门，琉璃街没有别的动乱的迹象。远处有清脆的鸟叫，巷子深处隐约一两声狗吠，都把琉璃街衬托得安宁无比。

李晚年和苏淮站在回廊上，他们晚上就睡在回廊，倒也安稳。在楼下，广水营站在一起，杜长卿站在他们面前，正说着什么。"真的只有四十个人啊，比宿松营还少。"苏淮叹道。

他们走下楼去，虽然明知道不会有结果，李晚年还是悄悄地打量了下每个人的手。这和他想再去那条巷子看看是一样的，直觉告诉他那个女孩不会回巷子里的家，可要是不亲自看一眼，他总觉得不安心。

　　李晚年凭着记忆在街巷里走着，苏淮在后面安慰："她不会有事的，你想想，冒充广水营的那队人，不是也是去救她的么！"

　　李晚年笑着点点头，昨晚他也想过这个问题，可总觉得有什么不对。现在与其说是去找她，不如说是做点什么好让自己心安而已。他想到他对小女孩说的话，"我一定会去找你的"，那么认真，郑重其事。还有女孩脸上的笑容……

　　他不禁又想到了小瓶的嘱托，他的回答也是那么肯定，原来他只以为没什么能难倒自己，可现在看来，那只是自己盲目的乐观和自信。

　　想着想着，已经到了那条巷子。李晚年站在那堵墙边，昨天的情景在眼前——复活了。"一定要找到她。"这个愿望突然变得强烈起来，他料想那些冒充广水营的人不是好人，不然也不会对蛮族人下手那么恨，可昨天竟然没看出哪怕是一丁点破绽。

　　阳光照着巷子一边的墙，地上还有淡淡的血迹。"她家在哪里？"苏淮问。巷子两边有好几扇门。李晚年回想着，指着血迹旁边的那一扇。他们走到门口，那门是半掩的，门闩周围破了一个洞，是那个中年蛮族人撞门的结果。他们推开门，映入眼帘的是一张方桌，桌子上有个插花的细颈瓶子，只是已经破了，碎片满地都是，一朵花在桌子腿旁边，绿色的叶子已经卷曲，花瓣也干枯了。桌子旁边，几把椅子倒在地上，上面搭着几件小衣服。这间屋子里再没有别的东西，墙壁一侧有扇门，垂着帘子，苏淮卷起帘子，看了几眼，便回头道："什么都没有。"

　　李晚年把那几把椅子一一放好，又拍了拍衣服上的灰，放在椅子上。苏淮突然奇道："你看这是什么？"他指着墙壁靠外的一侧，李晚年转过身，见墙上挂着一幅画，但背着光，看得不清楚，他把门完全敞开，屋里明亮了很多。画上是两个背影，左边是个男子，身形高挑，他右手牵着一个小女孩，小女孩一手举在空中，像在和谁打着招呼，他们前面，草地远远地展开。

　　李晚年越看越喜欢，忍不住取下了下来。

　　"你要把画带走么？"苏淮问。

　　李晚年点点头："带着留个念想，等我找到那小姑娘了，再把画还她。"其实他是觉得那个小姑娘和他救的女孩很像，但他没有给苏淮讲。

　　琉璃街分成了两段，广水营守东，蛮族人据西，中间堆着些沙袋和石块。一清早几个蛮族人便在自己那头晃荡着，互相说话，朝这边打量着。他们刚刚把人聚集起来，太阳升起来了，阳光直照着他们，如果攻过来，他们面朝阳光，势必处于被动。

　　雷音知道蛮族人是在等待时机，他有意先发制人，杜长卿却只让广水营按兵不

动。没过多久,太阳被云遮挡住了,云的边缘泛着金色的光,阳光从四周溢出来,慢慢流下来,像一个装满水的盆子。

蛮族人突然从街巷里窜出来,在琉璃街西聚集,黑压压一片。他们简单地喊了几句口号之后,便慢慢朝街东而来。他们的表情颇为轻松,前一天他们尝到了太多的好处,东陆人和广水营都没有组织起像样的反抗,他们轻易地占领了广水的大部分。

广水营排成三列,站在街前,他们后面是东陆人。雷音长枪曳地,当先而立。蛮族人离他们还有几十步的时候,雷音回头道:"列阵。"

广水营上跨两步,以半月形围着雷音,雷音手腕微微一用力,长枪端平,直指着对面的蛮族人。

走在前面的蛮族人为广水营气势所夺,有几个收住了步子,队伍一阵混乱。阵里有人叫道:"冲过去啊,冲过去。"前面的蛮族人还在犹豫,后面的人推着他们,队伍又开始朝这边移动,不过速度慢了许多。

二十步,十五步,十步……雷音手微微一紧,长枪颤动着:"出击!"

广水营也知道再无退路了,琉璃街后面就是沙道观,广水大部分百姓都在里面。杜长卿也改变了命令,允许广水营的人出手,只是不到万不得已,不能置人死地。

雷音当先冲过去,他右脚一蹲,一个大跨步,已经到了蛮族人跟前。最面前的蛮族人慌忙之间一刀击出,雷音一抬手,长枪倾斜,刀磕在枪上,"哐啷"一声弹开了。雷音手继续发力,枪杆突起,击在刀背上。蛮族人被震得手心一麻,刀已经跌落在地。那蛮族人面色涨得通红。左边一人大叫一声,挥刀冲来,雷音长枪闪电般刺出,枪尖在他脚上一绊,那人足上绊蒜,一屁股坐在了地上。这时右边又飞来一刀,这一刀势大力沉,刀未到,已先卷起了一阵风声,雷音身体往前一闪,长枪后顿,枪把划过一道影子,直击在那人身上,那人身体收不住,也一连退了几步。

这三人几乎是同时向雷音出手,可只是一眨眼,就全都败下阵来,周围的蛮族人呆了呆,雷音长笑道:"还有谁来?"

广水营的左右两翼已经突入人群中,雷音在两翼安排的也是营中力量最强的人,他们手中枪若龙吟,人群很快就被撞开两道缝隙。蛮族人多是用蛮力挥刀砍杀,毫无技巧可言,长枪到处,刀纷纷被击飞,蛮族人愕然着匆匆后退——刀在空中,他们害怕跌到自己身上。

蛮族人顿时被分成三段,雷音身边有了一片空地,周围的蛮族人面面相觑,都不敢上来,而外围的人犹自向前挤去。广水营阵形一变,处在半月形弧线上的人突然前冲,蛮族人看见亮晶晶的长枪扑面而来,左右两侧又都无退路,发一声喊,一起往后退去。

他们一连退了几十步，带动了整个蛮族人。阵里有人高喊道："怕什么，冲啊，我们人多，挤也挤死他们。"

雷音目光一闪，只见喊话人是一个中年汉子，身材比周围人要高一些，手里的长刀高举向天。

他声音虽大，可是蛮族人已经被震慑住了，哪里还听他的话。他还要再喊，突然觉得有点不对劲，只见阵前一个长枪武士冷冷地看着自己。他心里一跳，赶紧放下刀，朝边上走开两步。

但他才一动，雷音也动了，他挽着长枪，朝人群奔过去，在人群边缘，他枪在地上重重一点，身体借力而起，如一只大鹏飞向那个喊话的蛮族人。

那人走了没几步，眼前一暗，雷音已经落在他身前。他停下步子，一刀平平击出。他手中的刀本来就长，雷音又是刚一落地，立足未稳，加上枪又撂在了阵外，只得朝后退开几步，撞在几个蛮族人身上。那人刀势到了一半，忽然转了个向，由上而下，直劈雷音眉心。雷音刚刚站定，刀已经到了，他身体朝下一倒，落地时手在旁边的人身上一推，借力朝左挪开。这一刀躲开了。他人躺在地上，两拳齐出，扑向那人。那人冷笑一声，不退反进，长刀一拖，刀锋正对着雷音的手。

"叮"的一声，刀已经斩在雷音一只手上。雷音手上青筋突起，刀没有斩进去，甚至还反弹了一下。那人脸上的笑容才一出现，就已经僵住了，雷音另一拳捣在他胳膊上，他"哎哟"一声，长刀拿捏不住，掉在了地上。

雷音拾起落地的长刀，跟上两步，架在了他脖子上。

雷音退回到阵前，那个蛮族人神情倨傲，直视着广水营众人的目光。杜长卿从回廊上下来，道："刚才在背后大呼小叫的人就是你么？"

那人仰着脖子，冷哼了一声。

雷音道："这人身手不弱，我想不是一般的蛮族人。"

那人嘿嘿一笑，道："广水营也不过如此，过不了几天，我们一定铲平广水，你们一个个的——"他目光转了一圈，"就等着受死吧。"

杜长卿微微一笑："哦，我倒要看看，你们准备怎么铲平广水，像你这样用嘴皮子么？"

周围响起一阵笑声，那人脸上一红，道："你们就等着吧。"

杜长卿突然道："你的主使是谁？"他收住笑，直视着他的眼睛。

那人一愣，看了杜长卿一眼，目光里的惊讶一闪而过，满不在乎地道："什么主使，我们蛮族人恨不得把你们东陆人千刀万剐，需要人主使么？"

杜长卿看到那人目光中的惊讶，心里已经了然，他盯着那人的眼睛，一动不动，目光闪着摄人心魂的光芒。蛮族人见状也吓了一跳，他感觉自己的眼睛被他紧

紧牵引着，无处闪避。

杜长卿脸上一直有淡淡的微笑，突然脸色一紧，雷音在一旁看得真切，忙道："怎么了，将军？"

杜长卿低声道："对面楼上有人。"他神情不变，继续道，"别打草惊蛇，引他们出来。"

雷音点点头，退到了一边。那蛮族人回过神来，慌忙道："你要做什么？"

"你叫乌恩其，不过别人都叫你老六，我说得没错吧。"杜长卿看着他，微笑道。

那蛮族人身体一颤，道："你……"

"你不用告诉我什么，"杜长卿笑道，目光朝两边瞟着，"我自己看就好了。"

乌恩其低喝一声，身体挣扎了两下。就在他一喝之时，空中突然"咻"的一声。一支箭撕破了空气，直朝杜长卿射去。

箭来势迅疾，大多数广水营的人都听到了破空声，声音和箭几乎是同时到的。杜长卿身体不动，那箭似乎是朝他来的，还有几步远，雷音本能地伸手，朝那箭杆击去。可箭身突然微微一转，从杜长卿身边飞过，直射乌恩其的面门。

乌恩其看那一箭破空，心里大喜，可笑容还没褪去，那箭却到了自己眼前。他目光惊愕，想要闪避却也来不及了。

杜长卿的身体突然动了动。

他一只手探出，直抓箭尾，箭本来在他前面，后他后发先至，已把那箭捏在了手里，箭尖还兀自向前，发出轻轻的低吟声，离乌恩其的脸已经只有寸许。

杜长卿捏住箭，手在空中划过一道弧线，道："还给你！"

那支箭低吟着，朝对面的一扇窗户飞去。只听到"啪"的一声，窗格破碎了，两个人影从窗上跳下来，在地上一滚，化解了下坠之势，然后朝旁边的巷子跑去。

"看好他。"杜长卿指了指乌恩其，身体一扬，朝那两人追去。

那两人跑得很快，一前一后，后面那人跃开两步之后，反手射出了一箭，这箭有准星但没力道，速度也慢了许多，杜长卿侧身闪过，但这一个延误，距离已经拉开到几十步了。

巷子被一条街道斩断了，两人犹豫了一下，沿着街道朝左拐去。杜长卿身体刚一拐，"嗖"的一声，又是一箭射来。距离被拉得更远了，这时他看到对面的巷子里，两个人慢慢地走过来。

"李晚年！苏淮！快，快拦住他！"杜长卿目光一亮。

巷子里走来的正是李晚年和苏淮，苏淮微微一愣，李晚年已经跃出了巷子。他顺着杜长卿手指的方向看去，两个人影在前面，相距约有百步。

李晚年发足全力朝他们奔去，耳边风声闪烁，眼见着越来越近，前面两人不断回头轮流射箭，却没有延误李晚年，他不但轻易躲过，还能趁机缩短距离。那两人也察觉到这一点，索性不放箭了，只是全心全意地奔跑。

李晚年再吸一口气，那两人已近在眼前。他们见难以摆脱，一人索性停下来，叫道："你走！"站住的那人缓缓转过身，挡在李晚年身前，手抚着腰间。看着李晚年经过时，他突然一刀斩出，刀在空中迎风拉长。

李晚年跑得来了兴致，轻笑道："懒得理你。"在那人身边转了个圈，躲过那一刀，朝前面那人奔去。那人已经近在眼前，他一边跑，也拔出了刀，李晚年一到身边，他便一刀斩出。李晚年闪身躲开，后面那人已被杜长卿拿出了，再后面，广水营也过来了几个人，苏淮也跟在人群中。

前面又有个小巷，那人一转身，李晚年跟上去，见那人竟站在巷子口，正看着自己。他一身黑衣，脸上也蒙着布，"你不是广水营的人，为什么要和我们过不去？"那人突然道。

李晚年一惊，那人又道："你是宿松人吧。"

李晚年道："你怎么知道。"

那人只是笑了笑，收刀回鞘，"你回宿松做你的捕快吧，不要插手广水的事。"

李晚年看了一眼他提刀的手，身体突然一震，冷冷地道："我偏要管上一管！"

他手心缠着一圈黑色布带，手指在刀柄上轻轻地跳跃着——可是，他没有食指。

"难怪你知道我的身份。"李晚年呵呵地笑道，心里一阵轻松，紧随其后的却是无法克制的怒气。

那人本来已经背过了身，听到李晚年的话，轻声道："为什么？"伴随着这句话的，是一片刀影。他知道李晚年动作极快，所以挥过一刀，半途刀光转了个方向，刀影下沉，横着扫过李晚年腰间。

巷子里很窄，李晚年要想躲的话便只能向后跃开。他却无意躲闪，不退反进，手在腰间一抹，也拔出了刀。"当——"两刀相击，李晚年只觉得手上一麻，刀差点脱了手。

那人冷笑一声，道："你刀法只怕还差了点。"又是斜着一刀斩来。李晚年咬着牙，两手举刀，迎了上去。那人出刀速度慢了许多，但力气更沉，他的刀压住李晚年，李晚年只觉得拿捏不住，手慢慢地弯曲下来。

那人大叫一声，趁李晚年手弯，再一次发力。这一刀之下，李晚年脚上滑开一步，虎口裂开，血顺着手掌留下。他知道不能再这样拼刀，那人三刀过后，察觉到自己占了优势，哈哈一笑，长刀再次击出，这次是自上而上，直劈李晚年握刀的右手。

这一刀劲力更足，但也是有去无回之势。刀影没有封住左路，李晚年深吸一口气，身子朝左拧开，再往前两步，到了那人身后，经过时他手中刀挥过，在那人肋间拉开一条长长的口子。

李晚年一招得手，以快打快，刀背磕在那人腿上，他步子一个踉跄，靠着巷子边的墙上，大口地喘着气。

"你们把阿莲带到哪里去了？"李晚年提刀上前，大声问道。

巷子口传来了脚步声，那人脸上挤出一丝笑，道："你不是亲手把她交给我们了吗，还找她做什么？"说完他丢下刀，一瘸一拐地朝巷子口走去。

乌恩其看到那一箭竟是冲着自己而来，脸色由白变红，头也垂了下来。雷音带他到楼上，道："他们就是你背后的主使吧，看到了么，现在要杀你灭口呢！"乌恩其低头不语。雷音接着道："昨天我们的人在城门边发现了一间堆尸体的房间，里面有几个蛮族人，如果我猜得不错……"

乌恩其突然抬起头，打断了雷音的话："他们是死在你们广水营手上！你们连孩子也不放过！"

雷音摇着头："那些人不是我们杀的，是有人冒充广水营。"

乌恩其冷笑道："骗谁呢，我亲眼所见，明明就是你们广水营！"

雷音苦笑了声，道："你去别处问问，昨天和我们交过手的你们的人，我们伤过蛮族人么？而且——"他突然取下了头盔，"要说起来，我也是蛮族啊。"

乌恩其看着他的眼睛，目光再转向他脖子上的银饰，失声道："你是蛮族人，怎么还要帮那些东陆的猪狗！"

"被你们赶到城东的，你以为全都是东陆人吗，也有蛮族人啊，"雷音叹了口气，看着乌恩其的眼睛，"你们口口声声要把东陆人赶出去，可你以为所有的蛮族人都这么想？"

乌恩其愣了愣，道："可是，可是——"

"他们不过是要你们制造混乱，掩人耳目，你知道他们真正的目的吗？"雷音追问道。

"他们？"乌恩其没明白过来。

"就是主使你们的人——"楼下传来轻声的喧哗，一群人走过来，雷音指着前面那两个套着绳索的黑衣人,"他们利用完了你们,就要杀你灭口,你却连他们的身份都不知道,。"

"不,我知道他们是谁,"乌恩其突然抬起头来,"他们是从东陆过来的,叫什么……明越骑。"

十

杜长卿坐在椅子上,冷冷地看着那两个弓箭手。

他们抓那两个弓箭手回来时,蛮族人出人意料地停止了进攻,甚至还撤出了琉璃街。杜长卿留下一半人守在琉璃街上,便带着弓箭手和乌恩其回了莲花塔。塔里有一间密室,机关就在左边的墙上,杜长卿在墙上一推,那面墙居然是活动的,里面还有间小屋。可当苏淮好奇地走到塔外面,砖墙还是砖墙,没有多余的空间。

李晚年想着阿莲,回莲花塔的路上,他一直在盘问那个断指的箭手,只是那箭手始终不说话。苏淮也对那人动了两回拳脚,没什么用。"看将军的吧,"雷音告诉李晚年,"将军能看到他们的想法。"

"那是什么本领?"苏淮问。

"我也不知道,读心术一类的本事吧。"

李晚年听人说过读心术,但猜测别人心里的想法,是每个人都会的,只是能否猜准,猜到什么程度不同而已。

"将军能看到一个人所有的想法。"雷音解释道,"不管他想什么,不管他怎么去抵抗,将军都能看到。"

李晚年站在杜长卿身后,杜长卿皱着眉,额上沁出细细的汗珠,而那两个弓箭手已经大汗淋漓,不停地喘着粗气,身体也剧烈地抖着。过了一会儿,他们似乎放松下来,身体停止了颤抖。杜长卿眉头舒展,轻声问道:"明越骑一共来了多少人?"他问一句,不等他们回答,就自顾自地点头,道:"许从勿也来了么?"

听到明越骑,李晚年心里一震,他记得父亲给他说过,明越骑是朝中的秘密组织,这些年一直在追捕各地的魅,只是追捕和清剿多半在暗中进行,这个组织也就鲜为人知了。

可广水有魅吗?李晚年心里困惑,只听杜长卿问道:"你们把阿莲带去了哪里?"李晚年一个激灵,连忙去看弓箭手的表情,他们的嘴唇似乎在微微动着,目光呆滞无神。杜长卿点点头:"你们抓那个小姑娘做什么?"

李晚年心提到了嗓子眼,杜长卿却突然收回了目光,那两个弓箭手如释重负,委顿在地上。

"那个女孩,你注意到有什么特殊的地方吗?"杜长卿站起来。

李晚年奇道:"没有啊,就是一个普通的小女孩。"

"嗯。"杜长卿沉吟道,"她现在在城门附近,明天一早,我们过去看看吧。嘿嘿,顺便也把那里埋伏的弓箭手清理了。"

杜长卿掩上密室的门,李晚年走到塔外。太阳已经西下,夕阳的余光照着塔顶的一小块。苏淮蹲在墙边,漫不经心地扯着墙角的杂草。

李晚年在他身边坐下来,靠在墙壁上,背后有轻轻的挤压感。李晚年从背上取下那幅画,画轴被压扁了,边上还撕破了一道小口子。他把画放在地上,慢慢展开,理平,画上小女孩的背影变得再真实不过。他叹了口气,又把画卷起来。卷到末端时,突然看到有一行小字,位置是画的左下方。应该是画画的人题的字,李晚年把画拿到眼前,迎着夕阳的余光看着。

李晚年一边辨认,一边不禁轻声念了出来:"建始十三年九月。"看来这画刚画了不久。旁边是画画人的名字,李晚年的手指按在那两个字旁,久久没有回过神来。

两个字是一笔而成的,细细的笔画像柔顺的丝线,缓缓展开,又卷成一团。

李晚年站起来,塔顶沐浴在淡淡的金黄色里,白衣的丁碧倚着栏杆。空气中一丝风也没有,他的衣袖自然地垂下来。

李晚年一口气爬上塔顶,丁碧背倚着钟,看着塔门。

"你认识阿莲,是吧?"李晚年展开手中的画,"我在她屋里发现了一幅画,上面署的是你的名字!"

"你后来又去过翠竹巷?"丁碧神情安详。

李晚年把翠竹巷里的事一一讲了,蛮族人、冒充广水营的明越骑、巷子里的争斗,再到阿莲临别时的笑容、墙壁上的画……他心里疑惑,表达也不免含混。丁碧静静地听着,等李晚年说完,突然说:"不对啊。"

李晚年紧盯着他:"你还没回答我呢,你认识阿莲吗?"

"不错,我认识她。"丁碧点头,慢慢走到李晚年身边,"你不想知道,我说的不对是什么吗?"

说话间,他伸出手,搭在李晚年肩上。

"有一些东西被藏起来了,"他叹了口气,"你们相遇的方式,不是这样的啊。"

好像有一层帷幔被缓缓揭开了,李晚年目中微微一亮。

他走出旅馆,街上人流汹涌。他朝西走去,人一会儿多,一会儿少,"到底出什么事了?"他逢人就问,"蛮族人真的打过来了么?"人们只顾着撤离,理他的人不多。

在一条街边,终于有一个人肯详细地告诉他一些东西了。"蛮族人打过来了,"那人说,"有一个叫老路的蛮族人,是城门卫的队长,一早没去城门值班,他的手下去了他家,发现了他的尸体……"他还想问一些细节,突然觉得有人轻轻地扯了下他的袖子。他回过头,一个小女孩睁着蓝色的眼睛,目不转睛地看着他。

他蹲下来,说:"怎么了,小妹妹?"

女孩不说话,眼珠滴溜溜地转着。街上一派混乱,她脸上挂着甜甜的笑容,仿佛周围的一切和她全然无关。他心里好奇,看她衣着打扮又不是蛮族人。"你家人呢,你是要去东边吗?"他问。

"不。"她说话了,"我要去西边。"

"西边很乱的,小妹妹,你一个人吗?"

"不是啊,你会送我去的。"

女孩伸手拉他,他觉得一阵恍惚,不由自主地点头,说:"嗯,我送你去,要去哪里呢?"

她不回答,只管朝前走着,在一条巷子口,她回过头:"你不记得我了么?"

他茫然地摇头。

"好啦,就在这里了。"她停下来,"你怎么会不记得我呢,我是阿莲啊。"

他站在那里,有些尴尬。她伸出手,努力地够着他的肩膀,最后只能在手臂上拍一拍:"你别忘了我哦。"说完,她独自走进巷子,推开了一扇门。

这时外面传来了说话声,他抬起头,一群蛮族打扮的人从巷子一头走来。他连忙躲到一旁的墙后,那墙上的青砖上写着几个字:翠竹巷。

李晚年回过神来,"这是怎么回事?"他看着丁碧,"阿莲也认识我么?"

"也许是——"丁碧微笑道,"你和她认识的哪个人很像吧。"

李晚年按着太阳穴,从街道到翠竹巷的情形栩栩如生,可之前怎么就一点都不记得呢?丁碧看着他:"你不要奇怪,阿莲把你的这段记忆藏起来了。"

李晚年摇头笑道:"怎么会呢,哪有这样的事?"

丁碧也不解释,只道:"你不要担心她,她多少会一些秘术,被明越骑抓去,也是设计好了的。"

"你是说,你们故意让明越骑抓去阿莲的?"

"嗯。"丁碧点头,"她在那边,明越骑有什么举动,她都会告诉我。"

"你们隔了这么远,她怎么告诉你?"

丁碧突然一笑，道："我的感应力很强的，你父亲没告诉你么？我是一只魅啊。"

魅？李晚年暗暗吃惊，他只听说魅可以凝聚成人形，可从来没有亲眼见过。他心里一动，上下打量着丁碧，看起来和人没有两样啊，这样想着，手不自觉伸出去，想摸摸他的身体。但才一伸出便知道太过失礼，他缩回手，讷讷地道："可是这么凶险啊，她还怎么小。"

"放心吧，在找到我之前，他们会好好待她的。"丁碧笑了笑，朝门边走去，"下去吃饭吧，不早了，这钟马上也要响了。"

他沿着楼梯走下去，李晚年想伸手去扶，他也没有拒绝。他们踩着木阶梯走下去，太阳已经落山，天空的另一侧，月亮光芒微弱，尖尖的角牵出一个好看的弧度。

十一

天一亮，苏淮留在了莲花塔，杜长卿带着李晚年和广水营的一队去了城门。

丁碧的话在李晚年脑海里盘桓，他想着阿莲走到门前的样子，有一种超出了年龄的从容。也许丁碧说的是对的，她的安危不需要担心。这样想时他心里有淡淡的失落，阿莲对他的依恋和不舍都是假的么……想到这里，眼前又浮现出她临别时的笑容，失落就无影无踪了，只剩下牵挂和担心。

蛮族人已经在城西开始了集结，但并没有马上进攻的意图。太阳还没出来，晨风里有些凉意，广水营的人浑身被铠甲包得严严实实，又都提枪挎刀，倒没什么感觉。李晚年只穿一件袍子，雷音要把盔甲让给他，他嫌太重，也没要，这时风一吹过，不自觉地打着激灵，倒真想要一副铠甲了。但走了几步，李晚年也知道并不是天气料峭，而是心里紧张，他感觉肩膀都在微微跳动，更不用说脸上沁出的细汗了。

"就是这里了。"李晚年闪身在一条巷子里藏着身形，指着前面，"弓箭手就在两边楼上。"

离城门约有百来步，朝霞映得城墙一片金黄。杜长卿看了看周围："你还记得具体的位置么？"

李晚年指着右边的一扇窗户："我只记得这一处。"

杜长卿点点头，道："陈中！"

一个身材矮小的人站出来，杜长卿指着城门方向："你听我的命令，从这里跑到城门下，记住，两边交叉着跑动，两边如果有巷子口，就缓一口气，然后再跑。"

那人领了命，放下枪。杜长卿回头道："这里埋伏有六个弓箭手，只会多不会少，你们记好位置，然后等我命令，两个人负责一个弓箭手。"

这队人有十几个，一起点头。陈中已经埋头整理着鞋子，杜长卿点点头，正要发令。李晚年突然道："我来引他们吧！"

陈中摇着头："你还要去找那个小姑娘的。"

李晚年走到墙边，站在陈中身前，道："我来跑。"

陈中还要争辩，杜长卿道："好，让李晚年来吧，你把铠甲解下来给他。"

"铠甲太重了，"李晚年深深吸了一口气，等着杜长卿手势。

"那你自己小心了。"杜长卿点了点头，手在空中一挥。

众人只见人影一闪，李晚年已经冲了出去，一连跑出十几步，两边安静异常，李晚年有些诧异，步子慢下来，还是没有声音。他忍不住回过头，看了看广水营藏身的地方。才一回头，耳边"咻"的一声，一箭射他的腰间，他一个跳步，那一箭被他远远甩在了后面；紧接着，左边射来两箭，一支射他身前，钉在了前面的地上，另一只则是从他腋下横贯而过；他不敢犹豫，换了口气，离城门只有五十步了，第三次破空的声响来自身前，三支箭斜着排开，一支对准他的身体，另两只则在左右两侧，眼见不能直前，他瞟到左边一条小巷，一折身跑向左边，在进巷子那一刻，身体一转，又朝右边跑去。又是"咻咻"几声，几支箭钉在身后，他交叉着在街两边跑，身后箭声不绝，但总比他慢了一拍。到了台阶，他一口气爬上了城墙。

李晚年跑到一半时，广水营也出手了。

箭法虽然不是广水营所长，但每个广水营的人都有一手掷枪术。六支长枪分开空气，"呜呜"地刺向窗户，出手那一瞬，六个人各自跑到一扇门前，腰刀挑过，他们闪身进了屋。

窗边里传来几声闷哼，有两个人从窗户下倒栽下来，长枪直接贯穿了他们的身体。没有人射箭了，街面上突然安静下来。杜长卿再打一个手势，和剩下的六个人冲了过去。他们跑到十几步的时候，杜长卿突然收住步子，四周看了一眼，低声道："停！"

他们围成一圈，杜长卿站在中间，盯着楼上的窗子，里面一点声响都没有，之前六个广水营的人如石沉大海。

"撤。"杜长卿指着一旁的巷子。正要移动，他们身后一扇门突然打开了，黑色甲胄的人鱼贯而出，一个人朗声道："杜长卿，好久不见啊！"伴随着他的话音，二楼的窗户全部打开，不知道有多少支箭，箭镞在夕阳下闪着光。

杜长卿回过头："许从勿。"

那人取下头盔，长相文静，像是一个斯文的书生，说话也是慢吞吞的。他笑道："这么多年了，你还是一点也没变啊。"

杜长卿冷冷地看着他："彼此彼此。"

"看来你还是那么迷信你那个半吊子的寰化术，"许从勿走上前两步，叹了口气，"我早就给你说过，那些魅传授的东西华而不实，你为什么就是不信呢。"

李晚年借着城垛藏住身形，心里暗叫糟糕，两边的窗户里，少说也有十几个箭手，广水营站在街心，无处闪避，不就成了箭靶子么？

广水营的人手持长枪，把杜长卿围在中间。

"你一定是觉得，城门边原本真的只有六个人，是我后来加派了人手，是么？"许从勿摇着头，一脸自得，"你们抓的那两个箭手，本来就是我送给你的，他们脑袋里的信息真真假假，你倒是来者不拒，照单全收啊。"

杜长卿摇头道："他们是骗不了我的，是真是假，我自然可以甄别。"

"这可说不准！"许从勿走上前两步，悠然道，"你能看到他们最初的想法，可如果那些最初的想法也是假的——连他们自己都不知道呢？"

杜长卿脸色也变了："你知道丁碧藏身的地方了？"

"不错，"许从勿仰着头，看着莲花塔方向，"这会儿，蛮族人只怕也快到莲花塔了吧。"

杜长卿深吸一口气，脸上突然出现了笑容："这也无妨，我本来就是想拖住你，至于蛮族人，那倒不足为惧。"

"拖住我么？"许从勿哈哈一笑，"我什么时候惧过你？"

杜长卿目光如炬，紧紧盯着许从勿："你那么有信心，为什么不直接去莲花塔，反倒去怂恿蛮族人？"

许从勿点头道："不错，如果在莲花塔里，我确实忌你三分。可是现在嘛，你们只能束手就擒！"

"还有一件事，"杜长卿朝城垛边看了眼，"那个……阿莲还好么？你们为什么要抓她？"他语气淡淡的，似乎自己对这个问题不感兴趣，而纯粹是为李晚年发问。

李晚年听到阿莲，屏住了呼吸。许从勿道："她也是魅啊，有她在手里，你们不就多了层顾忌么。"

"什么，你说她是一只魅？"杜长卿即使表示惊讶，语气也是淡淡的，不带一丝波澜。

李晚年却是心里一震，眼前又浮现出阿莲那迷人的笑容，这也许是一种魅惑术吧，难怪自己总是不能忘怀。想到这里不禁有一种被骗的感觉，奇怪的是他感觉不到气恼，牵挂的感觉反倒更强了。

"不错，她精通魅惑术，昨天晚上我差点着了她的道，"许从勿自嘲地笑了笑，他的语气变得出人意料地和缓，甚至开始叹起气来，"你一心维护那些魅，究竟是为什么，难道那就是你所谓的守护安宁么？"

"守护安宁？"杜长卿愣了一下，又呵呵地笑了，"这就是我们的区别啊，有的人是宁可去相信那些飘渺的东西的，哪怕它会成为一种束缚。至于魅，他们本来就势单力薄，凝聚一次也不容易，又何必要赶尽杀绝。"他一边说，慢慢地朝巷子移动着。

"我们不能容忍……皇帝已经失踪了……还有羽族的变故……那些魅不是我们的族裔……"许从勿喃喃道，说到这里，他猛然一摇头，后退了几步，怒道："你又想用秘术？"

说着他突然一拍手，门里又走出几个人来，之前那六个进了屋的人被反绑着，脖子上架着刀。一个黑衣人手里抱着什么，走在他们后面。

杜长卿本来已经走了几步，这时只得停下来。李晚年见了那个黑衣人，心里一阵激动，那人手里抱的，是阿莲么？他朝旁边走了几步，黑衣人侧身站着，李晚年看得略微清楚了一些。

不是阿莲是谁！

他不自觉地站起来，但才一现身，楼上的弓箭手已经察觉，一人喝道："是谁？"

李晚年索性站出来，压制住心里的不安："快把他们放了。"

许从勿也转过头，目光扫过，李晚年只觉得脸上一寒，身体微微抖了两下。"虚张声势，"许从勿冷冷一笑，"给我拿下！"

几个黑衣人朝城上奔来，李晚年犹豫不定，杜长卿目光如炬，大声喝道："走，李晚年，快回莲花塔！"

李晚年叫道："可是阿莲……"

"你救不了她的！你快走！"

两个黑衣人就要奔上城墙，他们见李晚年还在墙垛后，心里大喜，可脚刚搭上城墙的台阶，眼前闪过一道淡淡的影子，影子闪过街角，很快就不见了。

## 十二

李晚年一路不停地奔走，离莲花塔还很远，就看到了塔外面的人影闪烁。走近

　　了,却是广水营的人,雷音站在最外面,见了李晚年,忙道:"怎么就你一个人,将军呢?"

　　雷音一身蛮族人的装束:银色的项链、宽松的皮袍、黑色腰带、高高的靴子,李晚年略有些诧异,道:"他们还在城门。"他料想杜长卿和广水营要冲出包围,难比登天,可这里情况同样紧急,他不想让雷音分神。"这里是怎么回事?"他问。

　　"蛮族人又攻了回来,明越骑又在暗中出手,我们按照将军的吩咐,让百姓撤到了这里。"雷音看着身前,杂乱的脚步声越来越近。

　　"可是莲花塔能装下这么多人么?"

　　雷音紧张的脸上浮起一丝微笑:"将军早就有准备。"他打开门,李晚年转头望去,里面空无一人。雷音带着他们走进去,在一面墙上一按,地上的石板居然移开了,一道青石台阶出现在眼前。台阶有十多级,尽头又是一堵墙,雷音蹲在地上,按着一块砖,墙壁再次旋开。

　　李晚年从来没见过这么大的房间,像一个巨大的广场。也许是光线的原因,他一眼居然没有看到尽头在哪里。人们席地而坐,门打开之时,几千双眼睛一起盯着他,目光里满是惊恐。苏淮就在墙边,见他走进来,喜道:"你可算回来了,外面情况怎么样?"

　　后一句问的是雷音,雷音压低了声音:"不太妙,蛮族人很快就要来了。"

　　李晚年在屋里站了一刻,适应了里面昏暗的光线。四周的墙壁被壁画填满了,画上都是人,用笔细致,能看到不同人的形态和表情。左边有一个木梯子,上面站着一个人,仔细一看居然是丁碧,他一手拿笔,正在墙上画着什么。那梯子居然是可以上下收缩的,丁碧下笔如飞,很快身前的砖墙就画满了。李晚年心里一惊,凑近了看,才发现墙的外面一层并不是砖,而是暗黄的宣纸,画就在宣纸上。看来这都是丁碧一人画的,可画这些东西,又有什么用呢?

　　正想着,头顶突然轻轻震动起来,暗室里的人一起抬头,目光惊恐。不由多想,雷音转身出了门,李晚年也跟了出去。两人上了塔,只听到外面一片喧闹,蛮族人过来了。

　　广水营剩下的不到二十人,全部守在塔外,而一箭之遥的对面,蛮族人黑压压一片,少说也有数百人。雷音神色本来紧张,但一出塔门,便立即镇定下来。他环视众人,道:"都记得将军的吩咐吗?"众人点头,他走上前,后面的广水营仍然呈半月状散开。

　　蛮族人收住队伍,放慢了步子,早上被雷音击退的情形犹在眼前,他们并不敢立刻冲上前来。雷音突然大声道:"你们挑头的人呢?"

蛮族人阵里议论纷纷，接着人群闪开一道缝隙，一个人缓缓走出来，道："我就是！"

雷音只觉得这人有些眼熟，后面一人道："啊，是老路！"

"你不是死了么？"雷音道。

老路冷笑一声："不把东陆人赶出广水，我怎么舍得死！"

雷音不动声色："这恐怕不是明越骑的想法吧？"

老路脸色一变。雷音又道："你带着这么多蛮族人为明越骑出生入死，可你知道他们的目的吗？"

老路脸上挤出一丝笑意："谁说我们为明越骑出生入死了，我们各取所需，互相帮助而已。"

雷音的长枪在地上微微一顿，后面的塔门开了，一个人架着乌恩其走了出来。

雷音转过身："你回去吧。"

乌恩其茫然道："你们放我回去么？"他看着雷音。

雷音一点头，"你把你知道的告诉他们吧。"

乌恩其行了一礼，便往蛮族人群里走去，边走边大叫道："上当了，我们上当了！"他走进人群，突然又退了两步，站在老路面前："我们被明越骑利用了，翠竹巷里的人就是明越骑杀的，他们还想杀我——"话到一半，声音突然停住了，人群里一个黑衣人一刀斩他腰间，他已有准备，连退了两步，大声道："看到了吧，他们还想杀我灭口！"

老路猛一回头，盯着那个黑衣人，人群里也是一片哗然。那黑衣人冷冷道："你们怎么知道他说的是真话，他不过是被广水营收买了。"

人群渐渐安静下来，老路沉声道："老六！"

乌恩其见他们不信，急道："路大哥，我没有骗你们，这个人——"他指着雷音，"他是广水营的副将，他也是蛮族人呢，蛮族人怎么会伤害蛮族人？"

"是吗？"老路走上前两步，看着雷音，"他是蛮族人？"

李晚年这才明白雷音为什么要一身蛮族人的装束。老路看了两眼，举手示意人群安静，道："你既然是蛮族人，就赶快让开。"

雷音正站在窗子边，他微微侧过头，对着窗户道："下面快好了吗？"窗子里有人道："就快好了，你再拖延一下。"

雷音低着头，老路当他是在考虑，冷冷地看着他。窗子关上了，雷音笑着走上前，到了老路身边："其实，你们的目的达到了，东陆人根本就不在莲花塔，现在他们全部出城了。"

老路一愣，身后突然一个声音道："现在就是一只苍蝇也飞不出广水城，他们

怎么个出去法？"

听到这个声音，李晚年身体一震，"许从勿！"他低声道。

许从勿转眼已到人群前，"东陆人一定就在莲花塔里，你们进去一看便知。"他目光扫过众人，看着李晚年，悠然笑道，"你就是李双城的儿子？他只教你怎么逃跑么？"

李晚年冷冷地道："杜将军呢？"

"哦，"许从勿伸手在腰上一摸，抓了什么丢在地上，"你是说杜长卿么，他回不来啦！"

地上是十几块白色的碎布片，上面绣着金色的流云花纹，布块上沾着丝丝鲜血。雷音身体一颤，身后广水营的人也重新举起了枪，每个人眼里都闪着怒火。李晚年回头看去，他们每人腰间，都有这样一个流云花纹的标识。

许从勿指着地上的布块，冷冷道："你们想要一样的下场么？"

雷音握枪的手突然紧了一紧，随即却又松开了，他看着老路，道："你们要是不信，直接去塔里看就好了，可是有一点，如果塔里没人，你们便马上撤回去！"

老路略一沉吟，前面那几个蛮族人围在一起，商量了一阵，老路点头道："好！"

"还有，明越骑绝对不是我们的朋友，"雷音的手搭在老路的肩上，用蛮族的语言说，"他们杀了我们的族人，我绝对不会放过他们。"

他也不看他们的表情，说完就回过头，大声道："让他们进去！"

## 十三

老路带着身后的七人率先进了塔，这七人都是原来的城门卫。许从勿沉吟了一下，带着四个黑衣人走了进去；雷音和李晚年走在最后，留了十来个广水营人守在塔外。

外面艳阳高照，塔里却光线昏暗，窗户不知道什么时候都掩上了，墙上的油灯摇曳着，人们的影子在地上闪烁着。

雷音走到李晚年身边："到底是怎么回事，将军他……"

李晚年叹了一口气："我们一去便中了埋伏，将军只让我先回来。"

雷音深吸了口气，他身后广水营的人都盯着许从勿，眼中闪着怒火。雷音轻叹一声，低声道："都别轻举妄动。"

那几个蛮族人四处看着，没觉得有什么破绽，老路一挥手，几个人拿着火把去了楼上，过了一会儿，他们下来，摇头道："没有。"

老路疑惑道："怪了，怎么一个人都没有，他们明明是朝这边来的啊。"

许从勿走到墙边，摸着墙上的砖，李晚年心里突然收紧了，雷音拍着他的肩膀，轻声道："放心，一切都安排好了。"

突然只听"哗"的一声，一扇门被推开了一角，许从勿后退几步，道："这边来！"老路带着城门卫跟过去。许从勿道："去推开。"他似乎有所忌惮，只是紧张地盯着里面，一个黑衣人缓缓推开门，但他们的目光马上就由欣喜变为失望。里面倒是有人，但是只是两个被绑的明越骑。

"这就是想杀我灭口的人。"乌恩其也在人群中，他指着那两人道。

老路和其他城门卫闻言，都怨恨地看了那黑衣人一眼。许从勿却只是一笑，让人解开那两人的绳索，问道："这里还有其他密室么？"

那两人迷茫地摇着头。许从勿继续在屋子里扫视着。

"我没说错吧，东陆人出城了，不在这里。"雷音道。

许从勿突然半蹲下来，手指叩着地板，李晚年神色一紧，城门卫和其他黑衣人也学着许从勿的模样，在地上敲起来。眼看着就要敲到那扇暗门了，李晚年的心提到了嗓子口，手摸了摸腰间。雷音伸出手，在他背上拍了一拍，一副胸有成竹的模样。

老路蹲在那扇暗门上，敲了两下，道："这里好像是空的。"许从勿也俯身过去，暗中用力推了推那块石板，但石板纹丝不动。

"机关在哪里？"许从勿回过头。

"没有机关。"雷音神色自如地笑道。

老路道："这里明明是空的，怎么没有机关？"

"你要一定说有，那我也没办法，"雷音微笑，"你们自己去找吧。"

几个城门卫拔出刀来，那些黑衣人也跃跃欲试。雷音冷笑道："想在这里打架么？"

许从勿笑了笑，道："去把那丫头带上来。"

一个黑衣人走出去，没多久又转身回来，疾步走到许从勿身边，然后慢慢转过身，在他臂弯里，灯光照着一个小女孩的脸。

"阿莲！"李晚年见她安然无恙，心里一喜，不觉向那黑衣人走去。

黑衣人喝道："站住。"他的手轻轻理了理女孩的头发。李晚年连忙停下，女孩一开始没有认出李晚年，她上下打量了李晚年几眼，眼里突然有了光彩。"你来找我了么？"她脸上的笑容一如前日。

李晚年心里一酸，许从勿看着李晚年的脸，笑道："去开门吧。"

雷音走上前，道："她是谁？"

　　许从勿对那黑衣人一点头，黑衣人转了个方向，雷音看清了女孩的面容，转头看向李晚年："她就是你救的女孩么？"

　　"嗯。"李晚年点头，低声道，"她是一只魅。"

　　"魅？你怎么知道的？"雷音讶然。

　　李晚年心里苦笑，按丁碧的说法，阿莲不会是这个娇弱的样子啊。

　　"现在可以把门打开了么？"许从勿大声道。

　　雷音还在犹豫，许从勿笑道："你想看着她死么？"一挥手，那个黑衣人手放在了女孩的背上。李晚年想那黑衣人手下不会留情，如果阿莲的身体受到重创，魅的意识也就离身体而去了——要是这样，自己岂不是永远也看不到她了么？他心里一酸，看着雷音，轻轻点了下头。

　　雷音走上前去，在一面墙上一按，地板"吱"一声开了。老路还站在石板上，一惊之下连忙跳了下来。

　　"原来是个地下室。"许从勿道，一个黑衣人正要下去，许从勿一把拉住他，转头对雷音道，"你先下去！"

　　墙上的油灯不知道什么时候熄灭了，甬道里漆黑一片。雷音拿着一盏灯，率先走了下去。许从勿借着灯光，看了看甬道四周，才跟着下去。

　　雷音站在暗室门边，将火把插在墙上："这是一个小仓库，哪里能藏人。"

　　"如果没有藏人，你们又何必掩饰？"许从勿道。

　　他返回到台阶上，敲着台阶上的石头，别人也依样画起葫芦来。甬道里顿时"当当"响成一片。抱着女孩的黑衣人站在一侧的角落里，也在四处看着。

　　女孩正目不转睛地盯着李晚年，李晚年脸上挤出一丝笑容，女孩见状，也甜甜地一笑，露出洁白的牙齿。

　　李晚年暗中推了推雷音，朝墙壁方向努着嘴，雷音低声道："想办法拖延一下，时候到了，里面会有人开门的。"

　　李晚年差点没跳起来："里面那么多人，怎么能开门呢？"

　　"你放心，有丁碧在呢！"

　　许从勿敲了半天，也没什么发现，他站起身，拍了拍手上的灰。其他人也陆续站起来，老路突然道："东陆人真的都出城了么？"

　　雷音道："千真万确。"

　　老路点点头，他似乎有了离开的意思。许从勿冷哼一声，道："这里肯定还有机关，我有预感，东陆人多半藏在这附近。"说着他又冲黑衣人一点头，那人的手又放在了女孩的脖子上。

　　雷音叹一口气，便朝甬道口走去。一个黑衣人拦在他前头，许从勿道："你做什么?"

"找机关啊。"雷音笑道。

李晚年知道雷音是要诳他们,机关其实就在那盏灯后面。只见雷音在甬道口停下,手慢慢伸向一块砖,所有人的目光都在雷音的手上,那黑衣人也侧过头,聚精会神地看着,手里的女孩挡住了视线,他手一颤,想把小女孩换到了右手。

李晚年就是在这时候冲出去的。

他一个跨步,人已掠过台阶,再一步,到了许从勿身后,他料想第三步就能到黑衣人身前,趁他换手瞬间的疏忽,夺回阿莲——如果可能的话,他还想着顺势把墙上的灯灭掉。

可他才迈出两步,身体突然停下来了。一只腿蹬着地,另一只前迈,他保持这个姿势,身体像僵硬了一般。雷音收回手,惊道:"李晚年!"

李晚年只觉得全身像被冻住了一番,经过许从勿时,他突然漫不经心地一挥手,李晚年只看到眼前到处是许从勿手的影子,每一道手影都带着丝丝寒意,压迫着他。他急欲后退,可那寒意又转移到了身后,想往左或往右也都是同样的感觉。他知道许从勿比他还快,自己每要有动作,他都能提前判断。

李晚年使出浑身解数,却总不能比许从勿快上一点。他听到雷音的呼唤,那声音竟像是比平日放慢了许多:晚——年——还带着袅袅的余音。

"关灯!"他涩声叫道。

他嗓子也被压迫着,声音发不出来,只能在嗓子里嗫嚅着。"关灯!"终于他觉得身上压力一轻,大叫道。

一个广水营的人朝墙上的油灯冲去,李晚年回过头,只见雷音长枪划过一道暗影,朝许从勿刺去。这时灯光已经灭了,烧红的灯芯也慢慢暗下去,甬道里一片黑暗,李晚年终于从许从勿的压迫中闪身出来。只听许从勿长笑一声,空气中噼啪做响,雷音已经和许从勿交上手了,接着是"砰"的一声,一个人跌落在地。

甬道里寂静了片刻,李晚年担心许从勿听到自己的方位,不敢贸然发声。许从勿沉声道:"有谁带了火镰来的?"只听一阵窸窣,台阶上一个人道:"我带了!"接着"擦"的一声,火光一闪。

火光映着甬道里许多张惊疑不定的脸,但只是一瞬,李晚年身体一转,迅速朝火光奔去。那人正扶着墙,一心一意地打火。"擦"的一声,火光又是一闪,他喜道:"好了。"话音未落,"哎哟"一声,那人跌倒在地,骨碌骨碌滚下了台阶。

"哼,李双城只教你这么点本事,也敢让你来保护丁碧?"许从勿冷笑道。

李晚年默然不语。

许从勿话音刚落,只听到"呼呼"两声,长枪森然作响。接着是一声冷哼,地

上"砰砰"两声。周围又安静了。

许从勿长笑道："还有谁来？"他有意立威，声音一出，李晚年只觉得耳中轰然作响，四周也是回声不绝。

"我来！"

这声音很小，不像是从甬道里传来的。许从勿吃了一惊，道："谁？"伴随着那声音的，是地上的光亮的扩展，开始只是一线，但很快越来越大，越来越宽阔。

暗室的门缓缓打开了。

"果然还有一扇门啊！"有人感叹道。甬道里慢慢明亮起来，只见雷音嘴角有一丝血迹，扶着他的人居然是老路。在他们旁边，两个广水营的人坐在地上，脸色发白，也都受了伤。

暗室的门打开了，李晚年已经是吃惊不小，可当目光转到暗室，更是惊讶得说不出话来。雷音既然敢把许从勿引到暗室外，一定是早先就有安排。可会怎么安排呢，李晚年心里一直不放心，暗室里可是有上千个人啊。

他在屋里看来看去，那上千个人，竟然全都没了踪影。地上也很整洁，斜着看去还有一层细细的灰尘。李晚年百思不得其解，看看雷音和其他广水营的人，有惊讶，但更多的是安慰和坦然。

还有让李晚年惊讶的。当暗室的门全部打开之后，里面有人道："许从勿，只知道欺负小孩子，算什么本事！"一个人已经缓缓从门边走出来。甬道里顿时一阵喧哗，许从勿和那几个黑衣人面带惊讶，雷音和广水营的人却是喜上眉梢。

说话的人是杜长卿。

丁碧静静地站在他身后。

广水营的人慢慢走进暗室，李晚年也走进去，站在杜长卿身后。许从勿和黑衣人站在门边，老路和那几个城门卫却是面面相觑。"你们还要找下去么？"雷音看着老路。

老路走进暗室，四处打量了一阵，又伸手在地上摸了一把，指上沾满了灰尘，他喃喃道："我权且信你们一回！"他一挥手，朝门外走去，另外几个城门卫跟在他身后。

许从勿伸手拦在他们前面，道："你们不知道丁碧是秘术师么，一点小小的障眼法而已。"

"障眼法？"老路停下步子。

"刀来！"许从勿喝道。

一个黑衣人拿着一把银色的小刀走上前，许从勿伸手在刀锋上一划，血顺着刀尖流下。他接过刀，直接朝空气中砍去。

血又滴了两滴，可什么也没发生。"故弄玄虚。"老路冷笑一声，转头看着雷音，"这里的事我就不管了，但外面还有明越骑的人，我去问问他们，究竟有没有伤害我们蛮族人。"

雷音微笑道："这样最好。"

许从勿面色阴沉，眼睁睁看着老路带人离开了甬道，"不对啊，难道这不是障眼法！"他喃喃道。

"可笑啊，秘术千千万万，可你就只知道一个。"杜长卿不屑地道。

许从勿转过头："你是怎么回来的，我明明见你逃出了城。"

杜长卿笑道："回莲花塔的路可不止一条。"

许从勿恢复了镇定："你已经受了伤，现在不是我的对手。"他又一一指着雷音，还有另外两个受伤的人。

杜长卿腿上缠着布带，血正慢慢地沁出来，他微微一笑："可是这里是莲花塔啊！"

"是莲花塔又如何，一点小秘术，我何曾放在眼里？"许从勿转过身，指着黑衣人手里的阿莲，"她不也是什么秘术师么，小孩子胡闹而已！"

其他的黑衣人一起笑起来，暗室里回荡着他们的笑声。他们笑声未绝，突然有个小小的声音道："你错了！"

这是一个奶声奶气的声音，语气却是大人的，声音里有一股穿透力，像一把小锥子一样，钻进了每个人的耳朵，遮住了回荡在暗室里的笑声。

十四

明越骑的人止住了笑，许从勿喝道："谁？"他们四处打量着，以为暗室里还有别人。

抱着阿莲的黑衣人手突然一抖，喃喃道："啊，是她！"

自从走进暗室，李晚年就一直在注意着那个黑衣人。杜长卿在暗室里，想必是能牵制许从勿的，那么他去抢回阿莲的把握就会大一些了。"你错了"三个字传到耳边，李晚年心里一跳，他看见阿莲的嘴唇动了动，这三个字明明就是从她口中发出来的。

阿莲一开口，丁碧微笑着退后几步，从背后取出了一幅画。李晚年惊讶地看着他，暗室里的情形让他摸不着头脑——阿莲怎么会用这种语气说话，那上千人怎么突然之间就消失得无影无踪了，杜长卿又是怎么回来的？他只觉得神思恍惚，如在梦中。

看着丁碧展开画卷,李晚年又突然想起第一次见到丁碧时,在莲花塔顶看到的那幅画,画上是在一个空旷的地方,四面都是墙,杜长卿和他的广水营,还有靠着墙的李晚年和苏淮……那幅画不就是现在的情形么,只是现在苏淮不在身边而已!

他越想越奇怪,莫非丁碧真能画出未来?右边肩上突然微微一动,背后是墙,墙上是画。这时肩上又是一动,不过是到了左边,接着听到"嘻嘻"一声笑,他转过头,苏淮微笑着站在他后头。

"你从哪里冒出来的?"李晚年大吃一惊,之前屋里明明没有看到他。

苏淮指着丁碧笑道:"刚才他把我藏画里啦,哎,说了你也不懂……等着看好戏吧。"

丁碧已经展开了画,正是他们在莲花塔顶看的那一幅。"看好了啊!"苏淮在李晚年耳边道,"屋里马上有人要不见了。"

丁碧在画前正襟危坐,手按在画上,轻轻地念着什么。听来如同一首歌,起伏有致,只是语词含混,李晚年只听到几个字:少布、吉雅、达亚斯……

画上突然闪着淡淡的光线,如同清晨的霞光。李晚年没再去听丁碧唱些什么,他回想着苏淮的话,"什么不见了?"他问道。耳边传来一声惊呼,李晚年闻声转头,声音来自抱着阿莲的那个黑衣人,他手上空空如也,阿莲不知道去了哪里。

李晚年也是一声惊呼,那黑衣人听到阿莲莫名其妙地说了句"你错了",本来已是大感奇怪,这时更是失声叫道:"人呢,人呢!"手在空中挥舞着。

"这不是小孩子胡闹!"

还是阿莲的声音,不知道从哪里又传了出来。李晚年心里惊愕,阿莲果然不是他想象中的样子。想到昨天在塔顶和丁碧的一番对话,难怪丁碧让他不要担心,他想必是胸有成竹吧。

许从勿眉头越皱越紧,突然暴喝一声,道:"给我拿下!"他手指着丁碧,几个黑衣人挺身上前,但雷音和广水营的人马上拦在前面,两边缠斗在一起。

许从勿手持着长刀,看着杜长卿道:"我们也来个了断吧。"

杜长卿一笑:"再好不过。"他深吸一口气,背朝后弯去,身体像一张弓,绷到极限的那一刻,他身体向前弹出,长枪在身前"呜呜"作响。

李晚年转过头来,脑海里一团乱麻,唯一真实的是周围的打斗声。"到底是怎么回事?"他看着苏淮,"阿莲去了哪里?"

苏淮指着丁碧:"她现在在画上——到底是怎么回事,我也说不清楚——你去看吧!"

李晚年不信地摇着头,苏淮搓了搓手:"可是真的是这样嘛!"他还在想着怎么解释,面前突然传来一声闷喝,只见杜长卿和许从勿身形分开,各自往后退去。

杜长卿面白如纸，一直退到李晚年身边的墙上，嘴角有一丝血迹，腿上的血浸透了布带。许从勿却只退了几步，就站定了，道："我说过，你现在不是我的对手。"

杜长卿深吸一口气，枪在地上一点，又纵身扑上，一边叫道："丁碧！"丁碧点点头，嘴里又开始念诵起来。许从勿却也不管扑上来的杜长卿，直朝丁碧身边而去。

丁碧端坐画前，身体一动不动。杜长卿人未到，长枪出击，刺向许从勿腰间，许从勿身体错开，反手一刀劈下。两个人速度都缓了下来，杜长卿大声道："保护丁碧！"

李晚年压住心里的疑问，站到丁碧身前，果然，那画上有一个小女孩，像是悬挂在空中一般，正是阿莲。一旁丁碧眉头紧皱，身体突然开始轻轻颤抖起来，他又念了句什么，阿莲身下突然出现了一个人，在画里他保持着怀抱阿莲的姿势，再接着，画上又多了几个黑衣人，他们站在门边。李晚年抬起头，只见广水营的人也走到丁碧身前，而那几个黑衣人没了踪影。

苏淮拍着手笑道："只剩下这个许从勿了。"

许从勿眼见身边的人一个个消失，脸色越来越沉："到底是怎么回事，这是什么妖术？"

"砰"的一声，他和杜长卿各自退了几步。杜长卿胸口起伏，他深吸了口气，道："你现在相信有妖术存在了么？"

许从勿眼中要冒出火来，杜长卿又道："其实啊，你的一举一动我们都知道，我们不过是要把你引到这里来而已。"

许从勿怪笑道："不可能。"

"李晚年来广水，其实是李双城给我们捎的信啊，那时我们就知道你来广水了。"杜长卿看着李晚年，微微一笑，"至于阿莲，她也略微懂一些秘术，你们的一举一动，她都暗中告诉丁碧了。"

杜长卿娓娓道来，李晚年渐渐明白了。许从勿却连连摇头："不可能，不可能。"翻来覆去只有这几个字。

"你直接来莲花塔，倒也一了百了，没想到你会去暗中煽动蛮族人。"杜长卿微笑道，"你既然对莲花塔心存畏惧，我们所做的，不过是让你放松警惕，乖乖地到莲花塔来。"

许从勿神智已近混乱，这时突然安静下来："为了让我放松警惕，你连广水营的性命也不管了么？"

"如果不付出一点代价，你怎么会老老实实来这里呢。"一丝悲痛从脸上掠

过，杜长卿叹了口气,"从今往后,就再也没有明越骑了,就当是对他们的纪念吧。"

许从勿冷笑道:"有没有明越骑,可不是你说的。"他长刀遥指,大喝一声:"都受死吧!"

长刀划过一道弧线,许从勿朝杜长卿冲去,雷音也加入了战团。许从勿以一敌二,竟然也是游刃有余,他只是全力进攻,长刀或劈或砍,没有别的花样,每一式都力道十足。杜长卿和雷音都是有伤在身,两人举枪防御,虽然不至于立刻败退,但渐渐都有些力不从心。

突然间,许从勿身形微微一停,这边丁碧舒了口气,说:"好了!"许从勿只觉自己被无形的力量扯着往后退,但只退了两步,他长喝一声,又站住了。雷音趁他后退之时,长枪一振,刺向他左边腰间,半空里枪尖转向,向肋下刺去。杜长卿也从右边攻来,他身体跃起,长枪自上而下,刺向许从勿前胸。

许从勿这时已经停稳,他身体右转,直接面对杜长卿。杜长卿这一枪没有留任何后招,他人在空中,全身重量都集中在枪尖。枪尖到眼前那一刻,许从勿双手举刀,枪尖正刺在刀锋上,空中"当"的一响,火星四溅,刀在重压之下,微微弯曲着,却没有断开,许从勿站立不住,双膝向下。雷音一枪也到了,他不闪不避,任由那一枪刺在肋下,但左臂下垂,把枪尖夹紧了,雷音用力一收,枪身抖了两下,却没有抽出来。

许从勿的身体还在往下,李晚年只当他要跪在地上,不料他双膝弯曲之后,像有弹力一般,身体又闪电般跳起,手里的刀像弓弦般弹开。杜长卿本来人在空中,无法发力,这一弹之下,枪柄回敲,正中胸口,他落在地上,吐出一大口血来。同时许从勿左手一抢,雷音连人带枪,被他远远地甩开了。

许从勿掉头朝丁碧走来,腰间的血不断地落下。剩下的广水营对视了一眼,纷纷持枪出击,许从勿后发先至,长刀横扫,广水营的人纷纷跌开。

李晚年缓缓拔出了腰间的刀。

李晚年很少怀疑自己,他一直是自信的、骄傲的。在宿松的时候,跟着父亲去松阳山,两个人在清晨的街道上,像一阵风一样飘过。他也见过其他孩子奔跑的样子,他问父亲他们为什么跑得那么慢,李双城笑着说:"不是他们跑得慢,而是你跑得快。"李双城从来不告诉他为什么能跑这么快,他们坐在松阳山上,看着山下的小石房,看着远方无边的草原。

有时候,草原上卷起一片黑色的阴影,马嘶声远远地传来,松阳山上也能感觉到轻轻的震动。李晚年看着那些席卷而过的黑色影子,这是他所向往的。

可父亲只教他怎么奔跑,怎么躲闪。宿松的经历也似乎是在告诉他,这样就足够了。

要说起来，父亲也是教过他刀法的。可这刀法和城门卫所学的一模一样，都是简单的格挡斩劈，没有别的花样。父亲有一柄刀，藏在屋里的暗格中。他见过，每次他抚摸那把刀时，都有一种别样的感觉，仿佛不是在现实里——战马长嘶，铠甲如云，长刀闪耀，羽箭破空。

像是一个梦。

只是，那柄刀的刀鞘像是被封住了，他从来就没能拔出过。

看着许从勿跌跌撞撞地走来，李晚年突然想到了那把暗格里的刀。他应该拿着那把刀站在许从勿面前，而不是腰间的这一把。

许从勿走了两步，身体一个踉跄，差点栽倒在地，他一招击退广水营众人，腿上又多了一道伤口，但目光中怒火更盛。"挡我者死！"他低声喝道。

李晚年迎面走上前，许从勿冷笑道："又来个送死的么？"他猛地一转头，苏淮也拿着刀过来。"回去！"李晚年大声叫道。苏淮只是摇头，这时许从勿目光转向他，虽然只是一眼，但苏淮被看得心里发凉，一顿足，大喝一声壮胆，助跑了两步，一刀朝他劈下。许从勿手一抬，两刀相击，苏淮手一抖，连刀带人一起飞了出去。

"回去啊！"李晚年低声道。他见许从勿一刀斩向苏淮，连忙欺身上前，斩他腰间，许从勿长刀回收，李晚年又收刀闪开了。他见苏淮从旁边跑开，捡起刀，又转身过来。

许从勿不屑地笑了声，径直朝前走去。李晚年转到他身后，一刀斩向他的右臂。许从勿右手微张，竟是要直接捏他刀锋。李晚年连忙收住刀，双腿一转，斩他两足。许从勿收回手，脚一发力，一个跳步躲开了。苏淮瞅准机会，一刀斩向许从勿正在收回的右手，可许从勿动作太快，他砍了个空，身体也失去了重心，差点往前栽倒。许从勿身体突然一转，绕了个大圈，到了苏淮身体后面。苏淮忙着稳住身体，浑然不知后面有人，许从勿已是一刀挥过。

"蹲下来，蹲下来！"李晚年大叫道。苏淮站住了，看眼前突然没了许从勿的人影，吓了一跳，他依言蹲下，但哪里还来得及，刀锋已经到了他后背。

苏淮只觉得背上一阵凉意，他看到了奔过来的李晚年脸上的绝望，心里已知无幸。可奇怪的是，一阵凉意滑过，背上竟然没有别的感觉，他战战兢兢地回过头，许从勿的手停在半空，身体也像被定在地上一般。

苏淮连忙往前跑了几步，只见旁边丁碧大汗淋漓，许从勿每动一下，丁碧的身体也微微颤抖着。李晚年已经扑到许从勿身前，身后杜长卿叫道："现在出手，快！"李晚年知道机不可失，一刀砍向那只停在空中的手，"哗"的一声，这一刀已经砍中了，血顺着刀刃流下来。

　　杜长卿也已赶到,他径直走到许从勿身前,直视着他的眼睛。"又想玩读心术么?"许从勿狞笑道,"我可不吃这一套。"

　　杜长卿默然不语,眼睛一眨不眨。许从勿眼光被他牵引,但手上动作不停,中刀的胳膊朝身前一挥,李晚年的手还握着刀柄,几乎被他抡到了空中。丁碧身体也是猛地一颤,许从勿又往前走了一小步。

　　李晚年松开刀柄,可是手才一松,许从勿左手闪电般探出,不等李晚年迈步,已经拿住了他的手腕。同时左手一抖,那刀自动弹了出来,他又反手拿住,顺势一提,砍向李晚年身体。

　　许从勿的眼神已经有些散乱了,但这几招几乎是下意识完成的。李晚年被拿住手腕,无法动弹,只见刀光闪动,刺着他的眼睛,接着腰间一凉,他听到了刀锋划过身体的声音。然后手上一松,一股大力推着他朝外飞出。

　　李晚年撞在墙上,五脏六腑都像是移了位一般。他看到许从勿离杜长卿已经很近了,只有一步距离,可两个人都山峦般静止。丁碧这时从画前站起来,摇了摇头,道:"他精神力很强,密罗术对他没有用。"

　　杜长卿脸上的肌肉微微颤动着,许从勿脸上却浮现出怪异的笑容。暗室的另外一边,雷音用枪撑地,站了起来。

　　"掷枪,掷枪!"杜长卿看到雷音的身影,嘶声叫道。

　　雷音犹豫了一刻,长枪比划着。"快啊!"杜长卿又道。

　　许从勿的身体突然动了一动。雷音紧咬牙关,弓着腰往前两步,身体前倾,长枪"呜"的一声,直朝许从勿身后刺去。许从勿又动了一下,眼看着就要向一旁闪开了。杜长卿身体颤抖,他猛然上前,双手紧紧地抱住许从勿。

　　他两手如同铁箍一般,许从勿挣扎了一下,没有挣开。

　　"噗"的一声,长枪贯穿过许从勿的身体,去势不绝,枪尖从杜长卿背后冒了出来。两人的目光都暗淡下来,血从嘴角涌出。许从勿头缓缓偏向一边,杜长卿脸上却挂着淡淡的微笑,嘴里轻轻念叨了一句什么。

　　李晚年靠在墙壁上,意识渐渐模糊,杜长卿说什么他没听清楚,但他见雷音单膝着地,沉声道:"依然在!"像是杜长卿那句话的回应。

　　眼前人影晃动,几个人围上前去,七嘴八舌地喊着"将军",又有一个人影,慢慢地走向自己。

十五

　　"晚年哥!晚年哥!"耳边传来轻轻的声音。

李晚年猛地坐起，身体还没坐正，腰上一疼，又朝后倒去。

"别动别动！"

李晚年睁开眼，见苏淮正笑吟吟地看着自己。"苏淮！"他叫着，伸手向前，苏淮也伸出了手。

"你没事了吧？"李晚年道。

"我有什么事，哈哈，倒是你——"苏淮笑了笑，"今天总算是醒了！"

"我怎么又睡着了。"李晚年摇了摇头，苏淮身后，小瓶静静地站着，"小瓶说出去喊你们，除了你，还有谁么？"

苏淮拉起他的手："走，我们出去走走。"

"小心伤口——"小瓶连忙走上前。但李晚年已经站了起来，苏淮牵着他的手，慢慢朝屋外走去。

太阳升到半空，小石房身上像铺了一面缎子，屋前的小河里，冒着袅袅的热气。苏淮扶着李晚年，小瓶走在后面，不时说着"小心小心"，三人穿过河上的小木桥，又沿着小坡走上去，一直走到坡顶。

坡的另外一边，两个人踩着碎石子路，远远地朝这边走来。左边是一个小女孩，她牵着后面那个人的手。"阿莲？"李晚年惊叫道，而阿莲身后那人，正是丁碧。

"后来发生什么了？"李晚年道。

"后来啊，"苏淮叹了口气，"其实呢，暗室里有一条通往城外的秘道，许从勿死后，我们就从秘道里回宿松了。"

"难怪，杜长卿也是从秘道里回到莲花塔的吧！"李晚年恍然大悟。

"是啊，昨天广水传来消息，雷音现在是广水营统领呢！"

"那杜先生呢？"

苏淮摇了摇头："雷音那一枪……唉，杜先生和许从勿都死了。"

两个人都沉默了，那边阿莲和丁碧越走越近。"你说阿莲，还有那几个黑衣人，真的去了画里么？"李晚年苦笑了声，"我怎么也想不通。"

"我也想不通啊，"苏淮笑道，"只知道是一种密罗的秘术。杜先生有一回对我说，世上很多事情，都不能以常理忖度，我想其中的究竟，连他也不知道为什么吧。"

他一脸高深莫测的样子，李晚年忍不住微微一笑。

"其实呢，丁碧藏住的人可不止那几个黑衣人。"苏淮道。

"啊，难道暗室里的人都被苏淮藏进了画里吗？"李晚年越想越惊。

"哈哈，只有一部分啦，大多都从暗室出去了，丁碧哪里有那么厉害。"苏淮

　　一边说一边伸手进怀，出来时用另一只手压住，"对了，我给你看个东西。你猜这是什么？"说着他回头，对小瓶眨眨眼，"别告诉他啊。"

　　李晚年想了想，又看了一眼小瓶，小瓶原也看着这边，这时连忙把头转开了。"猜不到。"李晚年老老实实地说。

　　"哈哈。"苏淮拿开挡着的手，把手里的东西放在李晚年眼前。

　　那是一块黑色的徽章，上面雕着一个半月，又像是一把弓。"这是宿松营的腰牌么？"

　　"不错！"苏淮站起来，"你父亲昨天来了一趟，我可以进宿松营啦，他说，广水之行是一次考验，我们都通过了。"

　　他笑得灿烂，李晚年也笑着起来。阿莲和丁碧已经走到了坡上，李晚年伸手到腰间，那幅画还在。他拿下画，去解画上的带子，解了两下没解开。"我来吧。"小瓶走上前，柔声道。她解开带子，拉着另一头展开了画。画上的情景突然变得真实起来，两个背影，一个是阿莲，另外一个，肯定就是丁碧了。背景的那片草地，就在他们脚下。画上的小女孩，手伸在空中，像是在和谁打招呼。

　　"你不记得我了么？"

　　恍惚间，耳边重新出现了这个声音，李晚年心里微微一跳，脑海中突然跳出了许多画面，那么鲜活而熟悉，仿佛就在昨日。他抬起头，阿莲正仰头看他。她脸上荡漾着微笑，缓缓地举起手，在空中挥舞着。

# 冰泉酒

【文】黑火 【图】霸王兔

我的目光穿越群山。
我看见那双熟悉的手,在岩层下张开。
我品着每一滴酒。
每一滴都闪着冰泉酒的淡淡琥珀色。
每一滴都带着烟石火山的尘埃。
它们从我的酒葫芦里倾出。
它们淹没了葫芦上的镂花。

火之河

　　这是烟石河络的盛大节日。几十年喷发一次的烟石火山绽放出了绚丽的焰火。奔腾翻涌着的流火顺着一条条槽道淌过河络们铸造成型的魂印器物。空气中充斥着硫磺味儿,印魂在熔岩里挣扎,咆哮。只有忍耐住地心之火的折磨,它们才会变得更加强大,才会让魂印器举世无双。忍耐不住,就只有在极度的灼烧中消失,重归墟荒。流火推着魂印器,汇集在地下城的火湖里,再顺着孔洞排走。沉积在湖底的器物,就是烟石河络引以为傲的杰作。

　　"阿玉儿,你在看什么?"

　　比达尔握着妹妹的手,他发现她和自己一样平静,不像父辈们那般激动紧张。

　　"火的河啊……"阿玉儿梦呓一般,"那都是闪亮的矿脉啊……"她翕动着鼻翼,黑曜石般的双眸闪现着痴迷的晶莹。

　　"呃……"比达尔无语,他本以为妹妹如此安静,是因为她也跟他一样,听见了一些怪声,就在地底深处,若隐若现。脚下火浪翻滚,岩壁上不时有汽锤啸响,传送带把更多的魂印器推进岩浆。厚重的槽壁响起噔噔噔的齿轮转动声,变换着角度,校正地火的流向……这是收获的季节,几乎每一个烟石河络都是兴奋的,对于沉迷在锻铸技艺里的河络来说,没有理由在这个时刻去关注别的事情,除了比达尔。他扯住旁边一个大胡子,却发现对方怎么也静不下心来听他说所谓"地底深处的吼叫"。

　　"只是岩壁熔化的响声吧。我的孩子,别管那么多,让我们一起来庆祝丰收吧!"

"你听到了吗？"他问阿玉儿。

"什么……"阿玉儿满眼都是热烈的火红。

比达尔明白，她已经沉浸在无数新生的、亮闪闪的精铁、赤铜、密银和玫瑰金的矿脉里去了。

"我是说，我先回去了……"比达尔看着妹妹敷衍地点了点头，不由叹了口气。

他对炽烈的熔炉和叮当脆响的铸造提不起多大兴趣。比起淬火的时机和火苗的颜色形状，他更喜欢研究机械的构造和惜风的生长。而阿玉儿，整个烟石河络部落中最年轻的勘探员，可能更关心如何详细地记录下每条火河的流向，如何更好地估算每一处新生矿床的方位吧。地底的怪声没有了，比达尔一时间怀疑自己刚才是不是听错了。他转身欲走，衣角却被阿玉儿紧紧攥住。

"哥哥，别走……"比达尔回过头，妹妹还是个小孩子，大大的脑袋，瘦瘦的身子骨，手长脚长，眼睛如黑水晶般透澈，笑起来只有左边脸颊上露出一点浅浅的酒窝。

"我只是去拿点儿冰泉酒，这儿太热了。阿玉儿乖，等我回来。"他疼爱地抚了下妹妹的额头。

"嗯，是很热……"阿玉儿舔了舔嘴唇，放了手，扭头专注地盯着火河的尽头。

比达尔小跑起来，不太远的前方，他看见新生殿堂高高的石门。

### 新生殿堂

烟石河络地下城的新生殿堂是一个巨大的岩厅。十四年来，比达尔在这里度过了还算快乐的时光。作为河络，他和妹妹阿玉儿却都不擅长铸造——这可不是什么值得骄傲的事情。好在他们的老师传导者·黑眉发现了他俩的特殊天赋，比达尔那些新颖出奇的想法和精巧灵活的模型总是让所有人惊叹，而阿玉儿在测绘和矿脉模拟搜寻的时候则是表现最出色的。八岁的时候，比达尔在黑眉的引荐下去了挖掘队实习，过了两年，阿玉儿也去了，于是整个队的工作效率提高了一大截。凭着兄妹俩的引导和他们改良的工具，挖掘队总能轻松地在黑暗的地下发掘出新的矿脉。

现在新生殿堂里很空，教导员们领着大家去看地火了。比达尔径直跑向库房，他记得那里存放了好多冰泉酒。有一些细碎的声音从库房里传了出来，比达尔心里一紧，放轻了脚步，挨在库房门边，偷偷朝里面张望。他看见一个穿着整洁的细布袍子的老河络，头发和长长的胡子都白了，手里拄着一根法杖，杖头的紫水晶在荧

光石的映衬下闪烁着幻光。这是烟石河络的苏行,睿智稳重的梦火者——石语者·洛金。苏行的对面站着一个高大的人类,他披着一件带着兜帽的斗篷,整个人都藏在斗篷的阴影下,正在用纯熟的河络语说着些什么。从轻松的语调和不时响起的笑声,比达尔猜测着,他们应该是相熟的朋友。

"你们把这个叫'酒'?"那个人类指着身边的大桶。

"冰泉酒。"石语者点了点头。

"说起来,这种东西充其量也不过是带点儿酒味的水罢了,根本醉不了人……"

"不过喝起来味道还不错……好啦,你这次来,不会是专程讨酒喝的罢?"

"尊敬的苏行,那我就直说了。近期我们注意到烟石山系的一些异常状况……有一些生活在山区和地下的生物却在洼地和地面上频繁出现,而且看样子躁动不安。据我们的调查,可以肯定不是烟石火山爆发的缘故……可能是某种未知的原因……比如地底深处有什么变动。"

"是的,近段时间我们也感觉到一些从没有过的变化。有时候能听到奇怪的声音从下面传来,岩层的振动好像也不太稳定。"

比达尔一下想起刚才火河边听到的嚎叫,不由得打了个冷战。

"我听说挖掘队不久就会往更深更广的地下探寻……"

"不错,每次烟石火山的爆发都会给我们带来无数新生的宝藏。我们得好好利用这些地心之火赐予的财富。"

"哦……我只是想提醒你,尊敬的苏行,石语者·洛金,在搞清楚那些异常响动和状况的原因之前,还是谨慎一些为好……"

"旧的矿脉快要枯竭了,探索新的矿脉是不得不去做的事情。毕竟你们订下的器物,要耗费大量的上等矿石……至于你的提醒,长老会也有考虑,进一步的探查结果不久就会出来。"

"好罢,既然这样,我也没什么可说的了,谢谢你的款待。"

"愿地心之火保佑你,我的朋友。走之前请喝一杯这里的冰泉酒吧,虽然酿酒的方法是你传授的,可是河络的手艺,毕竟和人类不一样。"石语者举起杯子和那个人类碰了杯。

当来客转身朝门口走来的时候,比达尔赶紧退后了几步,装作刚从大厅外面跑进来的样子。以他河络天生的地下视物的眼睛,却也看不清斗篷下的面庞,只是依稀能看见袍角似有一弯暗淡的月牙。正疑惑着,石语者也走了出来,他仔细看了看比达尔,然后拍了拍小男孩的肩膀,说:"孩子,我知道你,挖掘队的队长铁臂这几天没少在我们面前提起你哪。后天就是成年仪式了,你准备好了吗?"

## 试炼日

比达尔对着面前这个巨大的骨架茫然地发呆。这天是烟石河络举行成年仪式的日子,他却不想去那个铺满了熔炉的大厅。不单单是拿不出任何他亲手铸造的器物,更要命的,他培养了好几个月的惜风,正在急剧衰败,这让他根本没有了去参加成年仪式的念想。

几个月前,挖掘队作业的时候挖出一根硕大的腿骨,队长石山·铁臂是个眼里只有矿石的人,除了亮闪闪的金属,任何东西他都不屑一顾。但他还是留下了一些工具给了比达尔去搬运那些乱七八糟的石质化了的骨头。小男孩说,用这些骨头,或许可以造出更好用的机械。现在比达尔面对的正是那些骨头拼接起来的摇摇欲坠的架构,暗红色的苔绒从骨架上一块块脱落,整个洞窟铺了一层败死惜风织就的地毯。

石山·铁臂站在长老席高高的台座上。现在是准备时间,试炼大厅里几乎没有空闲的熔炉了,参加成年仪式的年轻河络们用锤子奏响庞杂而又气势宏大的前奏曲。随着仪式开始时间的临近,铁臂的心情也越来越沉重。他已经来回清点了好几遍,却还是没有发现那个瘦胳膊瘦腿的"机械天才"——这是他找长老会打商量时对比达尔的称呼。只要比达尔能用那堆奇怪的骨头造出更好的工具,长老会就会破例让他通过成年仪式。可是,铁臂只找到了和他同样困惑的阿玉儿——小女孩也不知道她哥哥现在在哪里,在干什么……

比达尔苦着脸一屁股坐倒,败死的惜风落了厚厚一层,漫过了他的脚踝。他已经没有办法阻止这灾难性的一幕了——本来快要成型的骨质机械周身迸现了裂纹,残余的惜风拼命填满那些裂缝然后又一层层地死去掉落,反而把裂痕扩得更大……耳边传来无数锤子撞击的声音,搅得比达尔心烦意乱。这个培养着惜风的洞窟,和试炼大厅只隔了一层不算太厚的坚硬岩壁。他能想象挖掘队长从满怀希望转换到无比失望的表情,那个粗壮的矿工头子这些日子里来回奔走,费了无数的精力用并不擅长的口舌功夫好不容易才说服了固执的长老们。而他现在却只能两手空空地去见他们了。哦,不算两手空空。比达尔想起自己闲暇时用碎骨刻成的小酒葫芦,他掂了掂这小玩意儿,难道就拿这个去通过成年仪式?虽然花纹还算漂亮,可怎么看,也只是个送给阿玉儿作礼物的东西,唯一用处就是能装一些冰泉酒罢了。

比达尔苦笑着转过身不去听骨架崩裂发出的吱嘎声,朝试炼大厅走去。刚迈出十几步,身后便传来骨架垮倒的闷响,似乎还砸翻了几个装着冰泉酒的大桶,一阵唏哩哗啦的声音和着试炼大厅传来的金铁敲击……这可真是个灾难啊……比达尔握

了握小酒葫芦。

铁臂在看见比达尔的那一刻整个心就彻底沉了底。小男孩一个人不知所措地躲避着四处飞溅的火花——他应该是开着一台气势十足的机器出现才对。

接下来的事情印证了铁臂的失望,比达尔失败了。挖掘队长不辞劳苦抛开面子向长老们拍胸脯保证的东西成了一堆混在乱七八糟脏水稀泥里的骨渣——哦,还有个小小的雕工还不赖的酒葫芦。当比达尔怯生生地向长老们展示他的宝贝葫芦以期求得通过的时候,铁臂恨不得一把抢过那个小玩意儿扔进熔炉。长老们一致的摇头看起来更像是对挖掘队长的嘲讽。

也许只有阿玉儿没有和大家一样对她的哥哥发出哄笑,整个大厅里回荡着嗡嗡的议论和此起彼伏的笑声,以至于某个角落里的熔炉烧炸碎石的噼啪声完全被掩盖了,直到愤怒的火红石渣蹦出来落在一个河络的手背上。那个河络回过头,正好看见一堆细石从上面滚下,直直砸入吞吐的火舌里。他头顶的岩壁不知道什么时候凸出了一大块,伴着皲裂的加剧,更多的沙石簌簌落下,凸出来的石壁越来越大,看起来像是一个迅速长大、含苞待放的花骨朵。一丝醇香从花骨朵里逸出来,水渍飞快地洇遍了周围的岩壁,有一些掉入熔炉,腾起细碎的满是酒香的烟。河络们惊慌地躲开那个角落,大家都远远地看着巨大的岩石骨朵慢慢变大,伴着酒香。

铁臂紧紧盯着那片奇怪的墙壁,心里一片茫然,看样子那个骨朵里胀满了冰泉酒……可是,冰泉酒?!这也太荒唐了。他不知道,整个大厅里有一个人比他更不敢相信眼前的状况——比达尔大张着嘴,那个即将绽放的骨朵后面,正是他那个应该堆满了破烂骨渣和满地枯萎惜风的洞窟!谁也没想到这朵石花开放的时候会这么惊心动魄,伴着一声好似大锤落在铁面上的巨响,整个岩面崩飞开来,大大小小的石块如同一张网,罩在四散奔逃的河络们头顶,飞快地落下。两道驳杂着骨白的红光从豁口处飞出,一齐砸在靠近石壁的一组熔炉上,火花四溅。

铁臂觉得身边不远的地方有什么猛然亮了起来,然后那些乱飞的石块在一瞬间定在了半空,等河络们都跑开了才缓缓坠落。他知道,这一定是苏行施展了秘术。转头一看,果然石语者·洛金高高举着法杖,杖头的紫水晶光华流转。比达尔回过神来的第一个反应就是满地找妹妹阿玉儿,直到他紧紧握住她的手,确认她没事之后,他才缓了缓,心惊肉跳地去看那个贯通了试炼大厅和他的洞窟的豁口。

### 三尺之深渊

阿玉儿望着前面巨大的暗红色机器,火山岩的碎末在它的两旁舞成一片蒙蒙的雾。整个挖掘队跟在它后面前进，石山·铁臂的口哨声时不时响起。来挖掘队有一段时间了，阿玉儿知道，队长只有在心情特别好的时候才会吹起调子拐弯的口哨。这是火山平息后烟石河络的第一次挖掘行动，在开出来的狭长地道里，整个挖掘队像是排着一字长蛇的豚鼠，努力地朝着地底深处挖去，目标就是某条熔岩火河的尽头，那里沉睡着一整条亮闪闪的矿脉。

阿玉儿总觉得心里不踏实，队伍前头那架古怪的机器太强悍了，两支铲子样的前臂像切泥巴似的把坚硬的岩层切碎拍成粉末，动作飞快。她甚至觉得自己听到这头巨兽喉咙里发出了"呼噜呼噜"的喘息，声音充满危险和兴奋。已经掘进了二十多丈，还没有看到矿苗，铁臂没有停下来的意思，可阿玉儿觉得该停下了。开路的巨兽里面坐着她的哥哥，从这台机器带着不可思议的强大力量破开今天的第一块大石开始，她就觉得不安，这不安累积了好几个对时，压得阿玉儿喘不过气来。于是她放缓了脚步，队长铁臂就在后面不远。

"铁臂大叔，冰泉酒快没有啦……"

"胡说！出发的时候不是带了一整车么？"

"路上……路上洒了一些，还有，哥哥的那个怪物喝得太多了……"

"还有多少？"

"三桶。"

"告诉比达尔，继续干活，今天挖到三十丈为止。"

阿玉儿长出了一口气，暗暗把手中四五个软木塞子扔进了石渣堆。挖掘队工作的时候都戴着厚厚的面罩，要不然，这一路洒出来的酒味早就钻进了铁臂的鼻子。

比达尔直到现在还是茫然一片，对于身下的这台东西，他突然发现自己有太多的不明白了。自从成人仪式做梦似的靠着这个横空出世的大家伙获得通过之后，他就没日没夜地找寻着脑袋里无数疑问的答案。为什么颓死的惜风又活转过来了？为什么这东西会有如此强大的力量，连无比坚硬的曜石熔炉都能轻易地拍成粉末？为什么只有用冰泉酒才能让它像个怪物似的充满力量？最大的疑问，这到底是什么东西的遗骨？但是时间太少了，他只来得及把拍碎了试炼大厅一整组熔炉的松散骨头架子组装成勉强看得过去的机械样子，铁臂就征调了这台机器。

挖掘队长是笑逐颜开地来调用机器的，他还给这庞大的工具起了个名儿——破石。本来嘛，能一下把一组曜石熔炉都拍碎的玩意儿，除了"破石"，真没什么名号能匹配了。他还记得那天试炼大厅里尘埃落定后的寂静，长老们看着狼藉的熔炉碎片一个个张大了嘴，眼珠子都快瞪出来了。连魂印刀剑的劈砍都极难损伤的烟石特产曜石磨成的熔炉，居然被一堆不知道是什么的东西砸成了粉末。当然，铁臂是知道的，他在比达尔的洞窟里见过这个。于是比达尔通过了成人仪式。铁臂满心欢喜,可是小男孩此后好几天看上去都恍恍惚惚,挖掘队长只道是"机械天才"为弄这个东西耗了不少精神,还特意交代阿玉儿要好好照顾哥哥。

比达尔头一次觉得自己像是在深渊中穿行,"破石"巨大的前臂每挥动一次,就好似自己往深渊里踏进了一步。紧张,不安,心里没底,他知道这些感觉都源自于自己对身下这股强大力量的一无所知。他觉得自己就好似握着一把可以穿透一切的雷矢,却找不到弩机的扳机。心惊胆战,又不知如何是好。酒液在惜风贲张的脉络里奔涌,带动庞大的骨质机械撕纸一般地扯碎面前的岩层。他听见"叮"的一声轻响,一片隐约闪着亮光的碎末在"破石"的两侧散成烟雾——挖到矿苗了!比达尔跳起来使劲掰动扳手,巨兽挥舞的爪子停在了半空,"破石"很听话地停下了。

比达尔擦去满脑门的汗,在心里暗暗地说:不管怎样,至少现在我还找得到控制的"扳机"。

面前还是一堵一成不变的岩墙,所不同的只是某些突兀出来的石头,在荧石灯的微弱光线里闪着金属特有的光。铁臂大呼小叫地奔过来,矿工头子眯着眼睛瞄了瞄刨出来的矿石,那上面星星点点的微光映得他两眼也放出光来,成色不错!只是尾巴上的矿苗就这样好的成色,前面的矿窝子什么样就可想而知了。铁臂觉得自己全身的血液都沸腾了起来。一天!一天不到啊!就挖到这样高纯度的矿苗,要是搁在以前,一天能掘进十丈左右就不错了,更别谈挖到矿苗。

"'破石',给我撬了这堵石头,里面是金山银山啊!"铁臂兴奋地吼着。听到队长的话,整个挖掘队都欢呼起来,人人都攥紧了手里的工具,瞪大眼睛准备大干一场。

等了好一会儿,巨大的机器一动不动。铁臂又喊了好几遍口令,机器还是不动,一只铲臂扬在头顶,冻僵了一般。铁臂疑惑地朝控制台看去,那里空无一人,比达尔不知跑到何处去了。

"队长,你听……"身边突如其来的低语把铁臂吓了一跳,比达尔半边脸贴在岩壁上,嘴唇哆嗦着,身子似乎都在微微发颤。铁臂把耳朵贴近石壁,似乎隐隐有一些呼啸的声音在岩壁的另一头回响,就像烟石地下城的入口处经常有的回门风。

"孬种,不过是地下河的水声罢了!去,把'破石'开起来,挖开这墙,看样子也厚不了啦。"

"队长,地下河有这样的声音么?"

比达尔想起那天在新生殿堂的仓库里那个人类和苏行的谈话,岩壁后的声响,绝不是地下河,倒比较像他前段时间不时听到的某种怪声。

"小子,你才来挖掘队几年?烟石山的地下,没有人比我更知道的了。就算不是地下河,也不过是哪股还没冷却的岩浆流罢了。你怕什么?"

"可是队长……"

"哪来这么多废话？快去给我破了这面石头！"

"队长，'破石'的挖掘臂不行了，得换新的，我们还是先回去……"

"我去开！"铁臂肺都要气炸了，他实在是搞不懂这小子脑袋里在想些什么，于是也不再废话，自己纵身上了"破石"的控制台。比达尔来不及拦他，跟在他后面爬了上来。

"队长，苏行说了这次咱们要小心……"比达尔紧紧拉着铁臂粗壮的右手，那手里就是开动"破石"的扳手。

"放手！"暴怒的铁臂使劲将扳手往前一推。

阿玉儿从来没有见过谁敢这样顶撞挖掘队长，这些日子哥哥比达尔总是精神恍惚，纵然是造出了"破石"这样前所未有的机器，也没见他开心过。她也听到了石壁那边忽高忽低的怪声，虽然不像是地下河，总也不会比岩浆流更危险罢？而身为河络，要是对流动的地火都抱有恐惧之心，那实在是不可思议的事情啊。

阿玉儿正胡乱想着，"破石"的前臂像镰刀一样几下切碎了估摸有三尺来厚的岩层。强光从破口处奔涌而来，把所有人都晃得睁不开眼。比达尔好容易才适应了强光，破开的岩壁那头是一个巨大的天然石厅，石厅的四壁满是数不清的一条条的精铁、密银，还有混杂着玫瑰金的脉络，一条半冷却的火河从中横过，冒着腾腾热气。这是一个烟石河络从未见过的庞大矿池，这么大的储量，就算是集九州所有河络之力，也未必能在几百年里采完它。

比达尔的心落了地，看来铁臂是对的，他这些天实在是有些神经过敏了。如果世界上的深渊都是这个样子，那他宁愿活在深渊里。当他反应过来正要欢呼时，突然觉得有什么不对劲。身边所有的人面对这样的宝藏居然都沉默得像死去一般。

"哥哥……"阿玉儿拉了拉他的衣角，比达尔顺着妹妹的眼睛向下看去，风啸一般的巨响从一块火红巨石的左右两个凹洞里滚雷似地涌出，整块石头连着后面的脊突摇摆着慢慢升起，突然从中裂开一条缝，露出上下两排闪着精铁光芒的……牙！

"快走！"耳边响起铁臂炸雷似的大吼，比达尔目瞪口呆着被阿玉儿拖着衣领往来路推去，铁臂一把将他俩拽上了"破石"。挖掘队的河络们被队长的大吼震醒，纷纷转身。比达尔看见了自出生以来最恐怖的事情：两个来不及返回通道的河络被两束血红的光罩住，慢慢变成铁灰色，然后被一只巨铲似的火红爪子拍成齑粉……

铁臂从"破石"上一跃而下，跳上一旁的翻斗车，猛地冲向破口左边摇摇欲坠的岩壁。巨石掉落的轰鸣夹着风嘶也似的怪吼在又窄又长的地道里回旋成滚动的

雷,猛烈撞击着比达尔的耳膜,塌落的石块堵住了洞口也压住了铁臂的翻斗车。最后一次回头,比达尔看见七八只火红的铲爪破开石头堆,伴着一声"地龙!"的大喊,铁臂的粗哑嗓音在一瞬间如断线风筝般了无声息。

坠落

"是这样子的吗?"比达尔仔细端详着图册。硕大丑陋的头,可怖的铲爪,生满棘刺的背……他确认无误了,这才迎着长老们的目光点了点头。

"果真是地龙啊……"石语者·洛金沉重地叹了口气,议事厅里顿时陷入了沉寂。

"我早就说过,不该在不明情况的时候就急着去开矿!结果呢?没人听!现在可好,居然惊了地龙!"一个长老重重地顿了下手中的拐杖。

"不开矿?拿什么去兑现山那边的契子?人家可是先一步把东西都给了咱们!"另一个长老冷冷地说。

"开矿就开矿,怎么就开到地龙那儿了呢?"

"就是,这挖掘队是怎么搞的……"

比达尔觉得自己被无数滚烫的眼睛扫过。

"就不该让这小子通过仪式,那什么机器,完全是个歪门邪道嘛……"议事厅一下子又沸腾起来,矛头不约而同地指向了瘦弱的比达尔。

"安静!"洛金杵了下法杖,长老们顿时没了声音。"要说责任,我和阿洛卡的责任最大,是我们首肯挖掘队开矿的。但是现在,不是追究责任的时候,现在的关键是如何防备地龙。"

"只是一条地龙的话,没什么问题,请苏行不必担心。"

"我……我当时看见至少有七八只爪子……"比达尔忍不住高声说了出来。

"七……七八只?"

"怎么可能?!"

"这可如何是好?"

议事厅顿时炸开了锅。此起彼伏的议论声像退潮时惊慌失措的浪花,冲刷着在场每一个河络的心。

"就算是七八个或者更多也没什么大不了的,用不着这么慌慌张张!"洛金缓了缓语气,"我们有封石的秘术……"

从议事厅里出来,比达尔就直奔两天前挖掘队开的那个地下道的入口。远远的他就看见一组组的河络武士守在那里,还有蚂蚁一般从四面蜿蜒而去的人流车流,每一辆车都载着沉重的曜石。苏行已经命令用曜石填满地道，烟石河络地下城的下层无比忙碌，年轻力壮的河络在努力填压深坑，妇女老幼则忙着向靠近地面的上层迁移。

比达尔眼见没办法靠近地道，便决定去找妹妹，在人流中要认出阿玉儿很容易，她腰间挂着比达尔送给她的小酒葫芦。

找到阿玉儿的时候，她正在打点包裹，见到哥哥来了，小女孩头一句问的就是："地龙是什么？"

说起来比达尔也不太了解，他只知道那是一种可怕的怪物，有着血红的眼睛，能一下把盯住的人变成石头，从长老们那里还听说，地面上的人，把这怪物叫做"唳螭"。

"那咱们会没事的吧？"

"当然，苏行说了，就算那些怪物能破开这么多曜石钻出来，咱们还能用秘术把它们统统封住！那天在试炼厅里，苏行的秘术你可是见过了的，厉不厉害？"

"嗯！"

看着阿玉儿的神情缓和了许多，比达尔暗暗舒了一口气。挖掘队出事之后，一些疑问终于有了答案，"破石"的骨架，怎么看都像是一只巨大的地龙遗骨。连骨头架子都有轻易粉碎曜石的能力，他实在不敢想象一群生龙活虎的那种怪物从脚下冲出来的情形。即使苏行说有秘术，他也还是觉得忐忑不安。不管怎样，还是先把阿玉儿送到上层再说吧。

三天后的地下城下层，比达尔操纵着"破石"向试炼大厅奔去。脚下的地面不断地战栗着，地龙的嘶吼连撤到地面上的河络都清晰可闻。谁也没有料到地龙这么快就破开了曜石的防线，在突兀而出的几十双血红的眼睛下，数以百计的河络在一瞬间化成了黑灰的石像。

阿洛卡已经发出了紧急撤出烟石山的命令，苏行和十几位修炼过裂章秘术的长老们来到下层的试炼大厅之后，就再也无法前进一步了。整个下层，只有这一片小小的满是熔炉的地方在被裂章秘术强化成铜墙铁壁的围墙的保护下还算平静，除此之外的地方，早已成为地龙横行的地狱。

当巨大的"破石"出现在最后连接着上下城的地道口时，洛金刚刚安顿好一位虚脱过去的长老。整个试炼大厅被半圈施展了强化术的岩壁围着，从一头到另一头足足有三百来步长，从里到外两丈多厚。要维持这么一个庞大的防御墙，烟石河络集中了所有知晓裂章秘术的人，但是，他们的精神力也即将在和疯狂的地龙持续激烈的对抗中损耗殆尽。洛金心情沉重地听完比达尔的报告，上层的撤离远没有想象

中的顺利,阿洛卡已经尽了全力,可是面对不断发生的剧烈地震和庞大人口,三天来撤出烟石山的部族人口还不到三分之二,这就意味着他们至少还得在这里坚守一天半左右。

"苏行,我不明白,为什么地龙会这么穷凶极恶,以前有过么?"比达尔看着苏行灰白的脸色,犹豫了半天,还是忍不住问出了这个他一直都不解的问题。

"我们一直就对地龙知之甚少……这样的事情,从未有过……孩子,跟我来。"苏行似乎是踌躇了一会儿,他领着比达尔登上了试炼大厅最高的祭典台。从这里看去,原本幽深黑暗的地底被一丛丛火光映得斑驳,厚厚地晕着一层淡淡蓝光的围墙外面,时不时能看见火红色的巨大身影游离来去。

"看那边。"

比达尔顺着苏行所指的方向看去,那是新生殿堂的仓库位置,原本贮藏了几乎所有的冰泉酒,但是现在,那里是一片的火红。无数长枪似的脊突碰撞着发出铿锵的响——不知道有多少只地龙盘踞在那里。

"冰泉酒原本是没有的,后来有个与咱们往来熟络的人传授了酿造的方子。要酿出冰泉酒,需要一种草籽,这草籽咱们烟石山不出,只有那个人所在的地方才有。"洛金深深地叹了口气。"酿完的酒糟,我们都倾进了会流进地底深处的暗河……也就是冰泉酒酿出的这几年里,烟石山的地下才有了一些反常的变化……"

比达尔不禁回头看着高大的"破石",琥珀色的冰泉酒液在它的周身像血液一般流动不息,看起来就像是一只从坟墓里爬出来的地龙。

"孩子,去外面,南边的宛州,去找有着暗月徽记的人,去找到他们……"

"苏行!苏行!又来了又来了!"一个河络武士大叫着奔来,围垒外面,火红色的潮水如同狂怒的地火汇成的海,四周的沙石在地龙疯狂的吼声中如雾般抖落降下。洛金高高举起法杖,祭典台下的河络长老们已经布好了法阵,在一片吟唱声中,紫水晶光芒四射,围垒收得更加紧密,蓝光大盛,一如暴长的火苗。比达尔被强烈的巨震掀翻在地,那些火红的怪物猛撞着围垒,无数只铲爪在蓝晕上轮动,他看见身边磐石般挺立的梦火者嘴角流下数道细细的血线……

阿玉儿这几天都没敢合眼,她还留在上层帮着大家疏散逃离。地震时不时地爆发,烟石部族的地下城像是一个罹患痼病的人,剧烈的震动正一丝丝地抽走它的生命。她站的位置后面就是最后的上下层连接通道的入口,从下面传来的可怕巨响一下一下锤击着她的心。哥哥在下面,阿玉儿咬了咬牙,把手头的事情托付给一个年长的河络,转身顺着通道向下层飞奔而去。

比达尔是看着石语者·洛金慢慢倒下的，苏行法杖上的紫水晶迅速地黯淡下来，吟唱声越来越微弱，围垒外蓝色的光膜几近消失。比达尔心急如焚，他正要奔向台下的"破石"，苏行却紧紧握住了他的手腕：

"孩子，这里不成了，你快走……记住我的话，去外面，南边，找那些人……"

"不！苏行！我去开动'破石'！我们能顶住的！"

耳边传来一阵惊呼，比达尔恍惚间以为回到了成年仪式的那天。围垒上慢慢凸出好几个花骨朵一般的石苞，无数的皲裂迅速在整个围垒上扩张，碎石纷纷而下。"走啊！"洛金一把推开比达尔，鼓起最后的力量，蓝光猛地一振，石壁像是被冻结了一般，那几个突出来的骨朵，生生凝了下来。比达尔向着全身筋脉暴突的苏行行了一拜，飞快地冲下台，跳上"破石"，发动，起步，奔上最后的出口。

洛金满含着一口腥甜的血，眼角的余光中那台机器如同疾风般踏入了出口，一口气终于吐出，再也把不住法杖，紫水晶碎成无数块坠落，高大的围垒如同沙做的堤，在火红怒潮的冲击下分崩离析。在地龙血色的眼睛盯上自己的一刹那，洛金拉动了扣在小指上的铁环。就像几十座火山在头顶一齐爆发，整个试炼大厅的岩顶轰然崩塌，数十万方的废矿石渣倾斜而下，淹没了涌动的火红。

比达尔用"破石"的两条前臂扎进通道的地面，身后气流狂搅，天崩地陷，太过剧烈的振动使得整条地道像一条甩开的鞭子疯狂地颤动。他紧紧抿着嘴唇，头顶大大小小的石头滚落，那个昏暗的出口摇动不休。突然他看见一团小小的身影像个石弹子似的飞快地坠往身下的地狱，滑过他的时候，他看见妹妹无比惊惧的黑眼睛。

"阿玉儿！"

比达尔拔出"破石"的前臂，在急剧的坠落中伸开骨臂接住了阿玉儿，然后把她往通道抛去。巨石暴雨一般砸在"破石"上，千钧一发之际，比达尔将机器的前臂扎进了快要崩垮的石崖。

阿玉儿趴在通道口，伸出小手使劲够着哥哥。比达尔刚要站起来去够妹妹的手，两腿却传来钻心的疼，"破石"被巨石砸得变形，他卡在机器里面，再也站不起来了。周围还在不停地落石，通道也马上就要坍塌，没有时间了！

于是他努力挤出一个笑，对涨红了脸拼命伸着手的妹妹说："阿玉儿，听哥哥说，要活着，要出去，到外面去，在南边一个叫宛州的地方，找到带有暗月徽记的人……"

一块铁青色的巨大岩石落下，"破石"终于没能承受住这一击，载着比达尔坠

下。

 阿玉儿眼看着比达尔一瞬间就被无数的石头埋得不见了踪影,耳边还萦绕着他"要活着"的叮嘱,眼泪随着一声撕心裂肺的"哥哥"滑下,声音在幽暗阴森的地底里伴着落石的凄厉尖啸久久回荡。

向远方

 一个多月后,烟石山终于平静下来。烟石地下城完全被毁,没来得及撤离的河络在最后的一次无比惨烈的崩塌中全部永远沉睡在了他们祖祖辈辈辛勤工作、生活的烟石山下。
 烟石部落在阿洛卡的领导下暂时屯住在烟石山边的河谷处,不管怎么说,这里都是他们的家。
 阿玉儿被特许出行,去游历从未见过的九州大地。出发的日子是一个清新的晴日,南方的天空飘着一些云絮,那些云的下面,哥哥的叮嘱在回响。
 太阳将小河络腰间的酒葫芦映出一点细细的光。

## 擎梁山往事

【文】宛在水中央

"风空!你这混蛋偷偷摸摸的想上哪儿去?!"

一声清脆的怒喝响彻山谷,扑棱棱惊飞了一群黄嘴短尾鸟。

此时正是清晨,天边方露出鱼肚白。秋风村本就不大,眼下,全村老老少少包括细犬大黑都还在睡觉,更使这一声怒喝格外震耳欲穿。

风空痛苦地缩一缩脖子,几乎掉下泪来。他装作挠头,偷偷揉着生疼的耳朵,脸上陪着笑说:"九菲姑奶奶,求您小声点呐!"

被称作九菲的漂亮姑娘柳眉倒竖,一手叉腰,一手指着他,表情媲美一头护犊的母狰:"姐姐我发了慈悲心救你一命!还没赔我的小水水你就想跑路?"

风空吞一口口水,突然说不出话来。

半个月以前,正是澜州沿海风暴肆虐的时候。

从霍北到宁远再到夏阳,大小船只一律收帆进港,渔民海商皆停下手头生计,防御天灾。

擎梁山绵延数万拓,近海处少不了有大大小小的湿地沼泽。这种台风季,不管是旅人也好商贩也好,大家都乖乖地呆在家里避难,可偏偏有个名叫风空的傻孩

子,大半夜里不听同伴好言相劝,仗着自己有两手武艺,竟妄想单枪匹马自海边进军擎梁山。

结果可想而知。没有领教过什么叫做大自然不可抗力的他,被一股遮天蔽月的黑旋风吹上了大树,又吹下了大树,堪堪避过一片乱石之后,大头向下,栽进一片水泽之中,就此不省人事。

枉他身为澜州人。

所幸是他命不该绝。小半个周天后,他自混沌中忽然感到头痛欲裂,使劲一睁眼,看到古色古香的大木床,古色古香的小帐子,古色古香的木窗棂。摔断了的手指头被包扎起来,用的显然是自制的,古色古香的,土布。

伸手一摸,随身系着的包袱竟然还没丢。鼻端闻到一阵药香,便看到一个貌美如花的妙龄女子拉着一张脸,端了一碗黑乎乎的汤药过来。

他心里"咯噔"一声,便欲高呼这是哪里,却发现喉咙嘶哑,讲不出话来。

那冷面小美女见他活了,并不像寻常小言里那样惊呼一声扑上来嘘寒问暖,却"啪"地一声将药碗顿在手边桌上,抄起条凳便上来欲砸。

风空大惊失色,扯了被子要躲,那姑娘却又住了手,瞪着他掉起了泪,口中念着:"你个倒霉的熊人,赔我的心肝小水来!"

如此折腾了一番,风空终于明白,溺水的他并没有穿越,而是被附近村民见义勇为地救了。

算他交了金蛟运。但不巧的是,在掉下水泽的过程中,他本不算太沉重的身躯,在无意识中压扁了一只因伤行动不便的幼年水貌。

可怜这遭了无妄之灾的水貌,本是秋风村一位村民的宝贝宠物,这小东西陪着它的主人,虽然山中清苦,可也算过着无忧无虑的生活。它的主人,便是这位伤心欲绝、又哭又骂的九菲姑娘。

(无意中)压死人家心头宝贝,风空理亏词穷。本欲赔给姑娘压包袱底的两枚金铢,却遭到义正词严的拒绝,曰:这不是钱的事儿!

风暴季节未过,风空爱护自家性命,未敢冒险出村。于是困在秋风村数十日,为九菲姑娘做牛做马、认打认罚,以自身的痛苦抚慰他人受伤的心灵。

九菲年迈的爹娘宠溺女儿,便也睁一只眼闭一只眼。本想以诚意感动姑娘的风空在陪打陪笑陪小心地过了半个月后,发现对方竟丝毫不为所动,终于觉得,自己定是犯了荒神。

于是,在一个宁静的清晨,他打点行装,又偷了两块烙饼一壶清水,准备脚底抹油,溜之大吉。谁曾想,一向以功夫过人来去无踪自诩的风空,还没能走出村口就被九菲姑娘人赃并获。

看着面前姑娘炯炯有神的双眼和唇边的一丝冷笑，他不禁想起师父曾放在嘴边的那句所谓"书到用时方恨少"：平时不积累人品，关键时刻，再喊"御免"也没用。

"昨日就觉得你眼神不对劲，果然是想畏罪潜逃。"九菲仍是叉着腰，"这些天来看你表现还算老实，谁想到还是个奸诈小人！"

风空委屈地叫道："姑奶奶！我赔钱你又不要，压死你的宠物是我不对，可是水狸死不能复生，我总留在这里也不是办法呀。如果你肯高抬贵手，附近山里的水狸至少比狰要多吧，我再给你捉——"

"再给我捉！再捉来的能是我的小水吗？"九菲忽然就掉起了眼泪，"那是叶哥哥留下的小水！脖子上还系着他戴过的皮绳呢！你说，你再捉来一只能一样吗？"

叶哥哥这个名字，令风空愣了一愣。

"叶？秋叶的叶？你说哪个叶哥哥？不会是叫——"

九菲半悲半怒、梨花带雨的脸庞忽然红了一红，倒显得格外娇艳。她似乎是在害羞，咬了咬嘴唇，才说："就是叶、叶秋陌……"

果然。风空的嘴角不禁抽搐起来。

世上狗血的巧合总是那么多。

"他、他是少半年前到村里来的，说是找什么水泽，"九菲仍有些不好意思地说着，"然后……咳……后来他说要走，我要他带上我，可他不说答应也不说不答应，只是一天早晨天还没亮，就偷偷地溜了。"说到这里，又狠狠瞪了风空一眼，"只留下了小水，我想就是从附近的山里捉来的。"

"后来村里人救了你回来，还说小水被你给压死了，我气得差点想打死你，但是，呃……"她指了指风空的包袱，"我发现你的水壶和匕首上有和叶哥哥身上行李一样的花纹，他跟我提过那是识别身份用的，所以我想你肯定和他认识。"

"我的姑奶奶！"听到这里，风空已经确定他肯定是犯了荒神，"那您直接问我不就完了吗？用得着折磨我半个月吗？"

但九菲又生起了气来。

"哼！我那么宝贝的小水就被你给害死了，那可是叶哥哥留给我的，难道我还能便宜了你！"她的眼神叫风空没由来地后颈发毛，"反正你在这儿，基本说明当时叶哥哥没找到那什么水泽，说不定他就要来救你了，那我不就能见到他了？"说到这儿，她又喜滋滋地笑了起来。

按照平时听戏文的经验，青春貌美的女主角这样一腔痴情，作者如果不安排她和心上人"从此幸福地生活在了一起"，简直会被批判得口水淹死。然而，童话是

美好的，现实是残酷的，尤其是遇上了风空这样的人，只会冷酷地、毫不客气地戳破人家粉红的肥皂泡。

这位不懂得怜香惜玉的家伙是这样说的："可怜你的一腔情意付错了对象，你心心念念的叶秋陌哥哥啊，那厮——是个女的！"说完还欲幸灾乐祸地笑上两声，但看到对面姑娘的表情，还是咽了下去。

"女女女……的？"九菲用梦游一般的声音说到。

风空肯定地点点头。

"不可能啊……就是长得秀气点啊……我们全村人都没看出来啊……"她看上去像是被雷劈了。

风空嫉妒地咬着牙说："那家伙有异装癖！哼，认识她七八年了，别说小姑娘，就连在母马母羊那儿，她都比我这个真正的男人要受欢迎……"

"不好好执行任务，跑来勾搭人家不懂事的小姑娘，哼……"风空自顾自地说着，丝毫没有注意到身边有一张即将崩溃的脸。

此时的叶秋陌正坐在一棵老树根下，啃着一张干巴巴的烙饼，连着打了两个喷嚏。这里的山风还真是冷得彻骨啊，她一边感叹着，一边用跟随她多年的上好河络手工锦鼠皮斗篷把自己从头到脚裹得像只烈鬃熊。这时她想起了那个叫九菲的小姑娘，那热腾腾的丸子汤和春花般灿烂的笑脸啊……寒冷和肉制品的缺乏使她哀怨起来：造化弄人啊，我为什么偏偏就不是个纯爷们呢？

想来想去她已经没了胃口，叹了口气，把咬了几口的干饼往行囊里一塞。擎梁山傍晚的天那是说黑就黑，再这么干坐着，一会儿太阳完全下了山，林子里的东西就该跑出来了。她一只脚来回蹭了蹭树下的青苔，口中默念着，生起了一小堆篝火。橙红色的火苗无声地跳跃着，将光和热送到叶秋陌的手心，脚趾，面颊，鼻尖儿……她惬意地搓着双手，心里暗暗庆幸自己小时候偷懒怕麻烦于是修了太阳系，要是换了风空或者圈叉，要生个火还得先拾半天干柴去。

夜间山林的寒意中，参杂了些许不明物体的陌生气息。

斗篷乱糟糟的毛皮下，叶秋陌微微地睁开了眼睛。篝火好好地燃烧着，微弱，但也足以将一般的野兽吓退。是什么呢？

她藏在衣袖里的手暗暗结了个手印。老前辈们说的没错，夜色中的山林，即便是熟悉的路途，也不能掉以轻心。

她不动声色地念起口诀。面前火光暴涨，照亮了她视线内方圆三丈。

这是……什么啊……

叶秋陌看着面前的小生物，徒然生出抱头的冲动。黯淡下来的火苗微微跳动，照亮了她膝盖前方一双亮晶晶、圆溜溜的黑眼睛、冻得红彤彤的鼻头、还有茅草一样乱蓬蓬的头发。

　　这孩子，身子倒还结实，长得也漂亮，可看不出是哪里人。会是弃婴吗？真不知道这山里那么多野兽，他是怎么长到这么大的。这孩子见她若有所思地盯着他，竟自爬了过来，捉住她衣角蹭来蹭去。

　　叶秋陌打起架来虽然很凶，内里还是十分善良的。她将火边最舒服的位子让了出来，掏出了自己的口粮。

　　"风空那厮尚下落不明，又来了这么个小东西，"她看着小孩子结实的牙口，自言自语着，"这次的任务恐怕会很有趣啊……我说小家伙，你哪里来的干活呀？"

　　吃的正欢的孩子不理她。

　　"不会人话吧……"她若有所思，"不如，先给你起个名字？叶二？唔，可惜我不姓王，不然叫王二多好，然后在头上画个王字，多威风啊。"

　　"叶二"哼唧了两声，也不知是不是在对这个名字发表意见。

　　天边微微透出了一丝鱼肚白，几颗主星的光芒渐渐较夜间时黯淡。天色虽然还早，但对于着急赶路的风空来说，却是一万年太久，只争朝夕。

　　他离开石化在秋风村口的九菲美少女，时隔半个月再次踏上山路，已经是一天一夜前的事情了。凭良心说，九菲妹妹长得确实漂亮，人也可爱，只是打人疼了些。但最令他风空不能原谅的是，她竟然喜欢叶秋陌那个女扮男装的伪君子！想到这里就来气。

　　到底为什么？为什么不喜欢他这样玉树临风才貌双全的大侠！

　　他恨恨地劈手折了一枝荆条，对着左近一丛半人高的茅草抽了两抽。

　　说时迟，那时快！一团灰褐色的影子夹着一团劲风冲着风空扑了过来，使他——素以自己武力高强而自豪的风空——被扑倒在了地上。

　　很丢人，但风空也并不是草包。与那影子就地滚了三滚之后，风空成功地制服了这偷袭他的……小孩子？

　　结实的四肢，红润的脸蛋，可爱精致的五官，无辜的眼神，身上穿着一件似乎是麻袋改装成的短衫，腰间系着皮绳。唔，这皮绳看起来柔韧结实，定是擎梁山本地的手工，上好的小牛皮。皮绳上还穿着一块刻了花纹的石头，看起来似乎眼熟得很。

　　——哈哈！风空差点要仰天大笑。

　　踏破铁鞋无觅处，得来全不费工夫。

　　"小家伙，你是什么人？和她是什么关系？她现在人在何处？坦白从宽我给你

吃好吃的？"他循循善诱。

但独立而有原则的小家伙啃着他的干肉，任凭他威逼利用，一个字也没说。

损失了口粮却没套出情报的风空，只能依靠自己追踪的本领，自食其力下去了。

"小鬼头，叶二！你给我出来！"叶秋陌手搭凉棚，金鸡独立，只恨自己生不出一对火眼金睛。

坑爹呢这是。睡了她的斗篷，吃了她的大饼，穿了她的麻袋，现在就这么一声不响地失踪了——虽说，是她忙于任务以致忽略了跟在身后的叶二，直到肚子饿了才想起来少了一个人。

寻找半晌无果，叶秋陌无奈地叹了口气，心想，找不回来也罢，要是真收留那小鬼头，说不定还弄成个大吨位的麻烦。

走了半天的路早已累了，她索性就地躺下，将包袱往脸上一盖，打起了盹来。

可惜，好梦不长。

"叶小二！看我不剐了你的肉做糖醋排骨！"被阳光晒醒的叶秋陌眯着眼、咬着牙瞪着抢了她行李又爬上了树的叶二。

"嗷~~~~~"这就是兴高采烈地抓着她的背囊、蹲在离地五丈高的树杈上津津有味看鸟窝的小鬼头给她的回答。

"嗷你个头！"叶秋陌现在对于自己没认真学催眠咒语简直要悔恨死了，不然，一记咒昏了这个小子，结实地捆起来，编个爬犁拖着走。环保省力。

"做个太阳秘术师，难道就是这么一无是处吗啊啊……"

"咦，伟大高尚的叶老师，你怎么也吃瘪了？"

叶秋陌吓了一跳，左右四顾，却没见这山沟里有半个人影。

"抬头，抬头，朝上看！"

她依言抬头。面前十五步远的树杈上，果然蹲着一个像她一样披着斗篷的家伙。

"风老师，您在树上扮猴子多久了？"她眯起双眼，不动声色地问。

"那小家伙爬上这棵树开始呀！叶老师你退步了嘛，都没察觉出我的气息。"对方非常促狭地挤挤眼。

"是呀，我好惭愧……你可以去当天罗了嘛……"话音未落，忽然一束强光横扫而过，树上的人闪避之间失去了重心，哎呦一声掉下了树。

"喂喂，叶秋陌老师，你太不厚道了吧，偷袭自己人……"风空龇牙揉着跌成了八瓣的屁股，冲哼着小曲、一手拎着行囊一手拎着叶二大踏步前进的叶秋陌抗议着。

　　后者闻言淡定地回头，面上带着一丝神秘的笑意，却令风空莫名感到不寒而栗，自觉地闭上了嘴。

　　在山沟里走了小半个对时，叶秋陌摸摸肚子，喃喃地说了句"饿了"，径自寻了一棵大树往地上一坐。风空见状也跟了过来想顺两口秋叶蜂蜜酒，却被叶秋陌一把捉住，从口袋里掏出一根麻绳，将左顾右盼的叶二紧紧地栓在了他的腰带上。然后，满意了拍了拍，笑容灿烂："看住了呦。"

　　"喂，你还没告诉我，这小家伙是谁，怎么连句话都不会说？"

　　"半路上捡的儿子，你羡慕？"叶秋陌塞了一嘴干粮，含糊地说，"他好像不会说人话，有可能就是这林子里长大的。"

　　"那你也放心带着他？咱们这次又不是来度假。"

　　叶秋陌白了他一眼："你也知道？哈，是谁在台风季不听前辈的话，半夜偷偷开溜？——说到这个我倒是要问你，这几天你怎么过的？"

　　风空的声音明显地小了下去："我……我误打误撞进了那个秋风村……"

　　"噗"地一声，叶秋陌喷了一口酒水在叶二头上。

　　"秋风村？九菲的那个秋风村？"

　　一句话勾起了风空的伤心事，登时"哼"了一声，咬牙切齿地声讨起"始乱终弃"的"负心人"叶秋陌来。

　　"我的墟荒大神，这也忒狗血了吧？风空？遇到九菲？"叶秋陌喃喃地说着，自风空手中抢过他的肉干吃了起来。

　　"说起来，我好像听你叫他'叶二'什么的？"吃饱喝足后继续上路，被腰间麻绳拖着一会儿跑向路边的野花、一会儿扑向树梢的飞鸟的风空跌跌撞撞地走着，觉得自己白白练了一身本领，真不如回老家卖酱油。

　　"是啊，一二三四的二。不错吧？"

　　"不——不错？"

　　"咦，这么简单又好记的名字，充满了简洁的艺术。"

　　"那你自己怎么不干脆改名叫叶一？"

　　"在下不才，表字一亭。"叶秋陌笑眯眯，"有个一字呀。"

　　"叶、一、亭，"风空一字一顿，缓缓回过了头，望着她幽幽地说，"你，你赢了……"

　　然后，因为没看眼前的崎岖山路，风空"扑通"摔了个倒栽葱。叶二"嗷嗷"地欢叫了两声，风空不满地抗议着，却被那无良的一大一小自动无视了。

　　当天夜里，叶秋陌照旧在树下的青苔上生起一堆小小的篝火。火光中，风空和

叶二都蜷成一团，睡得沉而香甜。叶二圆嘟嘟的脸蛋被火苗映成微红的颜色，像极了熟透的水果。叶秋陌眯着眼睛凝视着他，过了很久，觉得困了，才翻身躺下。想了想，还是拉过自己斗篷的一角，盖在了叶二小小的身躯上。

第二天继续赶路，渐渐进入遮天蔽日的原始丛林，虽然并未向高处去，脚下的路却也越来越难走。叶二小朋友倒是不怕，上蹿下跳跑得飞快，令人很是羡慕。

"叶大大，你半路上收留这样一个来历不明的小孩子，就真的那么放心吗？"在叶二再一次试图将其拉向一只硕大的马蜂窝之后，饶是风空自诩身手不凡，也不禁愁眉苦脸起来。

"这个么，我觉得倒没有什么特别不放心的吧？"叶秋陌想想说，"也不是在出什么严重的任务，不是说找得到算运气，找不到也别泄气吗？再说了，昨天还多亏这小子找到你。"

"找到我……"风空抬头望向远处峰顶的皑皑白雪，无语凝噎。

叶秋陌嘿嘿地笑了两声，伸手拍了拍他的肩膀："打起精神来，这次我已经有了确切的线索，任务很快就能结束了。"

"啊，回去以后我要好好大吃一阵！"喝了很多天野菜汤的风空早已怀念起大都市里纸醉金迷灯红酒绿的生活了。

"怀念醉生梦死的日子了吧？回去路上咱们到秋叶，我请你吃肉呀。" 叶秋陌一手探向他肩膀，拍得他晃了一晃。

"喂叶老师，就算你是想安慰我，有必要用这种力道来拍人家瘦弱的血肉之躯吗……"

"你搞清楚谁才是这里缺乏蛮力的秘术师！"

"我道歉，你不要用秘术对付我啊！我是好人！"

"……"

"兰缀江水向西流，黄洋岭上驻耕牛！"

树林子里传出一首不知名的小调，唱得懒洋洋，又带着几分轻扬的笑意：

"腰斩泡姜剁椒猴，官配遥遥与悠悠！"

然后又变了变调子。

"两个夸夫两个夸夫，跑的快，跑的快……"

此时正是晌午时分，天色清朗，山间劲风透骨，暖软的阳光却穿过树枝的缝隙，在微有湿气的地面投下一块块光斑。四周悄无人声，擎梁山虽然险峻，却也分明有如此宁静悠闲的时光。

## 九州·擎梁山往事

"唔，差不多到了。"一直埋头用一根拿皮子裹住的狭长物体拨开前方草木丛的叶秋陌忽然直起身子，轻轻地说。

风空闻言，默默站住了不敢乱动。或许是感觉到两人非同寻常的谨慎和静默，一路上嗷嗷叫个不停的叶二小朋友此时也闭上了嘴巴，一声也没出，令风空赞赏地看了他好几眼，开始觉得他其实也懂事起来。

在风空和叶二的眼中，面前的树林子与擎梁山一带常见的森林没有太大不同，参天的笔直针叶木之间，参杂着诸如白桦，漆树之类的落叶乔木，也有岩柏这样山地才有的树种。地面上的青苔看起来格外浓郁，四周围淡淡浮着一层雾气，令树木和青苔看起来更加绿森森的，也令这里显得格外寂静。

但领路的叶秋陌显然看到了更多。

在她的招手示意下，风空拎着叶二的领子，一步一个坑地挪了过去。她噗嗤笑了出来，拨了拨面前的草地，说："用不着这么提心吊胆。看那儿，擎梁雪剑。这种草一般只生长在雪线上阳光充足的地方，这种背阴的树林里面不可能有。"

"不可能有"的狭长坚韧的锋利叶片呈放射状指向天空，灰白的颜色微微反射出四周的森绿。叶秋陌伸出一根手指，轻轻地摩挲着它们。

"若是晚上，它们会发出微弱的月白色冷光。对付烧伤脓肿，效果不错。"说完，她瞄了一眼瞪着眼的风空，又加了一句，"也可以辅助治疗精神方面的问题呦。"

"喂，什么意思你……"

"嘘，拉着小二退后点。"叶秋陌笑眯眯地挥挥手，然后站直身体，微微敛目，结了一个手印。

一串低低的吟唱自她的唇齿间流淌而出。身后的风空听不清她在说什么，但也明白，自己即使听清了，也听不懂。只是，莫名其妙地，他伸出一只手捂住了叶二的眼睛。

一团莹白的光芒出现在叶秋陌的指尖。它轻盈发亮，又浓密得像雾，流动如风。只是顷刻，那团光芒渐渐涨大，吞没了那一丛雪剑草，吞没了叶秋陌的身影，吞没了她脚下覆满青苔的土地。

光团吞没风空的时候，他只觉得鼻端一凉，眼前一黑，便失去了知觉。

"大家都放松，放松，我们没有恶意……"

风空醒来一睁眼，便看到自己站在齐腰深的水里。四周围还是绿森森的丛林，只是幽深浓密，怎么也望不透。而他自己，被几条柔韧的藤蔓五花大绑着。那藤蔓不知是特制的还是用了特别的捆法，他越是暗暗挣扎，捆得就越紧，直勒得他皮肤

热辣辣得生疼。

在他前方几步远,叶秋陌肩头驮着叶二,正伸开了双臂,对着几个衣着奇怪的人做着安抚的动作。

真不公平,为什么她就没被捆起来?

"你们到底是什么人?"一个看起来是首领样子的人说道。她的声线不高,又故意压得很轻,但还是可以听出来是一个年轻的女人。一方灰绿色、看不出材料的织物将她从头到脚裹了个严实,在这绿森森的深林中显得很协调,却又有一种说不出的怪异。但更怪异的景象,是在她遮掩着的手中,握着一根二尺长、寒意森森的冰棱,直指叶秋陌的鼻尖儿。

"我姓叶,是个秘术师,为人老实本分,值得信任。"叶秋陌镇定地说,"我们来自和谐会,就是……'东陆秘术师共创和谐九州同盟会'。我知道你们是什么人,但我们绝对是善意的,请相信这一点。"

"姓叶的秘术师,既然你能找到这里,那么一定也知道,"对方说,"对外面的世界,我们没有兴趣。很少有外人能找到茑珠泽……但即便是以你的精神力,也难敌过半个对时。"

叶秋陌微微一笑。

"喂,老叶都说了我们根本毫无恶意,你不要说的那么吓人好不好!"风空倒是扭来扭去地叫了起来,"快把那吓人玩意儿收起来,放开我!"

结果,绑住他的藤条像活了一般,嗖地将他吊上了一棵树。

"人类,闯进茑珠泽……"蒙面女的手中寒光一闪。

但叶秋陌这时上前一步,沉声道:"我们只为寻找'曼瀚绻兮'而来——"

"扑通"一声,风空自由落地,溅起一大片水花。

"曼瀚绻兮……"蒙面女打量着淡定的叶秋陌、哼哼唧唧的风空和瞪大了好奇的双眼的叶二小朋友,半晌,终于说:"记住,不要轻举妄动。"

寒气森森的冰棱被她随手一丢,剔透的利器失去了秘术加持,顿时化成一片无形无色的水雾。方才齐腰深的冷水不知怎地,也悄悄地退去了,露出一片干燥清爽的青草地。

风空呸呸地吐了好几口冷水,有点不甘心,想狠狠瞪上几眼,却发现那看似凶悍的蒙面人已经解开了斗篷,露出一头泛着微光的淡色长发和妩媚的面容,一双青色的眼睛却是冷冷的,上下打量着叶秋陌。其余的蒙面人也都露出了脸,竟个个都是美人,不是娇媚就是清艳,头发和眼眸却是五颜六色的。

"喂,别盯着人家傻看!没见过软妹子似的,什么出息。"叶秋陌戳了风空一指头,将叶二塞在他手中,"把我家儿子看好了,别惹事。"

风空非常委屈,却不敢乱说话,于是将叶二往胳膊底下一夹,垂下了头,不住从眼角下偷看着。

　　"我叫祎浔,是这里的首领之一。"青色眼睛的魅指了指自己,又指指对面另一个深色头发的魅女,"她是源葳。"

　　叫源葳的魅一言不发,脸上的表情也丝毫没变。

　　风空顿时觉得,自己应该学学人家的淡定。

　　叶秋陌做了一个奇怪的动作,像是在行礼。更奇怪的是,对方似乎被这个动作感染了,竟微微笑了一笑,虽然这笑容转瞬即逝。不过,风空觉得,那看似冷酷的首领笑起来,还真是好看呐。

　　"这是朱颜海的礼节。"她说。

　　叶秋陌咧嘴一笑:"离得又不算太远,这些风俗什么的胜在融汇贯通嘛。"

　　可惜,对方将这个冷笑话无视了。

　　"我与那里的一些魅,很久没有过联系了。"

　　"年末我打算去夏阳,顺路,或许可以帮你带去些问候?"

　　"你倒是很自信。方才你这位朋友还吊在树上呢。"那首领"祎浔"的指间,又隐隐开始现出寒冰的颜色。

　　"你们不是好杀戮的种族。"叶秋陌笃定地说。

　　"种族?"对方眯起了眼睛。

　　"十几年来东陆排斥魅灵,几族中却也有相当数量的人仍旧认为魅族也是六族之一的,"叶秋陌点点头,"万物有灵,我们和谐会认为众生平等,那些什么魅族是邪灵妖孽的言论,完全是胡扯。"

　　半晌,对方说了一句:"你这个人倒也不算很讨厌。"

　　风空低着头偷偷地捂着肚子笑了。

　　然后他扑通一声倒在了地上。

　　叶秋陌对围观的魅女和扑闪扑闪眨着无辜眼睛的叶二龇着白牙笑了:"和这家伙搭档,总是提心吊胆怕他惹事,还是打晕了方便,嘿嘿嘿……"

　　"那么,言归正传吧!"她忽然话锋一转,"传说中澜州擎梁深山中,发展出一支注重修精神力的魅族,留下所谓的曼瀚绻兮,虽然在东陆只是民间传说中偶有提及,但作为和谐会的秘术师,我们的来意想必你们很容易也就猜出来了吧!"

　　"传说中魅族秘术师留下的秘籍卷宗,能够成倍增加普通人类的精神力。"对方道。

　　叶秋陌嫣然一笑。

　　"其实从前也不是没有人试图寻找这部'神卷',只不过那些道听途说的故事到最后都默默地烂尾了……没有人成功过,但关于神卷的种种传说还是在一些群体中流传了下来,虽然后来只有很少的人还相信它真的存在。和谐会的秘术师都秉着创建和谐世界的宗旨,我们不会用它做坏事——至少,诚实地说,会尽力不做。"她说。

"这一点谁都不能肯定。"

"你们至少可以相信我。还有这个没用的家伙。"叶秋陌指指地上死尸状的风空。叶二正好奇地趴在他身边,试图将他的头发打出一个复杂的绳结。

"还有我干儿子,他连话都不会说。"她又补充道。

"用精神力控制他人思想的那一套对我们可不怎么管用哦。"祎浔盯着她说。

叶秋陌微笑的双眼隐隐发出一线模糊的光晕,但转瞬即逝。

"我只是为找神卷而来,顺便看看美女姐姐,你多虑啦!"

对方美丽的眼睛眯了起来,"人族秘术师,听起来你是取得了朱颜海魅族的信任,倒是让人有些意外……不过,这可不表示我们就会一样信任你。"

"但是我想你们知道我们没恶意。"

对方又微微笑了,说:"其实你既然有本领找进苋珠泽,精神力和秘术上的修为已经高于人类秘术师的平均水准不少了,那所谓传说中的神卷,不见得对你会有多大的用处呢。"

"哎呀我要脸红了……只是,要为了创建和谐九州的美好理想而奋斗,每一种可以利用的装备也都还是要争取一下的呀。未来和谐美好的九州会是你们的也是我们的是六族共有的。"叶秋陌这样说。

"听起来不错的理想。"

"所以我希望这个理想能够通过大家的努力一点一点变成现实呀。"这次她的笑容好像有了一点儿的伤感,"几千年的争战杀戮冲突矛盾想必所有人都受够了吧。你们也是受够了才避世的不是么?我以前在朱颜海的时候,也不是没见过魅族和夜北人混居的小村子,那种平淡和睦的生活可真是好。"

"可惜不是所有的人都会像你这么想。对于他们来说魅族永远都是异类,无论我们凝聚得和他们多么相似,又在他们中生活了多久……"

"说实话,我并不清楚对魅族的排斥到底是在什么时候因什么而起,"叶秋陌说,"但这一切总有一天会结束的,就像我说的,六族和平地生活在一起。从前不是也有人族和鲛族,夸父和蛮族,华族和蛮族,人族和河络……种种的冲突么?更别说各族内部的矛盾了。"

"不无道理。可你真的相信好战不是各族的天性的一部分?和平之后矛盾就不会再起?"

"总要有人相信并且为之努力的。"

一瞬间，叶秋陌觉得对方都被自己的真诚给感动了。

或许她想的没错。首领祎浔和叫做源葳的魅对视了片刻，互相点了点头。

"我们传说中的神卷，让你听听也没什么大不了的。"祎浔说。

咦？竟然……这么容易吗？

叶秋陌倒是有点将信将疑。

不过"听听"又是怎么回事？

这时一直沉默如金的源葳开了口："你大约也能察觉的到吧，方才你们对话的时候，我一直在探查你的思想……至少，结果并不十分令人失望。"

"而我也暂且相信你，和你的朋友们。"祎浔对风空点了点头。

"啊，他醒来之后要是发现那一头麻花辫估计又会抓狂的吧……我的儿子或许有点艺术家的天份？"叶秋陌望着玩够了风空以后在草地上打滚的叶二，若有所思。

醒过来的风空果然抓狂了有一阵子，不过面对漂亮的魅族姑娘，他还是尽力保持了仪态，一边悄悄地试图解开自己的麻花辫子。

祎浔却没有在意他的小心思，席地而坐，将往事娓娓道来。

"其实曼瀚绻兮这个名字，源于从前凝聚于澜州森林的一个魅。一个名叫木玉珑的魅，曼瀚绻兮是当地土话'玉般的魅'的发音，被误传的结果。

"对于发生在珑身上的故事，我就不赘述了，或许龙渊阁中的典籍上会有有心人的记载。至于她给魅族留下神卷这种传说到底是怎么出现的，估计没有人能搞明白。你想必知道，魅对星辰力的感应能力，长久以来都是秘术师、学者和野心家们关注的焦点。或许这就是传说的根源，是他们寄希望于此，想要掌握关于星辰感应和精神力的秘法。

"但是，所谓的神卷其实是误传，它根本不是什么法器或者秘籍。"

"诶？"叶秋陌和风空都愣住了。

"根本不是。"对方肯定地说，"只是一首歌而已。"

"啪"地一声，风空栽倒在了地上。一直很淡定的叶秋陌，也觉得自己也几乎要崩溃了。

"一首歌怎么会被传成那样啊……"风空的声音里似乎有点哭腔。

魅的首领淡定地挥挥手，说："谣言的力量。"

静默半晌。

"这样的话，唱给我们听听估计不碍什么事儿？"叶秋陌恬着脸问。

"即便知道这歌对你没用，你还是想听？"

"想的,看我真诚的眼睛……"

对方的几个魅几乎要被她逗笑了。在祎浔的示意下,她们开始结起了手印,唇间溢出低低的吟唱。一阵白雾随之自树木间升起,影影绰绰。然后,一支悠远的歌响了起来,缥缈、婉转,又有点神秘。

一瞬间,叶秋陌的视线模糊了。

那是能蛊惑人心的声音。来自林间,地底,和天际的歌唱,使她的意识陷入迷茫的雾霭。她的形体似乎已经消散,仅剩无形的意识游荡在天地之间。

她渡过了一只魅的一生。

一开始,她作为纯粹的精神力存在着,感受日月星辰的变化,沧海桑田的转移。她渐渐地认识到自己。她渐渐地认识到世界。后来,她忽然想要拥有自己的形体。

她在密林的深处停留。

人迹罕见的深山中,时间似乎并不流动。那里是浓得化不开的绿,浓得好像空气都是绿色,幽幽得满是凉意。

茧就在这绿中织成。她似乎是沉睡了,但分明感受到生命的凝聚。

尘土在她脚下堆积。阳光穿过层层枝叶在地面洒下微弱的光斑。斗转星移,森林在她四周生长,泛黄、覆盖皑皑白雪,又在早春溪水的滴沥声中复苏。

她睁开眼睛,看到第一缕阳光,听到虫鸣,嗅到第一滴水的气息。

她开始体验时间的流逝。

肉体对她来说是新奇的。她蹒跚着,奔跑在山野间。她尝着山泉的清凉,草叶的涩香。她在林中游荡着,无论白日或星夜。

然后,她看到了火光。那是她所不熟悉的颜色,不熟悉的温度,还有那火光附近她不熟悉的形体和气味。她好奇地靠近,再靠近。

她看到了自己。

叶秋陌猛地睁开眼睛。

叶二正趴在她膝头,无辜而好奇地看着她。

魅歌不知何时已经停止了。

"刚才那……是他的记忆?"她迟疑着开口。

"这小家伙居然是魅,我早该猜到啊喂……"这是风空的自言自语。

"他在这擎梁山里凝聚,没发现他是苇珠泽的疏忽,我们确实太久没有出过这水泽了。但,无论如何,是这孩子选择跟随你,他将何去何从,由你做决定。"魅族的人这样说。

"我也不是随随便便就收了这个儿子……其实，让他试试俗世中的酒肉生活也未必是件很坏的事，"叶秋陌伸手摸了摸叶二的头，"如果你们愿意让他跟我走。"

"那么希望你能长久地善待他。"

叶秋陌真诚地点头，表情难得的一本正经："君子一言驰狼难追。"

她顿了顿，"……不过，那首歌能教我唱么？"

【后记】

我的名字叫做叶二。

不，这不是说我这个人很二。叶二这个名字是我娘起的，据说，是因为她"崇拜一个叫做王二的老大哥"。

"王二"是谁，我不知道；"老大哥"是什么，我也不知道。我娘说王二之所以叫王二那是因为他生在王家，排行第二，可是排行第二又为什么是"老大哥"呢？我娘也不解释，只是傻笑着，一脸不怀好意的样子。我以前在山里见过狼，眼珠子绿莹莹，和她那样子很像。不过我娘不是狼——她看着是个人的样子，但里面到底是什么，我也不知道。

后来，我娘带我来到夏阳，让我到学堂去念书识字，自己却好几个月都不回家一次。我也想跟着去，我娘却说我还太小，夏阳城足够我跑断腿（我跑得比她快多了，也不知谁会跑断腿）。我很听我娘的话，守着海边的大院子，没事种种花。她便很高兴，夸我是夏阳人民的好孩子。"好孩子"是个很好的词，我很喜欢。

后来，我家附近搬来了好几个小孩子，看到我又会种花又能打架，都很崇拜我。但是我娘不让我打架，我可不想惹她生气。那些小孩子再来找我，我就给他们讲故事，讲六族传奇各朝野史之类——多半是抄书或者瞎编，可他们听得津津有味，可见我是个聪明、有才华的好孩子。

今天讲的，只是关于我和我娘的一个小故事。到底算不算个好故事，我也说不好，我有时晚上不好好睡觉，我娘便随口讲了哄我，我一听就记住了。

那么——我和我娘为什么长得不像，你们现在明白了吧？明白了就赶快回家吃饭去吧。令堂大人要等着急啦。

## 南屏晚钟
文/郭步调

1

"2003年12月26日杭州地铁一号线试验段开工，2007年03月28日一期工程正式破土动工，但自从次年11月15日一号线工地风情大道遭遇塌方事故造成重大人员伤亡开始，杭州地铁便灾难重重，遭到多方质疑，而日前又传出某个施工段遭遇了罕见的浅层冻土带，有关方面没有透露具体是哪个施工段并同时以'温带季风气候的杭州哪来的冻土层，这纯粹系造谣'来回应媒体……"

这是五楼的寝室，上下铺四张床位，床位对面是一排连体的衣柜和桌子，桌上排着四台手提笔记本电脑。因为没网费了，安战只好折腾起了自己的古董收音机。安战听说他们本家源出姬姓，大概已经好几千年的事了，具体就是黄帝次子叫安，因为帝位让颛顼得去了，安便被封到西戎。安在那里建立了安息国，也就是现在的伊朗，到汉朝的时候因为张骞来访，才和中土再次联系上。然后有个叫安清的太子不想当国王只想做和尚，所以从西域搬回了洛阳，虽说一心只做和尚，但最后似乎还是结婚生子了，所以留下了像安战这样的子子孙孙。就是这么回事。御先祖那点破事真的是很复杂，安战想，当一方土豪有什么不好了？非要出口转内销！混帐祖先。

安战打开平时只有在英语听力考试才用的上的收音机，调着波段，搜索万峰的伊甸园信箱节目，不知道是不是时间没到，收到的却是关于地铁施工的奇怪新闻报道。最近铺天盖地这样的消息，安战琢磨大概每隔一段时间都会有类似的都市传奇被热炒，看来大家都寂寞到无聊。网络上也就算了，连食堂大厅里原本转播NBA球赛的电视也被人锁定了新闻频道。要命的是遥控器恐怕也被哪个唯恐天下不乱的家伙拿去丢到运河中去了。

虽然翻来覆去也就是"冻土层"这几个字，没有更多新意，甚至没提到冻土层的规模大小、具体分布、成因，但即便如此，在地铁施工工地发现冻土层的消息仍然是甚嚣尘上，听者亦是乐此不彼。也许他们一准都希望政府能挖具猛犸象出来，然后全民开个烧烤派对。

这间小小陋室中除了安战外其他三人都是三年级生。安战休学了两年，所以说起来应该是六年级的老怪物了。此时，他的室友们似乎也将遭受竭网之苦，安战已经听到哭丧的声音传来了。

"快没网费了，这可怎么活啊！"其中一个嚷道。

"我也是！"另一个分析道，"这学期快要没了，续费太不划算。"

"Okay, 那我们去书吧无线上网吧！"剩下的那个戴一白口罩的提议道，"那谁，安大侠，要不要一起去？"

等收音机中莫名奇妙地响起蔡琴的歌时，安战终于关掉收音机没再继续听下去。他对他的室友摆摆手道："导师的论文还没搞定呢，你们随意！"

安战其实跟这些三年级的医学院学弟们没多少共同语言，而且因为自己是国学专业的缘故，常常被人投以奇怪的眼神，他甚至从没告诉过他们自己的专业。这个专业没他们专业有"钱途"。

安战称呼导师为燕随云，但还没来得及知道他本名叫什么。

燕随云的"燕"字由四个部分组成：廿、北、口、火。

"廿"指雏燕从出壳到会飞所经历的时间，也就是20天。

"北"指"玄"，因为《说文》一文说燕子是种黑色的鸟（燕，玄鸟也）。

"口"为"或"的省略，或者你想象一下省略以前的"国"，你可以把这想象

成城市的平面图,这里则特指家燕有营巢于城镇民居家中的习性。

很多人从小被教育"灬"念作四点水,但这其实不是水,反而是火。这个字就念huo,第三声。你可联想一下点、煮、煎、熬这些汉字,更不用说热、熟、焦了。当然,以前也有以此代表四肢的,比如羔、熊、馬、鳥,只不过现在很多动物都退化成蚯蚓那样没有四肢的情况了。在这里"灬"这个"火"则又特指气候暖和、春暖花开之际,所以同时也指代了南方。

同时廿、北、口、火又是燕子北飞时的形象:"廿"是燕子大张嘴巴的头部;"北"是燕子展开的翅膀;"灬"自然就是燕子的尾巴了;而"口"是指燕子的起飞之地。每年春暖花开之际,燕子从郭城里寻常百姓家的巢中起飞,一路向北,回归故里。这就是这个字的字面意义。

你可以认为"燕"这个象形字所承载的信息量大得足以撑破一张3.5英寸的软盘。这种情况跟男性的生殖器其实很像。

不过就安战个人而言,他倒更觉得"燕"是个载人火箭:"廿"是弹头兼载人舱,"北"是弹翼,"口"是燃料舱,而"灬"则是升空时的火尾。作为中国人居然不把火箭称为"燕"实在是损失啊,他对此愤愤不平。难说这不是古人对此类东西的暗号,客居他乡的陌客,按照希腊人的说法就是"客籍民"(Metic/Metoikos),安战琢磨,以前人是否以"燕"指代过"外星人"呢,我得去查证查证,蛛丝马迹也不能放过。或者,他又琢磨道,也许这个字可以指代我们未来的外星殖民主义。

当然,燕随云的"燕"完全没那么多名头,而且单独拎出来更是不成意思,因为他的名字来自姜夔的《点绛唇》:"燕雁无心,太湖西畔,随云去。数峰清苦,商略黄昏雨。"

而且他肯定也不是在太湖西畔取的这名字,很可能是在西湖边。

大家都叫他燕随云,就连他自己也管自己叫老燕。

谁知道是不是连他自己也忘了自己原来的名字了呢?

燕随云布置了一个以灵隐寺为主题的调研作业,安战却想着要写一篇关于灵隐寺的奇闻怪谭,写一个故事而不是那种呆板到处可见的东西。宗教是一种神秘事物,正合他意。自从很小的时候看过A.C.克拉克的《童年的终结》后,他就极想编一个神秘主义的故事,也许还可以模仿一下H.P.洛夫克拉夫特的风格。

室友们出去不过一刻钟就回来了。寝室窗外一栋建筑的三楼就是他们所去的书吧,其实离他们寝室楼并不是很远,水平距离大概五米之内。书吧底下一楼二楼是名为"毓秀堂"的食堂——安战怀疑这名头就是燕随云编的,闭关前他一般都在那补充碳水化合物。

"记住书吧无线网络的密码了吗？"

"0093100931。"

"那情景真逗，你应该听听那服务员的声音，'这是刚才谁点的柳橙汁啊！'……"

一进寝室他们就吵吵嚷嚷起来，然后一个个都坐到了桌子前，摆好手提，打开电脑，输进无线网络的密码。

"联上没？"

"联是联上了……"

"可是没信号，一格都没有！"

"我这边也是，哪怕是有一格也好，这样子开网页都是龟速，Shit……"

他们你一言我一言，而安战也已经打开了手提电脑，默不作声地试着输入那串密码。

"你们有没有发觉？"

"嗯？什么？"

"虽然说我们这里是五楼，但其实那边三楼的高度甚至还略盖过我们！"

"这不是明摆着吗，他们是高层建筑，我们则从来都是受压迫阶层。"

"不，不，不，我不是说这个，我是说，也许我们把手提抬高一点就有信号了……"那个叫赵海的小个子说着把手提捧起来，抬了抬。他最近患了感冒，戴了个白色的口罩，说话的声音顿时变得神秘起来。

"果然有了……"赵海又对其他两个正在折腾的室友说道，"一格信号！"

其他两个相视一眼，马上搬着手提爬到自己的上铺去了。

"我靠，相当厉害，居然有两格信号了！"其中一个大叫起来。

"我这里他妈的都有三格了！"靠近窗口的那位更是不甘示弱，"真他妈赞！"

下铺的赵海于是着急了。

"Frak，你们俩没心没肺的，那我怎么办？"

"你就高歌老狼的《睡在我上铺的兄弟》吧！"

"别，我可受不了你那鬼哭狼嚎，你就找几本杂志垫垫增加点高度吧，你不是攒了那一叠的科幻杂志吗？"

"这倒说的也是！"赵海接受了这样突发奇想的建议。于是杂志一本本地垒了起来……

"怎么样？"上铺的兄弟问。

"就是原本那一格信号……杯水车薪啊……"

"顶天了！这是无产阶级的伟大胜利！来，我这里还有几本杂志，借你用用……"上铺的另一位兄弟说着把自己床头的几本色情杂志也丢了过来。

在赵海的隔壁桌上，靠近窗口的安战早已经把能找到的书都用上了——这一个月来他确实攒了不少，垒得高高的，然后把手提电脑像神龛似的供了起来。居然还挺好使，两格，有时三格的信号。至少开得了网页，安战甚感欣慰，他决定趁这机会再用支付宝多买几本参考资料。网购、网购，什么东西都网购得之，连快餐都可以用QQ订到，他也就更不想着那么快出去了。何况东教枕室书店的兼职也刚刚在MSN上得到被炒鱿鱼的消息。所以，急什么。

另一方面，一开始埋头写东西，就开始没日没夜起来，昼伏夜出仿佛成了安战的正常作息。偶尔倚在窗头看看星星，但从海岛上来的安战发现城市里根本就没有什么星星可言，不久后这个偶尔也就灭绝了。现在偶尔站在窗口拉开落地窗帘也只是因为对面书吧常常会有漂亮的小姑娘嘟着嘴倚在窗口百无聊赖地晒太阳。

也许，在安战眼中，不管是哪座城市——他去过几次上海和苏州，即便是这座他此生到达的第一座城市，它们也只不过是一座座毫无特征的钢筋混凝土森林，完全不是他兴趣所在，住在这里头的人也一样。所以，即便在这个城市待了这么些年，他其实还是像当初初来此地时那般对它一如既往地觉得陌生。客籍民啊。乡巴佬。也许在安战眼里这座城市一直就是不存在的。只是好像在那里。

开水也不用大老远地跑去开水房打，安战用瞒着楼下管理员阿姨藏起来的"热得快"烧水，很耐用，在网上订几本书的时间水就可以烧开了。于是泡了包面当夜宵，这时才发现之前的那箱方便面已是最后一包了，便趁着十一点学校超市关门之前又去抱了两箱回来，顺便带回几桶杯面，然后统统塞进了桌子上方的衣柜里。明天该打电话去北门那家新疆人的面馆叫盘炒刀削，或西门叫青椒牛柳盖浇饭，安战琢磨。唉，我手机还有话费吗？随即他又想到。

然后，就在这时候，他的手机仿佛被他唤醒似的，带着震动唏哩哗啦地响了起来。他拿起手机，敲了敲按键，一看屏幕，是他的导师燕随云。短消息上几个字言简意赅：

"明日九时，老地方，切磋。燕随云。"

2

"灵隐寺，中国佛教禅宗十大古刹之一，又名云林寺，创建于东晋咸和元年

（公元326年），当时印度僧人慧理来到杭州，看到这里山峰奇秀，认为是'仙灵所隐'，所以就在这里建寺，取名'灵隐'。

"这便是灵隐之名的由来，但也许不过只是某种欺人耳目的伎俩罢了。说到慧理，那么先让我们来了解一下此人。

"关于这个人我们可以简单地概括为：晋代僧。西印度人。生卒年不详……"

"于咸和（326~334）初年来到中国，初住杭州，见其地山岩秀丽，遂建灵鹫、灵隐二刹。师常晏坐于岩中，故世人称其处为理公岩。具体见《释氏稽古略》卷四、《浙江通志》。"燕随云接上安战，然后指出，"前面几个都已经说尽了，你这一些没有半点新意！"

事实上安战一开始注意到慧理这号人完全是因为这个人多少让他想起了自己的御先祖大人安清。同样是为了传扬佛学由西而至的人，甚至比慧理早了半个世纪以上。而且一南一北。

"安清字世高，安息国王正后之太子也，幼以孝行见称，加又志业聪敏，克意好学，外国典籍，及七曜五行医方异术，乃至鸟兽之声，无不综达。尝行见群燕，忽谓伴曰：'燕云应有送食者。'顷之果有致焉。众咸奇之。"

然后，关于御先祖还有以上这么一段。外语都学到能跟鸟兽交流了，举的例子居然还是"燕"。

安战觉得跟慧理的"猿粪"相比，从大方面看，其中的关联性可能更玄。不过，安战没提到这点一己之见。他不想听到"我教的是国学，不是他妈的玄学"从燕随云口中冒出来。

这一次的讨论在东教三楼靠近厕所久未开启的教室中进行，以前安战所兼职的枕室书店还在上面两层。就像他不知道燕随云的真名一样，他也不知道枕室那三个家伙的真名。他去专教的阶梯上正好碰到他们仨下来，于是向三人一并打了个招呼"Hi,Sam,Rock,Will"。没错，听着确实很像某二流明星的名字。

阳光从一排爬满长青藤的窗户洒进室内，将在空气中漫步的点点尘埃照得闪闪发光。安战前面的几个师兄弟已经读完了他们的调查报告，而安战此时读的只不过是自己准备进行小说创作的提纲要领，充充数罢了，他完全没想过真要去做什么调查报告。太无趣了。

"好歹让我读完好吗？"安战以不算是征求的眼神看了眼燕随云，"其实慧理在建灵隐寺之前盖过另一间庙宇，名为灵鹫寺。史称'天竺僧'的慧理，东晋咸和初，从中原云游入浙。据传，慧理登武林山时，见有一峰，叹道：'此乃中天竺国灵鹫山一小岭，不知何时飞来？佛在世日，多为仙灵所隐。'故山名'天竺'，峰

名'飞来'，地名'灵隐'。于是慧理在飞来峰下龙泓洞侧建灵鹫寺，不过灵鹫寺在明末的时候被毁了。"

"你看，'天竺'、'飞来'、'灵隐'这三个命名应该多少有隐喻的意思吧？"安战暂时从打印件上抬起头来询问燕随云，"对吧？"

"隐喻个屁！我倒觉着出家人从不打诳语！"燕随云毫不客气地训斥道，"给你个机会继续念下去，然后我再给你点评一下。"

燕随云这么一说，安战反倒没耐心念下去了。但能怎么样，最后还是硬着头皮念了下去：" 咸和三年（328年），慧理在北高峰下建灵隐寺；咸和五年（330年）在涧右建下天竺翻经院，原为翻译经卷之处，后因天竺山亦名'灵山'，曾改名'灵山寺'；而后又建灵峰、灵顺，故史称慧理'连建五刹'。据《灵山志》称，'飞来峰北麓有灵鹫寺，故峰随易其名'，'灵鹫寺后有理公岩（亦名燕寂岩）'。灵鹫寺的位置在今理公塔前，后人以为灵隐寺即灵鹫寺，实误。由于灵隐、天竺寺院由慧理创建，故后人尊奉其为灵竺开山祖师。

"《灵隐寺志·开山卷》称：'慧理连建五刹，灵鹫、灵山、灵峰等或废或更，而灵隐独存，历代以来，永为禅窟。'据传，西溪石人岭下的夕照庵为慧理晚年退隐之处，现今龙泓洞侧的理公塔则为历代纪念慧理祖师的建筑物。"

读到这里安战停了一下。

"怎么，完了？"燕随云问道。

"不，"安战觉得自己吞吞吐吐起来了，"以下基本上就是我的猜测了。"也就是说充数的东西。

"那念啊！不要停下来浪费我的时间！"

听燕随云这么一说，安战只觉照本宣科应该没有什么危险性，至少跟什么都没做比起来。于是他继续念道："所以，慧理这个人，他在同一个地方盖了至少五座庙宇。每个人都有秘密，所有的信仰也都是由秘密编织而成的。我们可以来猜测一下为什么盖那么多的庙宇——我们可以这么理解，盖那么多的庙宇只是为了某个特定的目的，而为了盖那么多的庙宇所需要的人力物力财力则必须要靠信仰者的支持供养——同时当事人又以此成功地制造了一团迷魂烟雾，隐藏了其真实意图，可谓一举两得。"

"哦，是什么？"

"先让我们假设慧理这个人的可能性——因为我们对他所知甚少，可能除了以上我提到的那些还可以查找到一些其他更有意思的资料——但肯定不会更多。因此，让我们假设慧理这个人的可能性，以一种最离谱的方式：我们假设他是个外星人。"

## 南屏晚钟

听到这里,燕随云重重拍了下桌子,但什么也没说。他居然没说"荒唐",他居然没说"荒唐"!这让安战惊了一下,当然不是那没冒出来的"荒唐",而是那一掌重击。听起来简直就像小宇宙爆炸。看了眼对方的脸色又觉没有让他停下来的意思,于是安战还是继续念了下去:

"一个异类应当以什么样的身份出现在人群中并变得极为合群呢?比如说一个外星人出现在一个错误的时间、错误的地点这种情况。这个人于咸和元年(公元326年)突然出现在历史上,元年,通常就是指一个皇帝被另一个做掉刚开始的那一年。以史为鉴,非常容易可以了解到每当改朝换代时都会引起足够多的混乱和风波,而平息这些风波的手段要么是武器,要么就是信仰。慧理这个外星人明显牢牢抓住了这样的契机——也许整个佛教在印度的始作俑者就是一个外星种族是不是更好理解一些?就像欧洲人在欧洲混不下去了,所以跑去美洲开了块殖民地,当被殖民者有自我意识的时候,殖民地就会宣布自己存在的合理性,于是美利坚合众国出现了;窝居印度的外星人在印度呆不下去了,但因为什么目的去中国开拓他们的信仰殖民地?或许开拓这样的殖民地也并不是他们的目的,也许他们只是回来,故地重游,就像部分殖民者在新大陆呆不下去,因此跑回老家结婚去了,大抵的原理都是类似的。"然后他又不禁想到了迁徙的燕子。飞来飞去的燕子。黑压压一片的燕子。

"荒唐荒唐!"燕随云连连说道,他终于这么说了,这让安战松了好大一口气,"你这是对我佛的大不敬!"燕随云补充道。

到这里的时候安战已决定不去管燕随云的反应,准备一口气念到底:"让我们继续相信他就是个外星人,然后我们继续寻找那些尘封于历史的传说神话以及那些远古尘埃中的佐证。比如说这样一个关于慧理和白猿的传说。"

一个是燕子,一个是猴子。真是太他妈妙了。合起来就是暂居地球的猴形外星人。

"灵隐寺正对的飞来峰峰峦,被称作呼猿峰,又叫白猿峰。它的得名,也与慧理法师联系在一起。据说慧理法师宣称这座山是天竺国飞来的灵鹫山岭时,很多人对此将信将疑。慧理法师于是很有把握地预言:'这山岭向来住有两只猿猴,一黑一白。如果这山确系飞来,那么黑、白二猿也一定会相随而来。'说完,他来到山脚的洞口,俯身洞内呼唤。果然,随着他的喊声,有一只黑猿和一只白猿从洞中奔跃而出。靠着这样的把戏,大家这才入了他的道,并把这个洞称之为'呼猿洞',而把这座山的山峰呼之为'呼猿峰'。

"关于灵鹫飞来和黑白二猿相随的说法当然是传说,但是慧理法师在此开建灵隐寺后,却确确实实养过一只白猿。

"据记载：慧理法师养的白猿很通人性，非常活泼。白天，它在溪涧中嬉耍跳跃；夜晚，松风低鸣，明月高悬，涧水丁冬，白猿偶一吟啸，凄哀婉转。慧理为此有'引水穿廊步，呼猿绕涧跳'的诗句，描述自己养白猴的乐趣。灵隐的猴群最多时是在南朝刘宋时期，有一个法名智一的僧人，敬仰慧理法师，养了一大群猴子。智一法师自己因此被人称为'猿父'。

"自此以后，灵隐山谷间就时常有猴子出没。一座怪石嶙峋的山峰，一条清澈透亮的冷泉，杂以松鸣水吟，偶或响起一声猿啸，此情此景的确给人以无穷的情韵和遐想。因此南宋时定临安钱塘景色，共有八景，而'冷泉猿啸'即为八景之一。当时的游人常把到冷泉边听猿啸当作重要的游览内容，文人墨客更是以此为题材，写下不少诗篇。如南宋浙江嵊县人吴大有即作有《听猿》一诗。诗写道：'月照前峰猿啸岭，夜寒花落草堂春。同来蜀客偏肠断，曾是孤舟渡峡人。'诗人大约是陪同一位四川客人来游玩的，客人坐船沿长江三峡而下来到杭州。三峡两岸的猿啸凄哀令人悲凉不已，现在在这里又听到猿啸，难免勾起乡情而哀痛肠断了。

"宋元以降，灵隐的猿猴逐渐减少，到清代时已经很难再见到猴子，不过从零星的记载中还可以寻到猴子的踪迹。清顺治六年（公元1649年），灵隐寺有僧人看见过白猿，它通身皎洁，白如积雪，在月光映衬下更显洁净可爱。第三年即1651年，僧人们又在青莲阁下看见一头黑猿。那黑猿居然头上戴着一项斗笠，像是在匆匆赶路。僧人们一齐惊呼起来，那黑猿受了惊吓，发出一声轻微的吟叫，然后跳过溪涧奔窜而去。当时的人们把这一白一黑的猴子的出现看得很神奇，有人甚至认为这就是慧理法师当年从呼猿洞呼唤出来的黑白二猿。但这也未免太神奇了，从慧理法师开山建寺到清顺治年间，其间历经一千三百多年。但灵隐山谷间早年有猴子却是事实，而猴子的最早的豢养人就是慧理法师。他为灵隐寺这巍巍禅寺奠基开山，同时也为灵隐山谷增添过'猿啸'这一项景观。"

"等等！"燕随云终于打断道，"你说这么一大段猴子，难道是想说那些猴子也都是外星人？"

我暗示的难道那么明显吗？安战大大地喘了一口气。

"我可没那么暗示。"安战想了想还是决定接着剧本往下念就行了，"我们不去管黑猿，因为这是一条干扰我们判断的因素，我们只来看白猿。在佛教故事里有白猿献花果一说，按照之前的假设，如果整个佛教的起始都是因为一群外星人的恶作剧的话，那么灵隐的白猿就只是慧理的噱头——虽然他可能并不是刻意而为之，他也许只是如今吾所为，先自己作了个假设，然后按照受众的常识而推导出这么一个确实存在的可能以加深其真实性。

"我们都知道，白猿，白化动物，所有的白化动物，没有谁是可以让生物学家单独给他们挂一个科一个属的（北极熊不算数）。所有白化动物都是由于它们基因的缺陷，对白化动物关注的人一定会了解到在中国的神农架由于不明原因经常出现各种各样的白化动物，可能是由于这个地区所处的地磁等种种方面的因素而导致，毕竟北纬30度这条线上可以发生足够多足够奇怪的事情，而灵隐也足够靠近北纬30度线。白化动物的出现，势必表明，某种东西改变过它们的基因。有什么东西可以改变基因的排列呢？有一种最简单的途径，辐射。"

或者那种外星人对磁场或气温变化或其它什么极度敏感所以只能在30度附近徘徊呢？谁知道啊。

"通古斯与切尔诺贝利的例子都不去说，让我们继续假设慧理是个外星人。白猿的传说可以让我们了解到他为什么选择一个错误的时间错误的地点非得骗别人说自己是从印度来奉佛传教的原因。他是为了找回什么东西——他的真正意图——也许就是载他到来的飞船。一艘会散发出一阵阵辐射的飞船。"

火箭！燕子！宇宙飞船！哦也！

"灵隐非常的靠近西湖，虽然我还并未求证西湖究竟由于什么原因形成以及形成于何时——也许，说不定便是在佛教诞生之初。非常微妙的地壳变化，或是神秘的冰川侵蚀，或者只是一种人为因素的干扰——一群外星人由于某种原因，逃亡地球，然后飞船失事坠毁在印度以及中国东部一带，其中有一艘飞船砸出的坑便叫西湖。我们从西湖周边的保椒山、三天竺、南北高峰、五老峰、南屏山、吴山等众多对西湖半包围起来的隆起山地丘陵地貌判断甚至可以大致想象出当初他们坠机时的倾斜角度：从东北偏东的方向而至，然后呼啸着坠地。

"有来有回，在他们决定了返回之期时——或者大部分的人已不想离去，就像美洲来的水葫芦不想再离开中国的河道，但总还是有些人想向他们来时的方向回溯，就像那些有溯游习性的鱼和鸟，就像是慧理，他们会来寻找那些即使对于他们来说也已经成为传说的东西。他拿建寺庙和传播信仰作为幌子，为了累积足够的时间去寻找能带他离开此时此地的工具。而寺庙本身——它的取名可能都是有寓意的，或许众多寺庙的宅基地中有一座便是飞行器的发射平台呢？盖幢房子就可以隐藏，不是很妙吗？

"至于慧理最后真的回到自己来时的星空了吗？我们无从猜测。跟历史相比，它是巨人，我们都只是它身上的臭虫，真相是永远也不会为人所知的。

"宗教会让人上瘾，信仰会让人沉沦，历史会把真相沉淀让真相以外的东西给人足够的信服。于是，有些东西会变得神圣，剩下的则沦为奇闻怪谈——直到有一天某个人去推翻它们，颠覆它们，即使只是用想象把它们毁灭一遍。"安战最后总结道，"就像我现在所做的这样。"

我们这些YY狂人。安战心想。

说完,安战最后又出示了两张图,一张是慧理法师画像——现在他看上去就真的像是外星人一样了,有一个像是肿起来的大脑袋;另一张则是佛教故事里的白猿献花果图,"我们是否可以把佛祖头上的光环理解为某种形式的辐射呢?不说佛,说不定连上帝都是外星人,某种智能设计者,Intelligent Design,或High Power,就像新版《银河战星卡拉狄卡》(Battlestar Galactica)中那样的设定,你们看科幻吗?"

"我儿子很迷。"燕随云说着挥了挥手。底下几个同学已经开始窃窃私语起来——他们在这过程中其实一直窃窃私语着,安战听出来了,大抵上都是嘲笑的味道。或许他真的是哗众取宠了。作为导师的燕随云则点起一根烟,沉默了半分钟,仿佛在思考着什么,最后他终于环顾了现场的所有人,然后说道:"我现在有一个想法,这次关于灵隐寺的调研,我决定不再让你们把它作为一次普通的作业来对待,你们的毕业论文就是这东西了!"

现场一片哗然,安战多少也有些吃惊。或者说,不安。这个善变的老家伙比外星人都更让他觉得不安。

"我要让你们知道一下什么叫做务实!"对众说完燕随云又回过头直视安战,"你那飞碟还藏在孤山、小瀛洲和湖心亭下面是吧?"

"这个猜测很大胆。"安战评价。

"荒唐,你还不如直接说它埋在雷峰塔下,而且白蛇青蛇法海都是外星人呢!"燕随云继而又环顾了所有人一眼,继续说了起来,"你们也不用想糊弄我,虽然灵隐寺离得很近但你们中恐怕没有一个是真的去过的,至少最近没有,你们的调研资料都是从网上拉过来然后东拼西凑出来的吧?"

然后燕随云看着自己的学生们露出难堪的表情来。真是太狠了。等他看够了,燕随云挥了挥手:"好了好了,你们可以散了,下次切磋的时候我会通知,就这样。"

于是一个个出了门,安战也起身,已经走到门口闻到厕所的臭味了又被燕随云叫住:"喂你,先留一下。"

安战只好回来听命。燕随云抽了最后一口烟,把烟头随便往地上一丢,然后从休闲西装口袋中掏出一封信来:"你下午就去灵隐寺一趟,把这封信交给沧月住持。"

沧月什么的,安战琢磨,不是写奇幻小说的吗?

安战接过信,发现信封上其实早已贴好了邮票。他抬头看了看燕随云,察言观色也读不出什么。

燕随云挥了挥手,"这是封请帖,明日我大婚,想请沧月大师主持婚礼,但一琢磨今天寄出去也不知道什么时候能收到,反正你要实地去调研,一并带去……怎么,有零钱坐公交的吧,坐57路或26路到武林广场换游1或者去朝晖五区那边坐807,没问题吧?"说着就掏起钱来。

是第五次大婚吗?安战对这个导师的婚姻史倒是有所了解,这样道听途说的风传在校园里到处都是,但从他本人口中听说倒是第一次。结婚上瘾症患者,安战恶毒地想着,但嘴上马上接道:"我有硬币的,吃过午饭我就过去。"

"那成,先这样吧!"燕随云说完抢在安战前头出了门,又回身把钥匙丢给他,"把门带上锁好,钥匙先放在你那保管。"

中午赶着末班车,吃了顿食堂的残渣剩饭,电视上还是在报道着关于地铁工地冻土层的轶闻——据悉已经有部分冻土被转移到浙大某研究所去了,但中途电视被换了频道,变成渐江卫视一个关于相亲的节目——"在断桥上"。总之安战在闻到一股福尔马林味道的同时看到了那个笑得很夸张的主持人朱丹,等他从电视上移开目光就看着戴口罩的赵海已经捏着个遥控器端着碗猫耳朵面过来了,径直坐到了他对面。

"Oh, My God! 真是幸会啊,安大侠,这一个月来头一次见你在食堂出现。"赵海马上说道。安战觉得空气中福尔马林的味道越发浓重。安战听说他们医学院的学生入校的第一天就会被安排去参观那座阴森森的标本楼,这实际上成了他们墨守成规的某种入学仪式。标本楼中的那些尸体基本上就是泡在福尔马林溶液中的,而且多数还不是全尸的那种。

"导师那边开了个会,拖到现在,你怎么也这么晚?"

"哦,给你看一个好东西。"赵海说着神秘兮兮地取下背上的背包,打开,掏出一些蝴蝶标本来,他指着其中一个给安战看,"今早我在杭州植物园那边发现的,中华虎凤蝶!"

"这该是国家级的保护动物了吧?"

"非也非也,受国家二级保护的是中华虎凤蝶的一个亚种,华山亚种,这只不是。"说着他又指了指另外一个蝴蝶标本,安战观察了下这只蝴蝶,它比之前的那只中华虎凤蝶个头要大上一倍,全身橙色并遍布细密相间的黑色花纹,看上去非常高贵。"了不得的是这只!"赵海道。

"这是什么蝴蝶?"

"我初步判断这是只帝王蝶,不过可能是个变种。"赵海兴奋地揭开口罩说

道。

"帝王蝶不是应该产于美洲的吗？你在哪找到的？"

"我发现它时一群蚂蚁正在搬它呢，差点就暴殄天物了！"他说着重重地打了个喷嚏，全都喷在安战的套餐和脸上了。这样安战就吃不下任何东西了，还得找张餐巾纸把脸擦一擦。

"对不起对不起！！"赵海戴上口罩连忙道歉，一边道歉一边把蝴蝶标本又全都收回了包里。

"没关……"安战想说"没关系反正也吃完了"的时候重重地打了个喷嚏，全都如数还给了赵海和他的猫耳朵面。

"这么，我们就算扯平了！"安战很尴尬，但赵海听上去相当高兴。

鼻子又痒痒的，安战低下头去手捂着脸又打了个大大的喷嚏。难道被传染了？也许也得赶快去买个口罩戴了，安战琢磨着。

"大吉大利！大吉大利！"赵海说着毫不在意地吃起自己的猫耳朵面来。

吃完饭后，安战上楼拿了自己的墨镜戴上——多日未在白天外出，阳光刺得他眼睛生疼，然后他出了北门，在德胜路另一边的一个从学期初开始就挂着"避孕套开学半价促销"牌子的小药店里买了只口罩。那口罩闻起来一股霉味，仿佛非典时期留下来的。

墨镜，口罩，再加上多日没刮的络腮胡子，现在他完全是个怪叔叔模样了。这倒也引人瞩目，他等了十多分钟的车，不下一打的小姑娘在他身边路过回头。最后他恋恋不舍地选了12路车，先是坐到清波门，然后换成游2去了灵隐。

在晃动的车厢中安战不时地掏出那封信，看着信封上用毛笔写的那些字，特别是"沧月"那俩字，他感觉特劲。燕随云真是老派，安战心里念叨着，现在哪还会有人用毛笔写信的。不过一想到收信人也同样是个老派的人，他就突然觉得释然了。

因为没买公园年卡，安战不得不咂着嘴掏了两次钱买门票才进到灵隐寺内。见一个人怎么这么难，他抱怨着，劳民伤财。但马上灵隐寺的辉宏与庄严，以及让人如醍醐灌顶的佛经诵读声就令他感到了宗教的威慑力。简直震撼人心。宗教做到这种程度其实就是一件宏艺术作品了吧，难怪会叫人发疯，安战琢磨，如果我一早就接触到它，而不是渔村海边那些关于龙王妈祖之类粗糙的土著偶像崇拜，恐怕我也会把持不住的吧。

除了那些精致的偶像崇拜，他对大雄宝殿内那个领诵经文的僧人也颇为注意，对方那种平和的心境绝对不是一般人所能企及的，就这么看一眼安战就在心里肯定了，不简单的一个人，真的是不简单的一个人。半个小时后，经过引见，安战方才知道那领诵经文的僧人就是住持沧月。

把燕随云的信递过去，安战突然问道——事先没在心里准备过这样的问题，完全是临时起意："'沧月'二字何意？"

沧月大师一边接过信一边缓缓道——肯定有许多人这么问过他，安战心想——胸有成竹：

"万物无光影尽墨，沧海淘尽明月空。尘世尽头无一物，沧海明月莫须有。"


3

回到寝室已是晚上，安战泡了杯面，没有像平常那样把汤全部都喝个精光，太咸了，越喝越是口渴，何况今天一路吸进去不少的汽车尾气以及各种奇怪的城市味道，肚子原本其实也饱得差不多了。因此连碗带汤丢在桌上，自己跑去门边的饮水机倒了杯开水，折腾了一天，安战自觉大概已经损失了不少的水份，寻思得赶紧补充补充。

正当他喝了第一口水的时候，他那三个早早上床的室友们突然大喊了声"恐龙"，这让他险些呛了个底朝天。前一秒钟他们还都捂在被窝中听广播，做一些只有成年人才会做的猥琐事情，这一秒钟他们都已经急匆匆地套上衣服提上裤子往外跑了。其中两个上铺兄弟带着收音机一道走了，剩下的那只收音机则留在下铺温热被窝中还在断断续续地响着：

"……冰冻的……九堡东站……朝德胜高架方向……天啊……居然是活的……恐——"

安战过去拾起收音机拍了拍。那收音机似乎坏掉了，收不到清晰的信号，怪不得被留下了。于是他把收音机关掉。嘈杂的声音影响到了他的情绪，吵得他心烦。难得宁静的夜晚。

安战刚一放下收音机，门就被推开了。是赵海。赵海拿起安战刚放下的收音机，然后又准备了一些饼干之类的干粮以及装着满满开水的保温瓶放进自己刚才忘记带的背包内。包不离身的赵海如果丢了包那还叫赵海吗，安战不禁打趣地看了他一眼。但赵海又急着往外窜了，到了门口才又一回头："安大侠，你不一起来？"

"什……"安战还没问出口，赵海便丢下句"那我先Go了"就又重新不见了身影。安战只好摇起头来。难道是什么大明星光临师生活动中心？还是什么院士设计

师在邵逸夫科学楼开讲座？安战猜测了一番。反正肯定都不是我感兴趣的，他又想到。

　　大约一刻钟之后，安战才感觉到了震动。他放在桌上的杯面桶内的汤汁像跳舞似地泛起涟漪。像"5·12"那天，但又不尽相同，这次更像心脏的微微鼓动，非常的有节奏感。然后，忽然停止。随后，他听到一声巨大的吼声从东北边——至少是东新河另一边的高架上传来的，声响短暂地淹没了所有车子的吵闹声，就像是一种巨大的发动机声响。安战试图去描述刚才自己听到那种声响生出的情绪，顿时唤起了身体中某种来自远古的野性。

　　那阵吼声消失后，有规律的震动又开始了，慢慢微弱，最后消失。也许是压路机或靠河那边空地上的打桩机在作业。这期间还有一种嗡嗡嗡的声响也是由远及近而后又慢慢远去，就像是种巨大的风车声响。这又是什么呢？安战努力压制住自己的好奇心，去一趟外面是会要他的命的。打开电脑，白天的见闻让他对灵隐寺有了新的认识，他需要在那些感觉还没消失前即刻记下来。这样，一夜下来，快到黎明的时候，安战才决定合上电脑。他的情绪因为敲了一夜键盘而变得相当高涨，因此就算室友们一夜都没回来也没能引起他的注意。

　　在写那些东西的过程中，安战又通过从书吧盗取的无线网络在网上定购了一些资料，因为是同城的缘故，对方说今天就应该能送到。安战在敲完字后，又打开了网页，但此时的无线网络已经断了，他撩起窗帘看了眼对面书吧的窗户，黑漆漆的。这个时间段自然是没人，像往常一样。

　　安战看了眼手表，六时差一刻。这个时间外面肯定也不热闹，也没多少人。他的记忆这么告诉他。他已经忘记自己多久没在这个时间睁开过眼睛了。

　　昨晚似乎人们一整晚都在狂欢，热闹非凡，就像他越写越高涨的情绪。现在的情景却又冷清得就像他突然咕咕叫起来的肚子。于是，安战决定弃泡面而去，转而出去找吃的。在接受自己一整晚写下来的理念后，现在的他终于觉得自己找到了一种突破自己为自己织成的那颗茧的精神力量。他戴上口罩，戴上墨镜，戴上围巾——早晨的空气颇冷，决定出去一趟。

　　安战先是在校园内走了一圈。

　　虽然天蒙蒙亮了，但太阳还未升起。校园里没有一个人，静得出奇。平常就算是周末或是放假的时候，就算是这样的大清早也不会有这样的奇景。也许我只是忘记了早晨应该是怎样的，安战心想，以前我也跑去操场打晨练卡，但那也是好几年前的事情了。也许现在的小鬼都对晨跑不屑一顾呢！安战梦游般地在微明的天光中穿过校园内的小道朝北门慢慢踱去。

## 南屏晚钟

北门外穿过高架下的德胜路,就可以找到那家新疆人开的面馆,刀削面炒得着实不错。大清早吃炒刀削也许对胃不好,等等——不过此刻眼前这条路是不是有些异样?

临时摆在那里的红绿灯还在照常工作着,绿灯走完走红灯,但是道子上的车子却全然没动。仔细一看,车子上竟也是没有一个人。所有的车子仿佛都屏住了呼吸,公交巴士、出租车、私家车……有些车子的大门干脆都是大敞着。马路对面那些饭店招牌上的霓虹灯也都在闪着,大概是从昨天晚上就开始那么没命地闪着,闪着。安战过了马路,饭店里也仍然没见半点人烟。他回过身来走回马路中间,感觉着这个仿佛窒息了的城市,突然间他觉得自己耳内静得嗡嗡直响,只听得自己身体中的血液在沸腾。

有一瞬间他觉得这会不会是《地球停转之日》(The Day the Earth Stood Still)里所预言的,除了那霓虹灯仍然在响,也许那些车子也仍然可以开。被停止的不是机器而是人!?

盯着两边的一辆辆车子,他在斑马线上来回踌躇了一番,不经意间一低头,发现了躺在白线上的一只收音机。他认出那是赵海的,机体上贴个中国心。安战弯腰拾起收音机,转动旋钮,好像正在播什么科普知识:

"有专家根据目识判断那是头雷克斯暴龙(Tyrannosaurusrex),就像《侏罗纪公园》(Jurassic Park)中的那头庞然大物,而非亚洲的勇士特暴龙(Tarbosaurusbataar),但为何这种体长达13公尺、体重达7公吨,原本生存于白垩纪末期的马斯垂克阶最后300万年、距今约6850万年到6550万年的白垩纪第三纪灭绝事件前最后的恐龙种群之一的美洲新大陆恐龙会在此地被发现,短时间内专家们仍不能做出定论……"

他烦躁地调了下频,似乎又是一档科普节目:

"这种病毒暂时被命名为AM,或'小早病毒'(Morning Jr.),当然AM的全称为Alternative Mitochondrion,也就是'替代线粒体'的意思,这种病毒会破坏线粒体内膜上的呼吸链酶系及ATP酶复合体并取而替之,成为为感染者生命活动供能的新主人……线粒体原本就有自身的DNA和遗传体系,但线粒体基因组的基因数量有限,因此,线粒体只是一种半自主性的细胞器,它最初便来源于远古的病毒,是变形虫外吞而形成的特殊结构。因为早有先例,科学家们才能在这么短的时间内确定了'小早病毒'的存在。据悉,科学家们初步认为它们会在导致宿主爆炸后形成伪孢子并以此种方式进行传播,但伪孢子离开宿主的寿命通常很短,一般都只有两三个小时……"

寂静岭?!他突然想到。接着安战又换了几个台,全都只是"嗞嗞嗞吧吧吧"

的噪声，最后他只好关了收音机，并把它重新丢回了地上。

眼前诡异的情境让他暂时失去了食欲，何况，这种情况下肯定也是找不到炒刀削的。虽然静得可怕，但仍然有什么在暗处躁动，安战能清晰地感觉到，他知道那绝对不单单只是他那紧绷的神经在作怪。心中还是起了寒意，由于那点突然而至的恐惧感，由于害怕，他开始顺着德胜路朝东奔去。安战嘴里不住地念叨着"乐购、乐购……"来安慰自己，心想着到了那边的大超市就可以找到堆积如山的吃货来填肚子了。但没等跑到东新河，他就发现了高架上的异样了，而当他回头时，一瞬间他对这世界还正常的念头就完全被击打得粉碎了。

德胜快速路中段的高架在东新河前，得由匝道先下高架，然后在河的另一边才能由匝道重新上高架，再过去一点就是德胜高架与上塘高架的环形立架桥。现在，在他眼里的匝道旁的德胜快速路中段高架的末端尽头早已被踩得稀巴烂，仿佛曾有一个大东西从上面掉下来过。他回过头来时才发现静止在河这边的上行匝道上的车辆，一辆接一辆地，都被踩得稀巴烂。这一次，左顾右盼的安战终于在那一天开始后见到了第一个人。那个人正困在车中，但早已是血肉模糊了。然后安战发现了更多的被困灵魂，车窗上一片红一片红的基本上都是困了这样的灵魂。安战浑身颤抖地伏地狂呕起来，但只吐出了点苦水。肚子倒是越加地饿了。

毫无疑问，一个巨大的东西踩着这些钢铁畜生仿佛赶着投胎似地一路往西奔去了。安战很快就得出了这样一个极为重要的信息。安战边琢磨着边擦了擦嘴。

4

为了避免再看到匝道引桥上的惨象，浑身颤抖的安战回身顺路返回了高架下面。他在路旁一家无人的小卖店逗留了几分钟，在这里找几块烤面包以及一包红利群，丢了几张红色老人头在柜台上，他就又走了出来，然后站在路边界沿石上拆开包装抽出一支烟点了起来。双手剧烈地抖动着，点了好几次才算把烟给点上。

他抽一口烟吃一口面包，血液中的血糖浓度稍有上升后，他才逐渐平静下来。但还是间歇性地颤栗着。

有那么一阵子，安战就那么站着，灵魂被抽离了躯壳似的机械地交替吃着面包抽着烟，等他回过神来，太阳也已经升得颇高了。但四周仍然是那么静，阴森森的，寒气阵阵。就在他吃完最后一口面包时，他听到一阵翅膀的扇动声，从高架路背面的阴暗处传来。

然后翅膀的主人终于拍打着它那蝙蝠似的翅膀探出了头来。这个长着恶魔般翅膀的怪物有着一张又大又深、看上去像海鹦嘴巴一样的嘴，它看了安战一眼，"嗖"地一声就飞到了高架桥上去。不多时他就听到它的双爪重重降落到某辆车顶时与金属刮擦所发出来的刺耳声音，然后是几声玻璃被敲碎的声音。这样的噪声引起了更大的骚动。更多的翅膀从高架路背面的阴暗处剥离了出来，开始悬浮在空气中，最初还是小心翼翼地一只一只飞往高架桥上，但等那第一只飞上去的蝙蝠怪叼回一只残缺不全的手时，血腥味立刻让那些翅膀疯狂了起来，相互踩踏碰撞地一窝蜂涌向高架桥上去。

安战不得不伏下身来以避免被那些翅膀撞上。但终于还是有一只蝙蝠怪被它的同伴们推了下来，掉在安战身旁。翅膀应该没摔坏，但不知为什么，它已经飞不起来了——或者根本没打算再次飞起，它朝安战径直冲了过来！

它拖着它那像蝙蝠一样由皮膜构成的翅膀，扬着像海鹦一样的巨大嘴巴，用它如死尸般混浊的眼睛怒视着安战，随后便擦着地面朝他冲来。安战的第一反应便是跳到一旁的大路上，而后回头猛跑，一直往前跑。而蝙蝠怪也不甘示弱，紧紧地咬着他的步伐。更糟糕的是，又有几只蝙蝠怪也掉到了地面，加入了这场围猎追捕。

安战在车辆间左闪右躲，却怎么也甩不掉那些长着翅膀的怪物。它们长得那么像蝙蝠，应该会对声音相当敏感吧，路过斑马线时这样的念头一闪而过，同时恰巧看到了斑马线上的收音机，于是安战又将它再度拾起。边跑着边把它打开，先是听到了蔡琴的《明天你是否依然爱我》，歌词中的"午夜"被压缩到几毫秒一带而过，收音机就马上被调到未有频道的刺耳波段上去了。但这么做实在是太糟糕了，现在连天上飞的那些蝙蝠怪们也朝他冲了过来。安战转身奋力将手上的收音机向朝他飞来的黑压压的翅膀一掷，回头继续跑。在路过一辆开着门的巴士时，他窜了上去，见车上插着钥匙，于是马上发动了车子，并在最短的时间内将门关上。但纵然如此，还是有一只长翅膀的恶魔跑进了车厢里。

车子一发动，原来开着的收音机马上就响起了蔡琴的歌声。在旋律声中，蝙蝠怪扬起头，张着大嘴，瞪着无神的眼睛，扑着翅膀朝安战嘶叫起来。安战的肾上腺素顿时急剧上升。他急中生智地掏出口袋中的两把钥匙，一把自己寝室的钥匙，另一把是昨天燕随云交给他的教室钥匙，一手一握，双双扎进了那个怪物的眼睛中。失去视力的蝙蝠怪在车厢中上窜下跳起来，往车尾的方向挣扎。接着安战把车子的方向盘卸了下来，等那只怪物从车尾折返到了跟前时，他便抡起方向盘往那只蝙蝠怪的脑袋上猛力地砸，死命地砸，直到对方的翅膀一动不动为止。

这场搏斗后安战的手上沾满了粘稠的充满浓浓腥味的红色血液以及白色的高蛋白脑浆，更糟糕的是他还不得不徒手从地上那堆同样构成的糟糕浆糊中努力找回那两把钥匙——虽然并不知道还能不能用上。完事后，不得已，他只好取下颈上的围

巾——其实它也被玷污少许了,使劲地擦起手来。但此时此刻已刻不容缓,容不得半点思索,因为车外的那些蝙蝠怪们也已经朝他发起了攻击。车窗前是看得见的,而看不见的那些则用它们奇异的大嘴正死磕着车顶发出轰隆巨响。

安战把方向盘装了回去,踩下离合器挂上档,然后猛踩油门。巴士带着他在还算宽敞的车缝间向前冲。这种情况下与其他车辆的刮擦是不可避免的,车子起动还不到一分钟他就已经剐掉了不下一打出租车的后视镜。

安战从自己的后视镜看到了那群黑压压的翅膀正紧紧跟着他的巴士,穿过正闪起红灯的高架下的十字路口,仍然不肯罢休。他将车子又调高了一档,然后刹车踩得更加卖力了,这时候安战的嘴角甚至扬起了一个不易察觉的幅度,自言自语起来:"妈的,是时候该学一下怎么开车了!"

　　我匆匆地走入森林中
　　森林它一丛丛
　　我找不到他的行踪
　　只看到那树摇风

　　我匆匆地走入森林中
　　森林它一丛丛
　　我看不到他的行踪
　　只听得那南屏钟

　　南屏晚钟随风飘送
　　它好像是敲呀敲在我心坎中
　　南屏晚钟随风飘送
　　……

在蔡琴的美妙歌声中,穿梭在这座钢筋混凝土森林中的巴士一眨眼间就脱离了高架的阴影,并且沐浴在了明媚的阳光中。等安战记得回头寻找那些会飞的梦魇时,它们早已消失不见了踪影。但这肯定不是一场梦,他低头看了看,他脚边那具没了脑袋的蝙蝠似的怪物尸体还在那里,微热,血淌得满地都是,并且散发出浓重的腥臭味。

安战顺着德胜路一路往西开去,路上仍没见到什么人,除了死人。除了有一次,有一只白马跟他并排跑着,但一眨眼它又不见了。他觉得很可能只是自己的幻觉。等他到了保俶路与文一路口，正准备左转往西湖的方向开去时——大概是之前听了《南屏晚钟》才临时起的意，他才终于碰到了几个活人。

那些墨绿吉普从四面八方而来，还有几辆SUV，把他的巴士围堵在了那个十字路口。他只好一个急刹车让车停了下来。然后安战看着那些穿生化服的家伙从车里下来了，大多手上持着枪，长的也有短的也有，在车窗前枪头对准他团团围了起来。这种情况下安战不觉想起了此时应该有的标准动作，于是就举起了双手。

"把门打开！"外面有人大喊。

安战听着照做，放下一只手将门打开，而后又把那只手高举。

"将手放在方向盘上，不许动！"外面又有人大喊。

原来要这样，安战心想着放下手搁在方向盘上。举着真的很累，生化服们实在是太体贴人了。

门开了，正好站在门外的那个生化服被堵在门口的那具无头蝙蝠怪大大吓了一跳，差点就此操起枪向安战扫射起来。幸好对方马上反应过来，骂了声"操"，然后往身后挥了挥手。不多时另外两个生化服抬着一个很大的圆筒从一辆蓝色SUV下来，圆筒打开后，从里面冒出一阵阵寒冷的烟雾。原先门外的那个生化服便拖着那只翼展有1.5米却没什么体积的无头蝙蝠怪丢进了那个圆筒里。

"快盖上，尽量不要让它接触到阳光。"扛筒的那俩生化服中的一个对另一个说。

"是的，老师。"另一个应道。

"这玩意儿是什么？"还是最初的那个生化服，他一边用枪指使着安战下车，一边问道。

"是种翼龙，叫蝙蝠龙，腐食动物，跟我们现在的秃鹫差不多。"刚才那个应道"是的"的生化服解答道。

"妈了个巴子，怪吓人的！"

"可不是。"安战接道。

"妈了个巴子，不要说话，举起手下车！"

安战听话地下了车，虽然举起的手在门上卡了一下，卡得生疼。该叫王家卫也来试一下这种程度的卡门。

"杀他之前——记得要暴头才可以，先检查一下他的眼睛。"那个被唤做老师的生化服提示道，接着就跟另一个生化服抬起圆筒回到刚才的SUV上去了。

"把墨镜放下！"对方这么一说，安战才记起自己还戴着墨镜。生化服晃着枪让他快点，现在其他那些晃着枪的生化服也过来把他围了起来。他就那么呆在圈子中间，呆若木鸡。

安战忐忑不安地慢慢放下墨镜,生化服就马上凑上前来使劲看起他的眼睛来,看得他心里直毛毛的。

"不是白色的,但有点绿颜色。"那个家伙回头对那俩已经把圆筒扛上了车的生化服说。

"我有四分之一的爱尔兰血统。"安战赶紧解释道。但那其实只是隐形眼镜,被枕室那三位一体的二流混帐明星忽悠买下的。现在他觉得,那伙家伙很可能就是以征兼职之名顺便搞推销。什么兼职,根本就是无薪劳力。现在他猜透了。

"怪不得不像我中土人士!"这方面大概就是御先祖大人的错了——那家伙说着又回头,"那怎么样,老鬼?"

"还能怎么样,"那边说着重重地合上了后车门,"就一普通的司机而已。"

"哦~"生化服——应该就是一开始的那个家伙,安战眼前一堆的生化服,他已经分辨不清谁是谁了——回过头来对安战说道,"司机同志,恭喜你被征用了!"

恭喜你妹。

安战被迫开着刚才捡来的逃命巴士跟在车队中,继续沿着文一路往西,上了绕城高速,并且顺时针方向绕了大半个杭州。这么一圈下来让安战得以一窥现时杭州的全貌,那么陌生,那么陌生。一些高层建筑还冒出缕缕狼烟来,完全是一场激烈战争后的场景。但我们的对手是谁呢?

在驶上机场路前,车队数次停下,将发现于附近的幸存者聚集起来,于是安战车上的空位子一个个地被填满。这期间军队与那些蝙蝠龙发生过几次冲突,幸而它们并不乐意在大太阳中飞太久,很快就飞到一些阴暗处去了,不再纠缠不休。

这么说来,安战看着高高的日头,快十二点了吧!他突然觉得肚子很饿,于是看也没看就对着一个刚上车来的老头说道:"有吃的吗?"

"难道上车还要买票?"听到声音,安战一抬头才发现声音的主人竟然是他的导师燕随云。

此刻的燕随云相当的憔悴。即使今儿是他第五次大婚的日子。可能问题也就出在这里。想到这里,安战不免觉得有些尴尬,然后他突然想到了钥匙。

安战从口袋中摸出那两把一模一样的钥匙,血迹斑斑并散发着恶臭的钥匙——几乎算是救命恩人了,"我不知道哪把是我的了,你随便挑一把吧,这样的东西实在不适合让我这样毫无信仰的人来保管。"

"是吗?"燕随云看也没看一眼,径直往里走,在最后排找了个位置。

车队从机场路往左拐上江南大道，然后通过中河南路过了钱塘江，在到西湖大道的路口时又再次左转，最后径直朝西湖开去。

越是靠近西湖，越是人声鼎沸。就好像你慢慢靠近一条瀑布的情景。到了跟前，西湖边上的人潮汹涌突然让安战感到一阵莫名的喜庆——这种感觉让安战哭笑不得，仿佛现在杭州所有的人都到这里来了，这里大概正进行着一场购物大促销，看的人比买的人多。

那么多人聚在这里让安战感到惊讶，而湖面上时起时落的水上飞机同样让他感到吃惊。湖面上的几架水上飞机不时地起飞降下，载走一批一批的人。嗡嗡嗡——他记起了昨天晚上同样的声音——直升飞机更是在他们头顶晃来晃去，让安战觉得尤为科幻。他一询问，当兵的说它们是在监督周边的安全状况。

安战观察着四周的情况，然后他身后的人群发出一个"安大侠"的声音，他一回头，原来是赵海。除了他还有谁。他还是背着那个包。赵海身旁还站着沧月大师以及阴着脸不知何时跟他们站在了一起的燕随云。

"想不到能在这里见到你！"赵海不知什么时候已经摘掉了口罩，"昨天晚上真是让人又惊又喜。"

"我把你的收音机搞坏了。"安战见面说的第一句话让赵海摸不着头脑，但接下去的交谈还算顺利。

谈及上铺的那两兄弟的去向时，赵海有点黯然失魂，他解释这么一夜折腾下来，唯一的好处就是把自己的感冒折腾好了。而这方面在安战，仿佛觉得更加的糟糕了，之前下车的时候，他就因为这个原因让护士扎了他一针。赵海继续絮絮叨叨起来，好像已经收集到不少关于这场灾难的讯息了。他提到了暴龙也提到了小早病毒，并且对安战的疑问一一做了解答。

"昨晚那巨大的吼叫声你应该是有听到的吧？你完全不会想到那是一头跑在高架上的雷克斯暴龙仰头朝月亮吼出的声响——"赵海说着掏出手机给安战看了一段当时拍下的视频。品质虽然不好，但安战仍然受到了巨大的震动。这跟看《侏罗纪公园》的感觉是完全不同的。但跟还未上映的《苜蓿地》大概会如出一辙。

"就像之前说的，那场面真的是相当的hot，先是九堡东站，然后更多的史前生物从各个地铁施工地段的出入口跑了出来，地上跑的，天上飞的，都无一例外地朝西跑去……"

怪不得我当时觉得外头如此的热闹，原来不全是人在折腾。"到底是谁把它们埋在这片土地下面呢？"安战几乎是轻声自言自语，"是谁把它们冰封于此呢？"说到此处，他脑海中突然浮现出赵海医学院那阴森森的五层独立老建筑——那座标本楼，不禁打了个冷颤。然后脑袋里又是黑压压一片飞来飞去的燕子。而且那些燕

子突然像变形金刚那样变形成大头大眼睛、章鱼脑袋、鱼脑袋……变成各种各样的外星人。

"其实它们不是'被'冰封起来的，事实上它们是自己把自己冻了起来。"学医的赵海仿佛对这方面记得特别清楚，"就是之前我告诉过你的那种简称AM的小早病毒，由于它们替代了线粒体的功能，这种病毒会吸收光与热——效率高的惊人，并把细胞维持在一种近乎完美的状态——你可以说是永生了，但太强的光照会抑制病毒的活动从而使宿主处于一种假死的状态，甚至……他们刚才检查你的眼睛了吧？"他突然发现安战戴着墨镜。

"是的，这是为什么？"

"因为一般情况下，"赵海顿时颇为得意，"人在死后或处于假死的状态下，在其眼部的红血球就会将钾析出，人死后眼睛混沌的朦胧感就是钾析出后的副作用……就像美剧《英雄》里的艾萨克预言未来时那样。"

就像那些蝙蝠龙，安战顿悟道，难道那些玩意儿都是尸体吗？"等等，"安战突然想到了另一个问题，"那你的意思就是说即使在活动状态下，感染者也是处于一种假死状态？被那种小早病毒感染了就会变成一具僵尸？"

"小早病毒是不会为宿主的思考提供足供的能量的。"赵海解释道，"它们只会大致模仿大脑的褶皱进行一些出于本能的伪思考。"

"那么长期如此会造成宿主脑死的吧？"

"这个我倒没考虑过，或者说，会不会是作为身体取得永恒所付出的代价，感染者将一开始就失去智力呢……"赵海琢磨了一下，"说回来，这种病毒真的是相当的恐怖，就比如那些原本被埋在地底的生物，知道它们为什么被冻起来吗？那是因为小早病毒吸收周边环境的热量用以维持正常的生命活动从而导致的周边温度下降，它们被自身的条件所封印起来，躺在地底已经不知几千几百万年了，直到地铁工程将它们唤醒……"

"这也太科幻了！"沉默了半晌安战才评价道。

"不止如此。"赵海继续说起来，"虽然小早病毒有极高的光能热能转化化学能的机制，但如果接受了过度的光照，它们就会使宿主炸裂开来，并散发出伪孢子进行传播，感染新的宿主；如果正常人被感染者抓伤或咬伤，十有八九也在劫难逃。"

安战现在终于意识到事态的严重性了。他看了看还残留在自己手上的那些已经干涸掉的白色红色污迹，"我之前干了一条蝙蝠龙——听他们说是这么叫的，不知道有没有被感染……"

"哇靠！安大侠你真是勇猛！"赵海叫了起来，"不过，安了，要是你感染了,马上就会变的。"

安了。安了。安了。

如果我以后有闺女,我一定为她取名"安了"。安战琢磨。

"哦哦……"安战回头看了一眼燕随云,"不过说起来,你怎么会跟燕随云在一起的?"

"他啊?"赵海想了想如实说道,"他是我家老爷子。"

"可是他姓燕,你姓赵……"说到一半安战突然想起燕随云不姓燕的事实。

"Well,我跟的是娘家的姓。我妈姓赵。"赵海说,"不过,我家老爷子其实也姓赵。"

那么,你是燕随云第几任妻子的孩子呢?安战几乎要脱口而出了。

"唉,说起来你跟我家老爷子是什么关系?"赵海抢先开了口。

"他是我的导师。"安战一时也没想到说出口的后果。

"哦,原来是学国学的啊!"赵海说完哈哈大笑起来,"果然是大侠!不,大湿!"

果然被嘲笑了,安战心想。

"你有吃的吗?我肚子饿得很。"安战突兀地打断了他的笑声。

"当然有。"赵海持续地慢慢停下笑来,然后取下背上的包,打开,取出达能牛奶夹心饼干来,"不过,安大侠你还是去湖里把手洗洗吧,不然病从口入的可能性很高哦!"

在西湖岸边折腾了整整一下午,接近傍晚时分,安战、赵海以及燕随云和沧月大师才一同被安排登上一架水上飞机。也就是水上飞机开始从湖面起飞、正当所有人都以为这是结局的时候,突然出现了一场地震。只能说是地震,地面抖动了起来,湖面也是涟漪片片。但当湖面出现更大的浪涛时,人们才明白那不只是地震那么简单。

湖底的淤泥仿佛被捅了上来,被翻搅了上来,湖水顿时一片混浊。随后岸上的人们看到了让人惊异的巨大鳍状物和大尾巴纷纷划出水面,忽而不见,然后又出现,反反复复。在这过程中湖面的浪变得越来越大,而在这片持续震动中,湖南岸的雷峰塔先是缓缓向湖中倾斜,最后终于一头扎进了水中,这让浪势更大了些。当它们到达西湖的东岸北岸时,除了中途砸烂了许多的水上飞机,同时也把岸边来不及逃走的人也一并一扫而光了。断桥更是真的变成了断桥。

安战他们还算幸运,那时他们的水上飞机刚好脱离了湖面。湖水这时混浊得已经像泥浆一样,一条像鱼一样的巨型丑陋生物就从这肮脏的池子中窜了出来——安

战想它应该是穿过西湖底下的地道和淤泥破土而出的吧，它张开强而有力的长满森森巨齿的长长的上下颚，企图截获刚拉升到空中的飞机，还好高度不及，只听它空咬上的下颚发出一声瘆人的巨响，然后它带着心不甘情不愿的庞然身躯又重新掉回了湖中。自然又是浪涛一片。

飞机顺势往东飞去，但飞行员说他们的目标是南方。

"南方的日照时间长，是躲避小早病毒的好去处。我先带你们去温州机场，那里会有专机送你们去海南岛。"

除了日照时间，也许那里也不会有什么史前怪兽，安战想到这里，不禁浑身抖了一下。

地面微微的震动还在持续着，在飞机上可以很清楚地观察到下面究竟正在上演着什么。地面那一堆堆的钢筋混凝土森林中那些高层建筑正在持续着遭受不同程度的破坏。

现在任谁也不会再把杭州当成汴州了。这里已经成了一座死城。就算是曾经对其熟稔的人，它现在也已经再陌生不过了。因此，再破坏一点，恐怕也不会有人伤心吧？

当飞机从杭州钱江三桥北岸的电信大厦顶上飞过的时候，发现大楼顶上的那个球此时也变得支离破碎了。在琥珀色的天光中，这座曾经的杭州城最高建筑现在变得面目全非。虽然它原本看起来就有点倾斜。

黄昏的味道越来越浓重，下面这座陌生残败的都市却悄然变得热闹起来，那些热闹绝对不是人为制造的，是另一些东西。人是不会在天色渐暗的时候不点起灯来的。夜越是临近，下面的这座城市就越像是一位披上黑纱的女士，就越接近几千万年前她原本的样子。

杭州，一座来自于远古的黑暗之城。安战在心里如此概括着。

现在，在这片空气中他们的飞机绝对可以用耀眼来形容了。这样自然会吸引些东西来。飞过电信大厦时还没注意到，但不多时飞行员就告诉大家从雷达上看到他们是被什么东西跟上了。那是几只从那幢损坏的电信大厦顶上破碎圆球的废墟中飞出来的翼龙，等它们从他们的飞机旁一掠而过时，飞机上的人就完全肯定了。那标志性的三角形脑袋，蝙蝠似的鲜艳膜翼，如小型飞机般的巨大身躯，虽然不知这种翼龙的确切种属，但比起安战之前见到的它的同类蝙蝠龙，它们更加让人一目了然。

它们仿佛跟飞机捉迷藏似的，尾随着它，紧紧咬着不放。飞机在杭州上空徘徊着，打着转，整整一个小时，就是无论如何也甩不开他们，而且安战发现现在已经不止是刚才的那一种翼龙了，似乎越来越多奇怪种类的翼龙也加入了这场老鹰捉小鸡的追逐之中，它们千变万化的脑袋形状就是它们最具体的辨识标志，他发现之前他的老朋友蝙蝠龙也加入了这场游戏。他们的飞机就像是雁群中领飞的大雁，但是身后跟着的却不是大雁，而是一群来自不同时空的魑魅魍魉。它们大多紧随在大部队后面，但总有那么一两只开始与飞机并排而行，然后忽而窜到飞机前头去威胁一番。

　　颇为紧张的飞行员嘴里一直念叨着"大意不得、大意不得……"，但这天往返杭州温州不知道多少遍的飞行员完全忘记了自己加的油已经不能维持这场游戏了。就在他得意地以为自己甩开了那群魑魅魍魉时，一只奇奇怪怪的睁大眼睛看上去还颇为可爱的翼龙突然降到了机头的窗玻璃上，这让他吓了一大跳；与此同时，他又发现油表的指针已经紧贴着红色肚皮了。只听发动机"咯哒"一声，螺旋桨就突然停止了转动。于是他们开始往下坠了。

　　虽然飞行员努力控制着局势，但能做到的最好程度就是将飞机迫降在钱塘江入海口的杭州湾上，飞机像打水漂似的一直穿过了杭州湾跨海大桥才停住。

　　飞机像条船似的漂在海面上，动也不能动。之后鱼群光顾了他们。它们织起浪似的暗潮一波一波地打来，完全像是发疯了似的。

　　"幸好不是沧龙鱼龙史前巨鳄之类的，要不然几条命都不够啊！"赵海首先打破了沉默。

　　"但这些鱼也像疯了一样！"安战道。

　　"也许这样的鱼浪会把我们的飞机一点一点地推到陆地上去。"飞行员说。

　　"也许还是海上安全一点，况且我们现在的位置距离南北岸都有十几二十公里吧？靠鱼，太不现实了！"赵海的看法，"但是这些鱼为什么逆流而上呢，产卵吗？"

　　"也许它们也是感染者，是要往西边去吧，像其它那些疯掉的动物一样。"安战推测，"嗯，就像是《西游记》。"

　　"你这家伙也太冷了吧！"赵海看了眼安战。

　　"一般一般世界第三。"

　　"喂喂，你们两个。"飞行员无奈地看着他们，"我们现在可是生死存亡的时刻啊，你们还当是来旅行的吗？还有后面那俩大人，"他指的是燕随云和沧月大师，他们在整段旅程中都是话头少少，像木头人似地杵在座位上，"你们也要提一下意见！"

　　"这里应该距离杭州湾跨海大桥的海中平台'海天一洲'不远，我们可以试着游过去。"燕随云的提议简洁明了。

　　"提议不错，但是游过去……"此时月亮虽然出来了，但海面仍是黑漆漆的，

飞行员为难地看了看几乎被鱼群压榨得没有隙缝的诡异海面，使劲摇起头来。

"和尚，轮到你了。"飞行员示意下一位。

"十五十六两头红……"沧月说的是今晚十六的月亮，他说着看了看它然后去看那海面，"……沧海明月鱼变龙。凡事自然而达，自然而达。"

安战觉得飞行员一听沧月摸不着头脑的建议马上就整个人都卡巴斯基了，那一惊一乍的表情甚是喜感。

最后，令大家大为省心的是，一波一波鱼群织成的浪竟然直接把他们送到了那个还未完工的海中平台旁。也许是奇迹，也许是自然使然，也许冥冥之中，每条河，千万条江河，都会流向同一片海。

飞行员发送了求救信号以及GPS定位坐标，然后他们坐等军方的直升飞机前来营救。他们拾了些工地上建筑用的木材，点起了个大大的篝火堆，围坐着取起暖来。

"虽然在这短短的时间内我们已经了解到了许多事情，"赵海又开了话头，"但还有一个疑问是不明白的，就是它们为什么要往西边去？不管是那些被感染的人还是那些史前巨兽。"

"大概是因为那种小早病毒的缘故吧……"安战猜测，"它们大概只适合活在黄昏的宇宙中吧，因为太亮了它们会令宿主死去间接导致自己的灭亡，而太暗了它们又会把宿主冻成冰棍限制自己的行动。"

"啊，这么说来确实有道理啊！"飞行员也同意道，"就算是再强大的物种，也是有局限性的，要生存就得不停地跑不停地跑，它们是这样，我们人类其实也是这样。"

"说到跑……"赵海想了想，"你们这么一说，我突然有这样的念头，除去那些躲藏在城市废墟的阴影中的，它们中的某些可能会跟着太阳每天绕着地球跑上一圈呢！"

"你这么说实在是太恶毒了，"安战往火堆里丢了点柴火，引起一片火星，"你这么说，那岂不是现在连欧洲和新大陆都被那些小早病毒通通荼毒了？"

"你去过欧洲或新大陆吗？"飞行员反问道，"我们都没去过的地方其实由不得我们来担心……不过从目前我所知道的内部消息看来，你的猜测可是准确得出奇，不止杭州，在过去的24小时里整个世界都已经遭到了灭顶之灾！"

"阿弥陀佛！"沧月适时发出了祈祷声。不过其实更像终止符。

只有失去配偶的燕随云仍然默不作声。这点，几乎没有跟他有过亲子交流的赵海是完全也帮不上什么忙的。

一夜长谈，救援的直升飞机却迟迟不来。但他们的火光却明显吸引来了白天那些深藏起来的人们，或者还是说"僵尸"这样的雅称好呢？他们原来肯定都是桥上那些现在已经停歇下来的代步工具中的住户，在他们接受小早病毒"初拥"后因为潜意识的自我保护、恐惧或初转带来的不适应而从未敢在人前露面，安战甚至想象他们把自己锁进自己的车后厢以躲避过去一天的阳光。但此时此刻他们已不再害羞。

人感染小早病毒的话题一直是他们谈话中刻意去回避的要点，特别是在燕随云面前，但最后他们还是不得不去面对这个残酷的现实。当他们听到直升飞机的声响时，也听到了其它异样的声音。

这一天内一次又一次的诡异冒险让安战的脑袋里不住地冒出大卫·鲍伊（David Bowie）《在别处》（Life on Mars）的旋律。这个荒诞不经的世界啊！

事情发生得太快，只是几秒之间的事。祸不单行的他们又再次受到了攻击，来自他们曾经的同类。救援的直升飞机上还搭乘了其他一些幸存者，但是根本不够空间，飞行员与安战上去后，就只剩下那么最后一个座位，而黑压压的大桥上，那些黑影已经一个个跳入了海里，有些已经往平台上爬了。在那瞬息之间，赵海被他的父亲燕随云突然猛推了一把，推上了直升飞机："我想我应该也变成那样子去找她！"安战看到了一脸的悲情，对方所有哀伤终于在这一刻找到了一个喷发点。

在古诗中，"燕"有表现爱情的美好、传达思念情人之切的意象。但却也有倾诉离别之苦的意义。对于新婚而未来得及燕尔的人来说，无疑是后一种。

沧月大师则似乎是一开始就没准备上来的样子，盘坐在火堆前，手捻佛珠，口诵心诀。

再次起程的飞机上，赵海哭喊着大声叫着"爸爸爸爸……"，但一切如今都已远去。安战望着下面黑茫茫的海和远处同样黑暗的城市，不禁这么想，是不是我们每个人今生所到达的第一座城市，都是我们生命中那无数的目的地中的一个呢？我们经过，然后头也不回地继续上路。

不过另一方面，安战内心矛盾重重，如果我们现在逃走了——而且再也不打算回来，那我们的其中一个自己是不是就将会永远丢失于今生今世？

正当安战琢磨自己在这座城市的目的、在这座城市里落下了什么时，西湖方向突然明亮了起来，仿若佛光普照。不多时，他们便看见一个碟形的不明飞行物体升上了天空。扁平的碟子上方看样子还托着几座孤岛。不，它把整个西湖都端走了。

那不是不明飞行物。那是一只燕子。西湖水哗哗地从那只燕子身上流淌下来，

在光芒中就像是发光的珠帘。哦,那不是火,那是四点水!

不明飞行物的金色光芒带着极强的穿透性径直钻进了直升飞机中,照得机舱内顿时阴影全无。飞行物还在持续升高,而相应地,他们来时方向的那堆篝火则愈发地渺小起来。此时天色已微明。察觉到这一切时安战突然放声大笑起来。这难道不是比做梦还要棒的事情吗?也许我的猜测全都中了呢!全中了!也许我他妈的其实只是在一场梦里!对,肯定是这样的,安战琢磨起来,肯定是这样的!

这时候赵海也止住了哭声。等飞机上的其他人莫名奇妙地看着还在大笑的安战时,安战这么来了一句:"这个陌生的城市,这个陌生的世界——我以前一直追求着的那些奇妙的或诡异的奇幻异境,原来它们一直就在眼前——但我现在却只想着竭力去摆脱它们……我突然觉得以我现在的境界和情操,就算是出家当和尚也没问题了!"

安战这么一说,其他人也跟着笑起来。连赵海也破涕为笑了,但不知为什么,安战仍然觉得他笑得实在勉强。赵海不知何时又戴上了口罩——难道是因为这样引来的错觉吗?隐藏起来的笑意,不好说,安战心想。

"唉,我突然想到一件事情。"这时赵海开了口,声音怪怪的,"还记得之前说到的那头来自新大陆的雷克斯暴龙吗?"

"嗯,昨天晚上在杭州的街上游荡的那头。"

"还有我那只帝王蝶?"

"在植物园发现的那只。"

"是的,我有个猜测。"他边说着边取下背在肩上的背包,"现在想起来,那也许不是什么变种,而是一个非常古老的品种,也许是几千几万年前的帝王蝶祖先。"还没等安战喊"等一下"伸手阻止他,赵海已经将那只蝴蝶从包中取了出来。

不明飞行物发出的那道金光在安战的墨镜片上晃了一下,扫过赵海的眼睛,同时扫过那只帝王蝶的标本。

顷刻间,蝴蝶爆裂开来,在空气中自行碎成了粉末,迎着金色的光芒看去,跟昨天的教室中那些被阳光打亮的尘埃完全无异,同样的闪闪发光。

"Oops!"赵海有点过于夸张地叫道。

仿佛受到了惊吓似的,那从西湖中升起的不明飞行物带着它的金色佛光,带着西湖上的岛,带着西湖的水,带着西湖,一眨眼功夫便消失在了逐渐消失的群星之中。

直升飞机的叶子仍然还在嗡嗡地转着,机厢中一刹那间变得凝重了,同样戴着

## 南屏晚钟

口罩的安战开始思量起那现在正平稳转动的螺旋桨叶子的声音多久之后才会在这片宁静的天光中乱了阵脚。

  大家都沉默不语。但异变也同样是默不作声的。

  远处一只翼龙突然发出一声刺耳的尖叫。

  太阳仿佛真的要出来了。

  这时安战仿佛又听到了那首《南屏晚钟》：

  南屏晚钟随风飘送
  它好像是敲呀敲在我心坎中
  南屏晚钟随风飘送
  它好像是催呀催醒我相思梦

  它催醒了我的相思梦
  相思有什么用
  我走出了丛丛森林
  又看到了夕阳红

# 看不见的城市

【文】恰好

　　走进越州，不要轻视任何一个小小的石头房子，因为它和你的脚下，可能是一座热气腾腾的巨大城市。

——《邢万里笔记》

　　人类常常标榜自己是九州大地上最早拥有城市文明的种族，这或许没错，因为河络的城市，在地下。

——《暗月史纲·地火卷·十二分卷》

　　内三海尚未形成之前，人类多分布于雷州，而河络盘踞宛越二州，此时河络在宛州和越州尚无城市文明，只是简单地以村庄的形式星布于平原和山谷中，以耕作和狩猎为主要营生形式；内三海形成前后，由于人族对宛州的开发日益频繁，河络族与人族的冲突愈发密集，最终爆发了数次战争，作为战败方的河络退守越州，将宛州大部分的河谷和平原让给了人族；此后，龟缩于越州的河络继续着他们的文明进程，并在穷山恶水的越州经历了很久的文明积累之后，通过"第一次背离真神的迁徙"这一契机，走出越州，缔造了宛州城市群这样的奇迹。

——天启藏书馆，《河络史》卷一

　　以上这段话，你如果认同哪怕一句，那你一定是一个只从天启藏书阁正三卷《河络史》中去了解河络族的接受正统人族教育的人。天启藏书馆所编撰的各种人族相关历史书籍确实有它独到的见解和外人无法企及的资料详实度，但在这本《河络史》中，他们的所谓正史实际上没有起到应有的客观阐述历史的功用，而是放入了太多站在人族历史主线上的主观解读。如果这是在端朝，那么一切无可厚非，但如今已是暗月纪元，在很多历史真相逐渐为世人所见的今天，天启藏书馆并没有正视与河络共同战斗的那一百多年，依旧以大华族主流历史线的观点去诠释河络史，这态度令人感到遗憾。

　　如今学术界正在逐渐正视暗月纪初期，火环城在与天灾的战斗中的巨大贡献，曾经的火环城遗址也作为人络友好同盟的见证而矗立在越北雷眼山脉中，虽然没有任何可以凭吊的实景，但是我们依旧可以从各种记载中感受那几百年前强壮而热情的、一座城市从地心深处发出的、雄浑的敲击声。

　　笔者撰写此文，也正是为河络这个种族高洁的情操所感动，用自己所知的有限的知识，反驳如今天启主流河络学研究者的姿态和论调，希望对当今的年轻人有所帮助。

## 闲话九州

越州雷眼山是座裂隙之山。

从天空下望,成串的火山口如同散落在越州土地上的巨碗,它们中间有许多是活火山和休眠火山,碗中满盛着郁郁苍苍的地下森林。风化得很厉害的上百座山峰和谷地之间布满细微的裂缝和罅隙。

有经验的旅行者知道要跟踪哪些缝隙前进。例如会有某只罕见的虎纹厚背甲虫,顺着某处毫不起眼的缝隙慢悠悠地向前探索,只觉得前路忽大忽小,蜿蜒曲折,和寻常的岩缝没有什么区别,然而它摸对了门道,缝隙突然膨大成笔杆粗细的气孔,然后再扩大成细细弯弯的肠道,最后是兔子洞、横水井、巷道、竖井……突然之间,它就变成了高有三丈上有拱顶两侧装饰着精美雕刻的地下走廊。

这些地下通道接纳进雷眼山下无数地下通道的分岔之中,就像上千年的老树根庞大无比的上百万根须中的某一支,它们曲折地深入山腹,如同乐章向着主调汇集,如同溪流向着海洋汇集——终点,就是包容着一整座地下城市的巨大空洞。

——《暗月·地火环城》

以上内容摘自小说家潘海天的著作《地火环城》,虽然只是一名小说家,但是潘海天在河络史相关领域上的造诣已获得了整个史学界的认可,他在去年春天被秋叶大学史学馆(东陆最强史学馆之一)聘为客座教授,便是对他所做贡献的认可。为了撰写《地火环城》,潘海天先生与他的好友唐缺先生曾深入越州腹地,搜集各种资料并进行实地考察,所以笔者认为,他的小说在研究河络史方面,是十分具有参考价值的。

如《地火环城》中内容所言,越州的地下城市其实一直都活在各种传说之中,其神秘的姿态成为探险者的至爱。然而自贲朝内三海形成之后,面对人族频繁的骚扰,河络族对自己越州的领土采取了一系列的保护措施。恰好河络族为数不多专精的秘术中,就包括了各种设置障碍的派系,无论是巨大的攻击性植物,抑或是能通人性的驯兽,还是瘴烟、迷阵这种让人失去方向感的秘术,河络实在有一万种方法让前往越州探险的旅者兴而归或者兴尽而不归——但绝不会给他们机会让他们把自己的地下王宫当作景点一般游览。

然而,人族的主流河络史研究者却并不愿意正视这一现实,他们从另一个角度解读了这种情况。

**界明城**

胤末伟大的战士,天驱鹰旗一脉的领军人物,同时还是一名优秀的行吟者和旅人。他曾经只身前往北邙山腹地,并以此为契机划定了北邙之盟,缩短了胤末乱世至少二十年的时间。他的这一行径使他在后世的越州探险者群体中获得了很高的声

誉,并被封为"实践派河络研究"的鼻祖。

抛开北邙之盟所带来的影响,单从界明城的探险行为来看,也有三点贡献:

开辟出了一条北邙山的探险路径,除去资深实践派研究者,大部分前往越州的人类都需要一条路径,这条路径也许没有惊喜,但好在也不会有太大的危险。

证实了河络族秘术"障"的存在,使人类以此为突破,分析出了多种施加在北邙山的河络秘术,毫无疑问,有针对性地破解秘术,效率显而易见会更高。

描绘出了河络族"村庄群+地下广场储物"的格局,在界明城的描述中,河络族在北邙山的存在形式就是被后世人族河络学者所公认的"村庄星布,共用地下广场,共用仓储,以地下回廊连接及互通有无"的的形式。为河络学的发展做出了巨大的贡献。

——天启藏书馆,《河络史》卷三

如果说天启藏书馆正三卷《河络史》在撰写初期还只是略带矜持地修饰历史的话,那么写到后来几乎难以自圆其说时,就已经是在公然地捏造事实了。天驱宗主界明城在青石围城之后不知所踪,生平遗留下的笔记甚少,更多是以坊间传闻的形式出现在人们的视线中,笔者参阅了胤末燮初各种史料、笔记甚至小说,均未能找到如上第三条所言的内容。

通过世面上残存的《鹰旗笔记》所载来看,界明城在那个时代对于河络的认识已经可以媲美如今最好的河络史研究者,我们有理由相信,他已经进入了北邙山河络的地下城,但他选择了沉默。天驱文化研究方面的资深学者斩鞍曾表示,这是出于界明城对河络族的保护,因为地下城的发现,会让人族对河络做出什么行为,我想所有人都不难想像吧?

而天启藏书馆所言的界明城第三条贡献,事实上是源于界明城之后一些曾较为深入北邙山腹地的旅者所带回的草率判断,他们通过界明城发现的路径深入到北邙山,有的甚至极为好运地一窥地下城的一隅,但他们竟然认同了主流研究界对于河络在越州以村庄为联盟的存在形式的言论,并将自己发现的、极具研究价值的地下城的廊道和第一层大厅简单地定义为河络的仓储、避寒、聚会、联络的场所,当然这或许缘于他们无法继续对更深层进行探究,但无论如何,这样草率地下结论还是十分令人遗憾的。

若非暗月纪的契机,若非火环城的开明和奉献,或许我们至今也无法更多地了解到河络这个种族,以及他们"盘蛇的皮肉里,奔流燃烧的血脉"。

来到九原的火环河络没有其他河络部落那么强的警惕心和排外性,他们甚至主动向人族的工匠展示他们各种各样的工艺,这在过往的人络外交史上是从未有过的。确然，人络之间的交易重新开启也有千余年了，但那仅限于实物的交易，而火环河络向九原展示的，是完整的思路、技艺，无可比拟的概念，全新的境界。

在火环河络的展示中，"虚影沙盘"被公认为最伟大的艺术品，因为它展现的是火环河络最最伟大的作品——雷眼山第一矿工城，火环城。

当虚影沙盘开启，人们看到一座庞大的城市浮现出来，整座城市如同一条盘蛇螺旋环绕地卧在一座死火山的山口中，火山的内部被盘蛇所彻底占据，盘蛇的体内是条条矿道无限延伸；人们甚至可以听到铁锤和镐子敲击的声音，矿车在轨道上奔驰的响声，河络工人整齐的呼号声。从天空中俯瞰这座火山，也许可以窥见到盘蛇的些微痕迹，但绝对无法看见其中奔流的火焰和热火朝天的生活。

真正的，河络的生活。

抱着膜拜情绪的人族工匠将这座城市赞誉为"在盘蛇的皮肉里，奔流着燃烧的火焰血脉"，难得的一次，固执的河络族接受了这个形容。

——《越州地方书·九原城志》

这就是第一座完整地展示在人族面前的河络地下城，虽然其存在至今还在接受着某些河络学学者不可理喻的质疑：他们认为只看到虚影，没有看到真实的城市，无法进行科学的研究。但事实不容回避，即使天启藏书馆致力于自己体系内的河络史，但是火环城的功勋、火环城的遗迹碑文，都真实地屹立在雷眼山下。

在河络族的地下城这一问题上，或许更好的研究态度是去思考另一个更有意义的问题：依据地势构建地下城池与在一片平原或者山谷中搭建一座地上城池其实是两种截然不同的思路，河络族却成功地融汇了两种思路，长于建筑地下城的河络族是如何在宛州一举成功设计并建造了堪称奇迹的城市群呢？

这个问题至今还没有答案，但好在随着暗月纪的深入，随着天灾的遗患逐渐抚平，五族有了一个机会真正地去了解对方，河络的戒心也逐渐放下。虽然如今五族混居的局面大部分还只是在东陆的几座人族城市中出现，但不排除不久的将来，我们可以住进羽族高大森林拱卫着的高塔石房的城市，以及在地下奔流着的生生不息的河络地下城。

当然，或许地下城的底层建筑逐渐狭窄，并不适合人类进入探究乃至生活，但这也从来不是阻碍两族交流和学者研究的最大障碍。回首整个人络外交史，我们互相的了解上，最大的困难永远是河络的不信任与人族的高傲。

如今河络放下了自己的疑虑，人族何时低下自己傲慢的脑袋呢？至少从天启藏书馆这次的三卷《河络史》所表现出的态度上，我并没有得到想要的答案。

# 九州百业・风月师

【文】巫妖

150.

熙祥三年，帝召风月师。

风月师于宛州南淮接旨，入中州，止于殇阳封关。帝遣甲士五十，备锦绳百尺，甩缚之而登墙。风月师星夜急驰，终至天启镜殿。待日出，赏金百余，泣感帝威，跪呼万岁。

后来民间流传一句俗语：鉴风月一日，胜读书十载。风月学似乎超越床榻之事，恍恍间大有修养国体之气。宛南富商争相竞聘有道之师，夕闻道，朝死可矣。又有学苑博士认为，导民心于无邪，益族间之无罅。泉明何燕周三家贵族愿捐钱兴学，业成者即入门客座上，月末已应者数十。

风月师受泉明三家贵族之邀，将风月功课划分为初中高三级。

初学者称为"识风月"，捂住眼鼻，只留双耳聆听隔墙内室之声。待上课后，善口技者暖声慢语，延绵有力，风月师为提升学生定力，会在一旁临摹仕女图。学生课后必须叙文讲解隔墙内室的各式声音缘由。起转承合笔下走，知情善意房中留。

  中阶学徒名为"赏风月"，掩鼻以防年轻气盛，睁眼以观天下良辰。艺楼舞者覆轻纱，持绣绒，如散花般在师生间游走。风月师要求众人必须安坐于席，一曲之内绘制出舞者的曼妙体态。绘制过程中，学生饱览了各种优美的舞姿，熟悉了身躯舞动的精妙，自然会对人体的优劣高低有了直观的印象。这段时间往往持续时日最长，也常常有人在此阶段把持不住被逐出学堂。

  高阶学徒唤为"游风月"，可自由观摩游览，却禁任何肢体接触，犯一次者即永逐师门。此时数十应者只筛选剩下三人——陶生、李生和万生。陶生游宁州而观羽族，李生游瀚州而观蛮族，万生游越州而观河络。数载之行，各族品行皆有所大观，而各族风俗之情却又最为深奥难通。这次多年修行，风月师嘱咐他们三人每隔几年就需聚会一次，互相交流所得和所疑。某年某月，三人却共同提出一个疑问：各族之间通婚甚少，隔膜益多，为何还会有人想要一统六族，入主天启？

  风月师笑而不语，从怀中掏出一把羽扇，其扇木柄镶金，流苏嵌玉，然后拍于桌上道："此物虽小，却来路颇多。木材取自秋叶，金环冶自火雷原，流苏编自羽工，玉盘采自雷泽，人心之欲难有止境。然富者愈富，穷者愈穷，那本来丁点贪念也会慢慢长成吞山倒海的野望。吾辈修习恒心，教世人明己修身，大欲化小，小家康而大国安。若有幸，愿以寥寥余生建设小学，将那眼高于顶的漫天欲望通通掐死在温床之上。夫贵妻和，胜过多少战旌燎城。"

  又一年，边疆军事渐紧，熙祥不再，新帝颁诏修武。风月之学由胜而衰，其旧徒多遣散入军籍，闲时练兵忙时耕田。风月师因年老体衰，幸而赋闲，遂起归乡之念。离时执笔泼墨三封，仅有寥寥数字：某年某月某地再见，勿念。

  后来，陶生、李生和万生应约而至南淮。那时战端四起，偶有大败，南淮城也没了听钟赏灯的闲情。三人乘坐一只游船，缓缓南行。河中月，水下花，往事连连清人眠。船只停在一座石桥旁，远远望见须发皆白的风月师正在桥头向他们招手。他们步行至一处苑内，周围并无特别风景。

  三人尊敬地注视着风月师。风月师只是诡黠一笑，示意大家需要再等一下。当月上梢头，印池冲霄，苑中的房内竟遥遥传出了孩童的朗朗读书声，"……晁分九州，天下遂定。各族守其州，专其职：人司耕，蛮司牧，羽司祭，络司锻，夸司猎"，竟隐隐有当年泉明之景……

# 燕垒怪谈之三

文/燕垒生

## 墙生毛

　　八十年代，江浙一带丝厂还很多。丝厂里三班倒，其中一趟是凌晨两三点。这个时候万籁俱寂，如果是冬天的话，更是凄黑一片，一踩一脚霜，因此上下班实在是件苦差事。夏天虽然没那么苦，但那时电力供应极不正常，停电是常事，黑灯瞎火走夜路，还是让人担惊受怕，尤其丝厂里大多是些女工。有一年夏天，有个女工下了晚班回家，正值停电。走过一个巷子里，更是黑漆漆的什么都看不见。本来她还带了个手电筒，可是走到一半，电池突然没电了，也就在这时，她看见前面影影绰绰有个人，正立在墙边。她吓了一大跳，壮着胆问了一句，却没人回答。她开始觉得可能是流氓，可是问了两句仍然不见人答话，远远看去，那人仍直直地站在墙边。女子胆小，她不敢再往前走，只好绕了个圈子回家，好在那人没有追过来，但第二天她就发冷发热地生了一场病。

　　她有个男朋友，听说她生了病，就买了水果来看她。她对男友说起了这事，仍是心有余悸。她男朋友是个愣头青，容不得镇上有这种小流氓，于是第二天天黑了就拿了根棍子到巷子口守着。这巷子到晚上时过路的人很少，他守了大半夜也没见有可疑的人进去，倒是晚上巡视的联防看到他拿了根棍子，还以为他是什么犯罪分子。要不是他与一个联防队员认识，说了这事，只怕反要把他抓回去。听了有这种事，那些联防也觉得奇怪，说一直没发现有什么色狼出现。因为小镇很小，当时也就五六千常住人口，全都抬头不见低头见，就算毛头小伙子有冲动真干这事，说不定截的就是街坊邻居，被人知道了非打死不可。这一伙人就从巷子里穿过去看了一遍，也不见有人。过了几天，又有人说在巷子里见到人了。那回他本来笔直走过去，走到一半时，突然停电，路灯也灭了，周围一片漆黑。他下意识地回头一看，却见身后不远处的墙边竟然站着一个人，登时把他吓得魂飞魄散。因为他刚才走过来时，身后根本没人，而且巷子很小，如果两个人相向而过，就非得侧着身子走才行，可他一路过来时，根本没碰到什么。

出了这两件事，一时间闹得人心惶惶。有人也趁白天去那里查看过，发现那只是条寻常的小巷子，因为年代久远，墙头全长了些瓦松之类，墙上也满是青苔。而所说的有人立的那堵墙，里面是一个老宅子，里面是一间柴房，外面则长满了绿霉。看了看柴房，也不过堆了点柴禾，根本没什么异样。那户人家在镇上已经住了很多年了，房主是个四十来岁的男人，一直没结婚，但听邻居说平时很和气，家里虽是老宅，弄得也非常干净。那男人听说了这事，也吓了一大跳，说可能是潮气大，那些绿霉长得有点像个人，说不定过路人心慌意乱时产生了错觉。第二天，他把外墙刮净了刷了一层石灰水，接下来果然再没有人说见到有这样一个人了。过了几天，接连下了几场暴雨，下得房间里也湿淋淋的。等天放晴后，联防照例巡视。走了一程，又到了那巷子里。这时突然又停电，路灯也全都灭了，有人开玩笑说这几天那鬼会不会又出现了，旁人听了心头都发毛，怪他不该开这种玩笑。正要离开，有人突然说："巷子里好像真有个人。"远远望去，果然影影绰绰有个人立在巷子里的墙边。联防仗着人多，打着手电过去，一照之下，哪里有人，只是那堵刚刷过石灰水的墙被雨一淋，又长了密密麻麻一层绿霉，而且这回的绿霉长得比以前更多更长，简直跟长了一层毛一样。他们骂骂咧咧地要走，其中一个也不知怎么回头多看了一眼，突然怪叫起来。旁人吓了一大跳，问他抽什么风，他指着墙说："真有一个人。"可是拿手电一照，明明就是些绿霉，被风吹得一根根丝还会扭动，就像这墙活了一样，哪里有人。有些火爆脾气地就打了他一个暴栗，说他没事吓人干什么，但这人脸色煞白，期期艾艾地说："把手电关了就看得到。"旁人半信半疑，刚一关手电，结果人人都看到墙上那些绿霉中，有一些发出了荧光，赫然出现了一个人形。这一下把他们全吓了个半死，但也有个不信邪的，说这堵墙有鬼，让人拿了钢钎来凿个洞，说大不了第二天给他补一下。墙很老，里面也都酥了。刚凿下去，破口里就散出一股臭味，有人大叫起来，原来从破洞里露出一只眼睛。他们七手八脚地把破洞凿大，结果发现里面已经另砌了一堵墙，而当中则嵌着一具已经腐烂了的尸首。于是当晚就把那男人抓了回去，审问之下，那男人交待了一切。原来，这男人是个同性恋者。当时对同性恋不像现在这样宽容，是要抓去劳教的，所以这人一直以来都瞒得很好。死者是个外地小伙子，男人和他勾搭上后，那小伙子敲诈他，非要他拿出一大笔钱，他拿不出来，争执中便把小伙子杀了。因为尸体不好处理，而他看过一个叫《一个警察局长的自白》的意大利电影，里面黑手党杀了人就把尸体浇在水泥柱中，于是就把尸体竖在柴房后墙，又连夜砌了一堵墙。这是冬天的事了，因为小伙子是外地人，所以自觉神不知鬼不觉，没想到最终还是败露。

事后，人们说这是冤魂不安，所以才会报案。其实人体里含有不少磷，乡间荒

坟有时破损后枯骨露出来，便会有磷火出现，便是俗称的鬼火。这男人把那小伙子封在墙里，里面看的确毫无破绽，但尸体腐烂后，体内的磷质都渗入外墙，结果那些绿霉吸收了磷质，在夜间就会发出荧光。这种光很暗，用手电一照就看不出来，平时有路灯，也一样发现不了，但因为那时老是停电，结果仍然被人发现了，所谓"天网恢恢，疏而不漏"，也许就是这个意思吧。

## 树瘿

山野间老树上有时会长出一个个球形的树瘿。树瘿有大有小，因为木质细腻，形状也千奇百怪，向来是收藏者的珍物，一直以来都有不少用树瘿制成的器具。有个叫尚开江的，家里颇有点钱，他有个爱好，就是收集细木家具。中国的家具分苏、京、广、晋这四作，各有特色。有一次，他收到一张小茶几。茶几并不大，不是什么古董，只是新货，但很有特点，是用一整个树瘿削去顶端制成的。以前树瘿大抵用来做碗、碟一类，这么大的极其少见，而这茶几表面光洁如玉，木纹清晰如刻，瓷器搁上去有种清越的撞击声。尚开江对这茶几爱若珍宝，平时常坐在跟前喝茶，觉得是种无上的享受。

有一天喝茶，不小心把茶杯倒翻了，茶水全泼在几面上。本来这也没什么大不了，尚开江拿了块抹布擦了擦。谁知一擦之下，却发现茶几面上的木纹竟然变了。仔细一看，只见那些原本圆圆的年轮纹路变得扭曲起来，已经依稀有个人脸模样了。他感到很奇怪，因为老木由于年轮众多繁密，剖开后花纹会极为复杂，有时会像一张人脸，被称作"鬼面纹"。但这茶几是用树瘿做的，树瘿虽然也有年轮，可却是树木很老后才能长树瘿，长成后树瘿里的年轮每年增加一条，因此年轮往往都是圆圆的不会复杂，这茶几上的木纹只不过五六圈而已，说明长出来也只不过五六年。开始他并没有多在意，可是过了几天，这张人脸越来越清晰，眼耳口鼻都已能看清了。鬼面纹只是依稀像人脸，哪里会如同这样子的？而且看上去这张人脸是一副痛苦恐惧之极的表情，活像一张恐怖电影截图，看了便让人不舒服。以前坐在茶几前喝茶是享受，现在却实在是种受罪。他越想越觉得不对，就去找那个卖家。这卖家是他朋友，以前也买过不少木器，听说有这种奇事，便说也不知是什么原因，说不定是有人跟他开玩笑，先在茶几面上画了一张脸，再涂上一层其他颜色。现在面上的颜色掉了，便露出这张脸来了，把茶几面上再打磨掉一层试试。谁知不打磨还好，一打磨，这张脸越发清晰，看样子真是这树瘿本来的纹理。

这件事太古怪了，尚开江和那个朋友便拿了茶几一路问下去。好在这种贵重东西比较好查，而且这么大的树瘿相当难得，人们都记得清楚。一路查过去，发现这树瘿是从某地收来的。那地方并不很远，于是两人就带着茶几去了一趟。到了那村子，找了个老年人一问这事，那老年人也很奇怪。等让他看了茶几，那老年人一见便失声叫了起来："这不是吴大本么？"原来吴大本是村子里一个村民，几年前突然失踪了。因为这人一直跑外面做生意，所以开始人们并不在意，过了几个月后吴大本的妻子说丈夫一直没音讯，到处打听，才发现吴大本居然早就不见影子了，而这树瘿正长在吴大本家门外一棵大树上。说起这树瘿也很奇怪，长出来并没几年，算了下，正是吴大本失踪那年才长出来的。因为长得特别大，特别快，所以也就是今年有人来村子里，向村里买了后割走的，并没想到树瘿里居然有吴大本的脸。尚开江和朋友去看了看那棵割下树瘿的树，是棵极大的古树，但也仅仅是大而已，并没有别的怪异。尚开江也去吴大本家看了看，只是寻常的村屋，问了吴大本的妻子，说吴大本这人有几个钱，平时好寻花问柳，但也没别的奇怪地方。尚开江觉得这事实在太古怪，便发个狠，把这茶几对剖开，看看里面到底有什么古怪。当地就有木材加工厂，当切割机切到一半时，尚开江发现切出的木屑中夹杂了不少灰白色的粉末。等一切开，发现这树瘿当中竟然包了一个颅骨。于是他们报了案，经过检测，发现这颅骨正是吴大本的。

吴大本的头到底怎么会到树瘿里去的？这件事轰动一时，不仅村子里在说，许多小报也报道了这件怪事。过了一阵，吴大本邻居的妻子突然去公安局自首，说是自己丈夫杀了吴大本。原来吴大本这人很不检点，仗着有几个钱，搭上了邻居的妻子。这事被邻居发现了，忍不下这口气，便趁吴大本有一次偷来他家时把吴大本杀了。那时邻居家里养了不少猪，吴大本的身体便剁碎了煮在潲水里喂了猪，只有一个头不好处理，那邻居便埋在了树下。吴大本失踪后，他妻子报了案，公安局也来查过，当时那邻居怕风声紧，想把人头掘出来处理掉，没想到偷偷掘了几次，人头却不翼而飞了，还以为被野狗刨出来叼到哪儿去了，还惊吓了好一阵，后来见风声过去才缓过来，却总想不出吴大本的人头到了哪里。树瘿长出来时，村子里人人都叹为奇事，邻居见树瘿圆圆的活像人头，看了就害怕，一直都绕道走，等树瘿被割掉后才算平静。本来几年过去了，想想这事也该了结了，没想到尚开江带着那树瘿居然回来了，而且树瘿里还有吴大本的样子。等人们说树瘿里发现了吴大本的颅骨，他再也撑不下去，精神彻底崩溃，便叫老婆去公安局自首。

树瘿的生成原因一直没有定论，有人说是由于树身的伤口受到细菌感染，病变后形成的。一般来说，樟树、榆树、楠树、柏树、柳树和桦树都比较容易长出树瘿，其中以楠木的树瘿最为贵重，可以开出相当大的板材。至于吴大本的人头原本埋在树下，但那树瘿却长在树身上，而且长得那么快法，有人说那是吴大本冤魂不散引起的，但这当然只是迷信说法，真正的原因谁也说不上来。

# 九州·雪遇

**【文】**王姑娘

一

八松是个温柔的地方。

因为这里总是下雪。糖粒般的细雪，鹅毛似的大雪，一入冬就不会停歇。她也不知道为什么这寒冷得总是下雪的城市，会让自己觉得温柔。也许是因为雪花落在手心很轻，也许是因为它融化时的无声，又也许是因为每次雪后，整个八松都变得像一块点心铺里刚蒸好的白糕，雪白的，软的，蓬蓬松松的样子，在阳光下静静地发光。

其实她是感觉不到光的，白糕这个比喻自然也不是自己想的。只是任何事情从那个人的嘴里说出来，总能让人感到安宁与信赖。

想起当初自己从昏睡中醒来，那个人告诉她，他们是一对恩爱夫妻，常常四处游玩，日子过得非常幸福。只是在来晋北的路上遭遇匪徒，混乱中她撞伤了头部，因此失去了眼睛和记忆。

她很平静地接受了目盲这件事，好像她曾经在黑暗中生活了很久。而对于失去记忆，她也只有一点茫然。因为对眼前这个人，她有一种从心里溢出的眷恋与信赖，所以她并不害怕。

"你叫什么名字?"

"我叫影辰风。"

"那我呢?"

"你叫雪遇。我们相遇的那天,下着好大好大的雪。"

他的声音低沉温柔,如一眼细细流动的泉水。

## 二

他们相遇的那天,是个晴朗的春日。轻风吹拂,草叶发出簌簌声响,他翻过山丘,一片安宁的村庄就进入了自己的视野。

"小鱼小鱼,你不应该叫小鱼。你该叫小虾。"一群小孩嚷嚷着从他面前跑过。

不远处随即传来女孩清脆的声音:"有本事再说一遍!"

"小虾小虾,小瞎子叫小虾。哈哈哈哈。"孩子们做着鬼脸,发出阵阵笑声。

他看着逐渐跑近的瘦小女孩,她赤着脚,裤脚高高挽起,光洁的小腿迈得飞快,偶尔停下来,侧过头像是在确定什么。跑过他身边的时候,他闻到一阵淡淡的青草的芳香。

但是女孩很快便摔倒了。在起哄声中,她一动不动地躺倒在草地上。他吓了一跳,连忙走过去小心询问,却发现女孩只是睁着一双黑而大的眼睛在发呆。

"是外乡人吗?我没事啦,就是跑累了,刚好歇歇。"

他看着那双眼睛,发现里面没有一丝光亮。

对于女孩小鱼来说,那天真是个好日子。虽然她又在追人的过程中摔倒了,但是有人紧张地问她痛不痛。那声音非常好听,像一把小刷子轻轻刷过她的心房,带来一阵毛茸茸的痒意,让她不由自主地红了脸。她很喜欢这个声音,进而喜欢上了声音的主人。令人高兴的是,村长告诉他们这是新来的教书先生,走过很多地方,懂得很多事情。

"咳咳。从今以后,你们要尊敬夫子,好好听夫子的话。"

"夫子,墟神与荒神真的存在吗?"

"夫子,河络那么矮,岂不是很丑?"

"夫子,我好想飞啊。有没有秘术可以让人也能像羽人一样飞翔?"

他含笑回答女孩小鱼永无止境的提问。她从小生活在这个村庄,每一条道路都

非常熟悉，因此在课后依旧常跑到他家来缠着问个不停。

年老的村长吧嗒吧嗒地吸着旱烟，对他说："小鱼是个可怜的孩子。本来以前是能看见的，一双眼睛水汪汪的。但是五岁那年他们家发生火灾，她爹救了她出来再回去救她娘，结果两人都没能出来。从那天后她就看不见啦。大夫说，是她自己不想看见了。夫子啊，小鱼喜欢你，你就多费费心吧。"

他心疼并喜欢这个活泼伶俐的女孩，便真的费了很多心在她身上。

那个时候，细胳膊细腿的小鱼十二岁，除了新来的夫子谁都不怕。

### 三

雪遇居住的地方在八松的最北边，远离繁华的城中心，所以鲜有人至，静谧安宁。

雪遇每天的生活也非常简单。她眼睛看不见，但编篾筐很在行，白天摸着篾条上面的纹路，手指飞快地翻动，一个篾筐，一卷篾席或者一只小兔子便成型了。等积攒到一定数量，影辰风便把它们拿到市集上卖掉。喂养院子里的长毛兔也是她的工作。每当她提起兔子们长长的耳朵，就有种熟悉的感觉，好像自己以前也养过什么毛绒绒的小动物，长着一双长长的软软的耳朵。

等到晚上影辰风做完工回家，他们便在灯下吃晚饭，絮絮地聊天。但是今天有些微的不同，因为有过路的旅人来敲门。女人的声音里满是疲惫，虽然不太习惯与生人相处，雪遇还是同意了她过夜的请求。

入夜后四周便更加安静，三个人坐在灯下聊些趣事，雪遇的不安也慢慢散去。

屋里的炭盆发出哔啵的响声，女人的脸上因为温暖而渐渐有了暖意。她的目光在两人脸上游移，渐渐露出了一丝意味深长的笑意。

"没想到还有你们这样的夫妻。"

影辰风的目光陡然变冷，对着女人露出了警告的眼神。

雪遇也再次局促起来，她还是不习惯有陌生人在，这样她总有一种要失去重要东西的感觉。

### 四

有一天，他给小鱼讲了一个故事，大概是说男人和女人的爱情。讲完后小鱼久久没有出声,他回过头去,发现女孩正痴痴地看着窗外。

真美,这个故事。她用手托着腮,由衷地感叹。随后她回过头,狡黠地笑着,问:"夫子,你爱过什么人吗?"

他便有些失神。他们这样的人,怎么敢爱人呢。而且,也没有谁敢爱他们。

一直没有听到回答的小鱼仿佛明白了什么。她收起了笑容,用最严肃的语气说:"夫子这么好,声音好听,做饭好吃,又懂得那么多东西,一定会有人爱你的。"

他凝视着眼前的女孩,她脸上细小的绒毛在星辰下微微地发光,让人想要伸手轻轻地触碰。

也是直到此刻他才突然意识到,岁月如梭,曾经瘦小的女孩早已亭亭玉立。而他竟已在同一个地方停留了四年。

他忍不住长长地吁出一口气,口吻不甚正经地道,小鱼啊,不如长大后嫁给夫子吧。

小鱼微微一怔,脸上猛地漫起红潮,她装作无意地拨弄自己额前细碎的刘海,嘴巴里发出细细的声音。他愣了一会儿,才明白她说的是,我已经长大了。

这回轮到他陷入长久的静默。

得不到想要的答案,那双黑眼睛里渐渐溢出了泪水,小鱼慌张地低下头,哽咽着问,夫子,你是嫌弃我眼睛看不见吗?

他张开嘴,却发现不知道能说什么。

他不忍心告诉面前的少女,他这一生,已看过人世无数悲欢离合。其实无论如何热烈的感情,都抵不过漫漫时光。既然不能相伴到最后,又何必要开始,徒增许多痛苦。更何况,倘若他的真实身份透露,她恐怕也只会远远躲开吧。

然而小鱼哽咽着对他说,我想一直和你在一起。

少女柔软的呼吸拂过他的脸,然后他第一次感觉到了嘴唇的柔软和眼泪的涩意。

五

雪遇最近常常做梦。在梦里,她总能见到一个叫小鱼的女孩,她经历她的成长岁月,感受她的喜怒哀乐。

当男人终于同意带小鱼走的时候,她甚至高兴地在梦中流下了泪水。

小鱼,你还是不想看见吗。你难道都不想知道十二主星究竟是什么颜色,不想

看雪桐与青鸾,不想看河络与夸父吗?我会带你去很多很多地方,难道你都不想看到吗?

她梦中的男人用无限温柔的声音这样询问。

而梦中的小鱼则拼命地点头,我想看见,我都想看见。我还想看看你长的和我想的是不是一样。

梦中的一切都那么真实,以至于雪遇醒来时常常有一瞬间的恍惚,不知道自己现在身在何处。

她有时候也会想自己和小鱼的关系,究竟是她在梦中成为了小鱼,还是她只是小鱼的一个梦?

六

小鱼能看见后,他送她的第一份礼物是一只毛绒绒的耳鼠。

小耳鼠一点也不怕生,它很亲近地趴在小鱼的肩头,偶尔颤动着两只大耳朵,在轻轻的风声中飞一会儿,再继续窝回小鱼身上。

他们很快离开小鱼温暖的故乡,一边看青石神奇的甜水井,饮通平盛产的果饮,一边慢慢地北上。

在南淮,他们运气很好,紫梁大街边的秋玫瑰开得正艳,又碰上下霜时节,于是他们租了一条船沿河而下,和南淮城里的士绅一起欣赏这在整个九州都享有盛名的"十里霜红"。

那天夜里月色也如霜,清冷地投映在河水里,于是一缕一缕细碎的银光便随着涟漪一圈一圈地荡漾开来。

小鱼看着他淡金色的长发,觉得自己明白了当初男人要拒绝自己的原因。

"因为你是羽人,而我是寿命要短暂得多的人族,你怕我们不能相伴到最后,是不是?"

他看着她染着丝丝醉意的眼睛,只是微笑不语。

"可是真好啊。真好。"小鱼打了个酒嗝,她的目光有些迷离。

"你知道吗,我曾经很怕死。因为我知道,我死了后没有一个人会为我流泪。村里人不会记得我,这个世界不会记得我。他们会在很久以后才想起,咦,那个小瞎子怎么不见了。然后再做出恍然大悟的样子,啊,原来她已经死啦。死了很多,很多年了。"

月光下,少女的脸上有眼泪静静地流下来。

"可是真好啊。有你真好。你会记得我吧，在我死后，即使你又找了个羽人姑娘，也要一直记着我哦。"

　　在此后的漫长时光中，他一直记得这个夜晚如霜的夜色和少女脸上的眼泪。她对他说，在我死后，你也要一直记着我哦。

　　其实当时他也有很多话想说，却一直都没有说出口。

## 七

　　女人觉察到气氛突然变得有些冷，但是她忍不住要开口。

　　"我真的是很羡慕，很羡慕你们。"她把脸转向雪遇，露出温柔的微笑，"你是怎么能接受你的丈夫的？你知道的，我和你丈夫，我们这种人，一直在九州大地上漂泊，努力想要融入大家，却总是被当作异类驱逐。"

　　雪遇茫茫然地想，什么意思？什么叫"你们这种人"？我又为什么接受不了呢？

　　"他很好啊。他的声音很好听，他烧饭很好吃，他懂得很多东西，他对我很好。"

　　影辰风的身体突然一震，随即紧紧握住了雪遇放在桌上的手。他不悦地开口："客人，我们一起生活了很多年，有些事，早就不是语言能够表述清楚的了。"

　　女人看着他紧张的表情，似有所悟： "啊，原来是这样啊。看来她还不知道啊。"女人呢喃着，声音突然变得尖利而高亢。

　　"你为什么不敢告诉她？你以为住在这么一个僻静的地方，没有人来就真的可以瞒一辈子么！她迟早会知道的！到时候她绝对会离开你！你，我，我们，不管学得有多像，最终都只能一个人漂泊一辈子！"

　　"吱——"雪遇突然推开椅子站了起来，她的脸因为愤怒而涨得通红，"你知道什么！我会永远陪伴在辰风身边，甚至可以不管他是不是人族！"

## 八

　　为什么呢。你为什么不会老呢。即使是羽人，也是会衰老的啊。

　　可是为什么，不管是一年，两年，五年还是十年，你都还是我第一眼看到你时的模样。金发还是那么耀眼，眼睛还是那么明亮，笑容也还是那么，那么的温柔。

　　为什么连我们养的那只小耳鼠，都在去年冬天死去了，你却还是一点变化都没有。
　　你知道周围的人都在用什么样的眼神看我们么！
　　我也想不介意的。
　　可是不老的你会一直爱着逐渐老去的我么。
　　你的生命到底有多漫长？我们甚至没有一个孩子，我死了后，你真的能记住我么。
　　不对，我们为什么会没有孩子？
　　你究竟是什么东西？
　　你究竟是什么东西？！

九

　　天光微亮时，女人离去了。
　　面对门外白茫茫的世界，女人一时有些怔忡。"对不起，"她苦笑着说，"我只是嫉妒。因为这么多年来，从来没人愿意接纳真正的我。我真的太累了。"
　　影辰风默默地看着女人留下的一行脚印，它们在洁白宽广的雪地上孤独地绵延向远方。
　　他回到房间，炭盆里的炭烧得正暖，雪遇安详地睡在床上，依旧姣好的脸颊变得红扑扑的。他忍不住低下头去亲吻那微微张开的嘴唇，还是那么软，和当年记忆中的一样。
　　他想起那段痛苦的日子。那时他们已经一起生活了很多年，她终于发现他只是一只凝聚成羽人的魅。
　　"你为什么不老？"
　　"不老的你会一直爱着逐渐老去的我吗？"
　　"拥有漫长生命的你真的能一直记住我吗？"
　　"魅真的懂得爱吗？"
　　他曾以为知道真相后她会毫不犹豫地离弃他，谁叫他只是异类。然而他没想到，她依旧留在了他身边，却因为对他的爱而变得歇斯底里，不能到人多的地方，因为害怕人们异样的眼光；不能照镜子，因为害怕看见哪怕一点点岁月的痕迹。
　　小鱼，碰到山匪的那天，你为什么不躲呢。我知道你是想着死得越惨烈，我就能记住你越久。

但是我不会让你早早死去。你曾说,你很怕死后没有人会记得你,那你又有没有想过,我也会害怕。

我只是一只魅,是星辰间的一缕风,是所有种族眼中的异类。活着的时候很少有人会接受我,消散的时候,又有谁会记得一缕逝去的风呢。

所以我们都要好好活着,一起活着,你记着我,我也不会忘记你。

那天之后,你就看不见了。大夫说你是受了惊吓,我却知道你只是又不想看见了。

你知道吗。其实我是有点高兴的,我甚至用秘术封印了你的记忆,这样我们便能忘掉那段痛苦的记忆,我们就可以重新开始。

到现在我都记得,那天是在擎梁山脉脚下,晋北刚下了入冬的第一场雪。

十

大夫说,小鱼的时间其实不多了,因为那段日子伤了太多心神,补不回来了。

但是这次,影辰风不再觉得害怕。

因为早年受过重创,他剩下的日子都不得再妄动精神力,可是他依旧强行用秘术封印了小鱼的记忆。所以这些年来,他一直都忍受着痛苦。

近日他能感觉到自己又虚弱了几分,因此无论是溢出还是封印的解除,都是不远的事情。

影辰风在小鱼身旁躺下,有那么一刻,他觉得自己又闻到了他们初见时的青草的芳香。

真好啊。他想,这次我们谁都不用害怕了,我们很快会在墟荒中重逢,然后永远地在一起。

小鱼,你知道吗?我们重新相遇那天,下着好大好大的雪。

三叶虫点评：

　　这是小女生写给小女生看的小小的爱情悲喜剧，或许能够打动小女生，但却不能打动像我这样的大叔。为什么？因为阻碍影辰风和小鱼在一起的恶势力实在是太微不足道了，不就是别人异样的目光么？除此之外还有什么？异族的差异？没有后代？寿命的差异？这些也可以算得上阻碍么？

　　异族恋是一个常见的母题，中国的传说里面，比如牛郎织女，比如白蛇许仙，这些故事里面都有强大的恶势力在，牛郎织女里有王母娘娘，发簪一划就是银河一道把相恋的人永远隔开，白蛇许仙里有法海，钵儿一倒就把白素贞压在了雷峰塔下；更重要的是，正因为有强大的恶势力在，所以也才会有不屈的抗争，牛郎虽是一个弱小凡人但也要担着娃儿飞上天去厉声责问高高在上的王母娘娘，白素贞和小青更有水漫金山以救出许仙的无所顾忌的肆意。而这些东西，却正是《雪遇》所没有的。

　　异族恋的变形之一，便是仇人相恋，比如希腊神话里的美狄亚，比如莎士比亚笔下的罗密欧与朱丽叶，美狄亚酷烈，罗密欧与朱丽叶悲惨。命运的不可更改和主人公为了爱与自由所进行的不屈抗争，始终是异族恋和仇人相恋这一母题所不可缺少的元素，也是这些故事能够打动人心并流传不衰的最重要的原因。

寒武纪投稿细则请参见以下链接：
http://bbs.9zfun.com/thread-4120-1-1.html

■本期一三七二期 ■售价五铜钿 ■订阅代号中一八七六四 ■刊号天字一号 ■天启皇家报苑 ■苑长易在天 ■总编辑 潘海地

# 天启都市报

# 老鱼有话说

【文】老鱼

## 寻桶之旅续章

去年下半年我们做了寻桶记的校园巡回活动，旨在传达理念，撒下种子；今年下半年，尚未开始，我们就已经揭竿而起，正式在现实意义上踏进了寻桶的征程——拉玛创作课堂正式开班。由国内著名幻想编辑及作者阿豚和骑桶人主持，非著名多栖编辑老鱼协调，同时也感谢上海"科幻苹果核"的大力支持。每节课我们会邀请作者或编辑作为讲师，与大家一起分享写作的经验和心得，同时对课堂成员的作品进行点评和提出修改意见，旨在挖掘和培养具有潜力的新人作者。

通过网络征文报名和层层选拔，最终确定了八名同学参与每两周一次的封闭式课堂。课堂于5月28日已经开过第一次课，虽然阿豚骑桶人和老鱼因为迷路而迟到了47分钟，但丝毫没有影响接下来的讨论气氛。第一次课持续了两个小时，工作人员老鱼在第一时间对讲义做了整理，并表示受益匪浅，而为了听课而来同学们，则无人做笔记，纷纷表示怕影响听课。

因天不时地不利人不和而无法到场、又偏偏满心向往的同学，可以在9zfun社区一个叫做"拉玛创作"的群组里找到每一堂课的讲义和作业等资料，权当解馋吧。

## 迎六一，论坛征文比赛

为迎接儿童节的到来，9zfun论坛举办了改版以来第一届基于论坛的原创征文活动，名为"柏舟杯"，并设有虚拟奖励若干。

征文的主题是以孩子的视角写一篇文章，活动公告甫一发出，论坛活跃成员纷纷表示参与，但由于本次参赛采用匿名制，所以他们到底有没有参与，要等最终答案揭晓的那一刻才能确定。

关于"柏舟杯"名称的由来,老鱼采访了发起人之一、名为"廿四"的ID,该ID表示因为六一儿童节将至,为了忘却的纪念。"让我们荡起双桨,小船儿推开波浪……你知道这首歌么,就是这次名字的来历。"

这二者到底有什么关系!负责采访的老鱼表示不知所云。

## 花絮一则

本期封面样式公布后,网上读者纷纷反映猜不透封面用图风格的走向,连编辑部小欠也对此摸不着头脑。而同为编辑部的老鱼则高调回复已经弄清楚了封面图的规律,并大胆预测了下一期封面图的模样。几天之后,下一期的封面图概念稿出炉,果如老鱼所言,小欠一时惊为天人,追着老鱼巴巴地问其规律到底是什么。老鱼一直避而不答。后终于禁不住小欠死缠烂打,才叹了一口气,说出实情:"封面的规律,就是,没规律啊。"

小欠表示不明白,为何没有规律却能被老鱼预测中呢?

老鱼神秘一笑,说了一句话,小欠恍然。

# 离别的季节

【文】加菲

经氏斯特兰城邦的遗迹早已被掩埋。连续三年暑假实习都游走于晋北走廊考察的维零·艾格瑞特今年暑假决定不再去了。羽人的寿命更长,她决定把之后的二十多年献给清余岭史学馆,来寻找一些真相。我至少要知道我的姓氏曾经代表着什么,她对自己说。

白寻与不想就此成为天启城税务司的一名普通官员。但在招聘会上的失败让他不得不向自己的父亲低头。天启城白副城守拎着三十年酿的青阳魂去税务司王大人家的背影让他难受。老家伙老了啊,他心里想着。

提前休学回到疡州并不能完全算是虎诺达尔的本意,但是冰鬼南下的危机不能无视。他把在天启城两年多打工的积蓄拿出来请室友们喝酒,喝醉了的他坐在大学操场上看着满天星斗,最后他挠了挠头,用啤酒瓶砸碎了教务处的玻璃,却不知道该说些什么。

瀑渚拿到了六族贸易学的硕士学位,并且考到了海洋贸易高级咨询师证书。回到东浩瀚洋以后他将代表他的族人和夏阳的人族商人交涉。他用七年时光换来这两个证书,代价是他根本认不全自己的同班同学。无所谓,反正他们当我是异族,而我又何尝不是?

如今我们要离开了，更多的谜题在等待着答案。
而夏天即将到来，我们可以趁着还不那么热，安静或者喧嚣地离开。
无论怎样，别回头看。

当初，我们来到这里的时候，一切的谜题尚未解开。
迎新的横幅和车水马龙的校园，伴随着永远酷热的风留在了记忆里。
然后我们就遇到了我们该遇到的人，经历了我们即将经历的所有事情。

鲁留在了自己的专业成为了助教，他之后会成为讲师，然后是副教授和教授。
他恐惧外面的世界，他只想留在这里。
他没有想到当他成为秘术院最年轻的院士时，他还是要面对这个复杂的世界和复杂人际关系。
但那是十年后的事儿了，现在的他还只是恐慌而小心翼翼地举着自己的学士帽。

风筝图罗在毕业典礼的当天晚上做了一件让全校人都不会忘记他的事情。
他的风力飞翼带着他冲向天空，撞坏了皇帝为天启大学的题词，最后停在了校门口某个伟人的巨大雕像顶端无法下来。
天启大学建校两百年历史上最优秀的动力学学士当时还未成为名震天下的雷眼山大夫环，但是校长看着他无辜地抱着石像耳朵的身影时，却已经成功地断言了他的未来。

天启都市报投稿细则请参见以下链接：
http://bbs.9zfun.com/thread-4804-1-1.html

# 老妖大爆炸

### 我们来迟了
【文】水泡

水泡没事找大角喝酒，大角因为弄不到刊号愁眉苦脸。

小店的电视机里正放着新闻联播。

水泡说：“前2天看了个帖子挺逗，请简单描述新闻联播：前10分钟发现国家领导人是多么忙碌辛苦，中间10分钟发现中国人民是多么幸福，最后10分钟发现全世界人民是多么水深火热。"发现同伴一点反应都没有，水泡兴味索然，"你丫咋了？"

大角叹了口气，"真希望现在总理坐在我身边，握着我的手说'我们来迟了'。"

### 付账
【文】棋差一着

周末，九州的大神们决定去天上人间腐败一回。大角怕这次聚会是他买单，于是推脱不参加。

到达天上人间定好的包间后，水泡像宴席的主人一样不停地招呼大家吃，不时地为这个斟酒、为那个夹菜，嘴里还说："只管吃，算我的。"大伙也没任何拘束，一轮接一轮地交杯把盏、海阔天空地闲聊。酒足饭饱之後，天色已不早，此次聚会该结束了。可究竟谁埋单，大伙好像都没有要慷慨解囊的意思。

这时候水泡掏出手机，按了一串号码，然后说："人散，今晚细柳镇派出所里扫黄抓到人没有？哦！刚抓到——好！好！随便送一个到天上人间来给我埋单。"说完，他得意地把手机放进了口袋，一旁的老妖跟著哄笑起来。

十五分钟不到，一个中年人就进来了，他看了帐单，不禁皱了皱眉头，看来他身上的现钞也不足。他随即也拿出手机，拨了一串号码，说："潘先生吗？上次你跟我说的刊号问题，我这就给你想办法⋯⋯不过我今晚请朋友吃饭，你过来埋单好吗？在天上人间203包厢⋯⋯"

二十分钟后，有人敲了敲包厢的门，门被打开了。当大神们见到戴着副黑框眼镜、一缕白发、消瘦的大角站在门口时，都幸福地晕过去了。

# 南淮一页

【文】可可欠

## 关于命名

周边做出来，几乎每次都是老鱼起的名字。顺带一说，关于九幻的书名，每一期都是由阿豚、老鱼和恰好三个人来轮流拟定的，比如阿豚起的《九州幻想·飞屋号》，比如老鱼起的《九州幻想·荒原守望》，比如恰好起的《九州幻想·一意之行》，比如大家可以猜下这期杂志名是哪位起的……

言归正传，老鱼同志起名颇有文艺风，代表作为九幻系列卡贴中的"那么近这么远"：暗指情侣间忽冷忽热、床头打架床尾和，以及无法让人用理性思维推断的多彩生活。

周边部其实是藏龙卧虎的，一个偶然的机会（老鱼那天没来上班），刘洋同志出色的起名水平也暴露了出来。

九州幻想系列卡贴11号，设计元素为去年五月《九州幻想·悟空号》封面方案之一，被刘洋命名为"永远的猴子（Monkey Forever）"。事实上，这张卡贴的备选用名为"Everybody has a monkey in his heart"，后来这个名字被pass掉了，其中的一个原因是有点拿不准"Everybody"这个单词怎么拼……

说到卡贴，其实每一张卡贴都是有故事的。比如12号"抱桶女神"（也名"寻桶妹子"），讲述了去年寻桶记活动前夕一位姑娘牢牢抱住桶不放手任谁都不能从她手里把桶抢走的可歌可泣的故事；而15号卡贴"大鱼和小鱼"更是意义深刻。

故事从一张"结婚登记处"的照片开始——或者说，故事从一条鱼遇到另一条鱼开始。如果大家仔细观察卡贴，会发现两条鱼是不一样的，其中的一条有胡子。这是因为思路提供者告诉设计者刘洋，可以出一款关于两条鱼的卡贴，一条小鱼一条老鱼，但是刘洋同志为了省事直接画了一条鱼而后复制了一下……这种行为遭到了思路提供者的严正批评并勒令其修改，于是刘洋给其中一条鱼加了胡子以示区别。并有英文名"We Should Have Been Married！"完整阐述了此卡贴的含义。

另外，如果大家注意到了那张"四年"卡贴，有没有一种很熟悉的感觉？这张图曾经出现在《九州·四年》合辑以及九州幻想主题明信片上，现在已经是第三次露面了。而拿到杂志的时候，距离曾经的四年也已经过去了两年，阿幻已经六岁了：）

## 关于广告

拿到《九州幻想·荒原守望》之后，编辑部的大家轮流打开封底的勒口注视片刻之后道："哈哈哈阿豚你看到了嘛？"作为九幻的海报代言人，阿豚是最后拿到杂志看到封三的……

事情发生在一个阳光灿烂的下午，阿豚正在楼梯上抽烟，周边部的两位同事老鱼和刘洋突然热情地招呼他到了一个不用的房间，并要求他站在墙边微举起手照了一张照片。后来，等他再次看到照片时，已经是这张广告图出现在淘宝页面上以及被围脖不断转载的时候了……

阿豚："我只不过是下楼抽根烟而已啊！！！！！！"

其实这张广告图的效果很好，尤其令人羡慕的是，有很多MM在旺旺上留言问这个模特的具体细节以及联系方式，我们只好惋惜地告知"模特概不出售。"

在这之后，我们设想了很多广告模式，比如，在某个阳光灿烂的下午抓到猴子，抢劫他的银行卡，贴上我们的卡贴；比如，在某个阳光灿烂的下午抓到猴子，拿下他的衣服，在上面别满我们的徽章；比如，在某个阳光灿烂的下午抓到猴子，让他不要乱动，给他套上我们的T恤；比如，在某个阳光灿烂的下午抓到猴子，逼他填坑，不填坑就不给水蜜桃吃……

以上纯为不实际设想，尤其是最后一点。

我想象过这样一个场景：

第一幕：一个阳光灿烂的下午，大角身穿九幻的紫色T恤，头上绑着九幻的束发带，在办公室宣布："大家到会议室那边开个会。"

第二幕：一张长桌，上面坐着编辑部的众位编辑，他们穿着不同颜色的九幻T恤，比较醒目的是恰好，他坐在一张"恰好减肥椅"上；还有骑桶人，他骑着一个寻桶记牌木桶；另有骑桶人和神仙姐姐的爱子李小放，手里拿着九幻出品的公仔。（谁知道为什么两岁不到的李小放会出现在这里？）阿豚宣布会议开始，所有人齐刷刷地拿出一个本子做会议记录。特写：记录本全部都是九幻出品的六色笔记本。阿豚满意地点头，说："开始开会。"

第三幕：大家在桌子上一起玩战九州。

第四幕：猴子冲进了会议室，他居然没有穿九幻的T恤！在这一群人里面他显得格格不入！格格不入！我们所有人都注视着他！注视着他！在大家默默注视猴子的诡异气氛下，猴子逐渐从局促不安到焦躁到狂暴到以泪洗面地说："好啦！我知道我错啦！我应该穿着我们的T恤来开会的！可我喜欢的紫色被你们发给大角了！唉好吧好吧我可以不要紫色……你们不要再看着我了！……唔……要不这样吧，你们给我紫色的，我保证立刻换上，并且从下一期开始连载新小说？"

第五幕：会议在欢乐的气氛中继续进行着，过了一会儿，喜气洋洋地穿着紫色T恤的猴子和含泪换成土黄色T恤的大角也纷纷回到了会议室。

【全剧终】

## 关于栏目

"南淮一页"是从《九州幻想·一意之行》开始的一个栏目，虽然从来没有过对这个栏目的介绍，但是相信大家都发现了，这是一个讲周边的栏目；虽然前两期栏目上都忘记了标作者，但是不知道大家发现没，作者是编辑部的小欠而实际上她不是周边部的成员；虽然这个栏目叫做"南淮一页"，但是实际上，这期有两页。

这期的"南淮两页"感谢大家阅读，也欢迎对周边有任何想法的朋友们和我们一起讨论。九州幻想社区欢迎大家来玩：www.9zfun.com

# 2050年的语文课本

## 第一单元

本单元重点学习中国幻想文学。

幻想文学：用幻想（超现实）的手法表现未实现的事物的文学形式。

其中幻想小说分为科幻小说（Science fiction）、魔幻小说（Magic novels）、奇幻小说（Fantasy fiction）三大类。

中国作为一个有着五千年文明历史的古国，幻想文学有着丰富的底蕴和光荣的传统，《山海经》的恢弘、《封神榜》的体系、《西游记》的庞杂，直至现当代鲁迅的《故事新编》、多位文学家合作的《雷锋的故事》等等，进入二十一世纪以后，"九州世界"的架空体系以及"九州系"作者对于幻想文学在新时代的进步也做出了贡献。

学习本单元，重点在于感受古人今人的想象力之瑰丽，懂得欣赏想象力的美，明晰幻想与现实的关系，但不要沉溺于空洞的幻想，更不要因为一部分幻想文学对现实的讽刺而变得愤世嫉俗。

学习幻想文学中的科幻文学部分时，注意领会其中的科学之美，培养热爱科学的情操，并结合自己的物理、天体、地理、数学等知识进行参照。

第二课

# 乡村教师

作者：刘慈欣①

他知道，这最后一课要提前讲了。

又一阵剧痛从肝部袭来，几乎使他晕厥过去。他已没能气力下床了，便艰难地移近床边的窗口。月光映在窗纸上，银亮亮的，使小小的窗户看上去像是通向另一个世界的门，那个世界的一切一定都是银亮亮的，像用银子和不冻人的雪做成的盆景。他颤颤地抬起头，从窗纸的破洞中望出去，幻觉立刻消失了，他看到了远处自己渡过了一生的村庄。

村庄静静地卧在月光下，像是百年前就没人似的。那些黄土高原上特有的平顶小屋，形状上同村子周围的黄土包没啥区别，在月夜中颜色也一样，整个村子仿佛已溶入这黄土坡之中。只有村前那棵老槐树很清楚，树上干枯枝杈间的几个老鸦窝更是黑黑的，像是滴在这暗银色画面上的几滴醒目的墨点……其实村子也有美丽温暖的时候，比如秋收时，外面打工的男人女人们大都回来了，村里有了人声和笑声，家家屋顶上是金灿灿的玉米，打谷场上娃们在桔杆堆里打滚；再比如过年的时候，打谷场被汽灯照得通亮，在那里连着几天闹红火，摇旱船，舞狮子。那几个狮子只剩下卡嗒作响的木头脑壳，上面油漆都脱了，村里没钱置新狮子皮，就用几张床单代替，玩得也挺高兴……

但十五一过，村里的青壮年都外出打工挣生活去了，村子一下没了生气。只有每天黄昏，当稀拉拉几缕炊烟升起时，村头可能出现一两个老人，扬起山核桃一样的脸，眼巴巴地望着那条通向山外的路，直到在老槐树挂住的最后一抹夕阳消失。

---

① 《乡村教师》，摘自《流浪地球》，长江文艺出版社2008年11月出版。作者刘慈欣，（生于1963年，曾于1999年至2007年连续九年获得中国科幻银河奖。作品因宏伟大气、想像绚丽而获得广泛赞誉。他的科幻小说成功地将极端的空灵和厚重的现实结合起来，同时注重表现科学的内涵和美感，努力创造出一种具有中国特色的科幻文学样式。代表作有长篇小说《超新星纪元》、《球状闪电》、"地球往事"之《三体》系列，中短篇《流浪地球》《乡村教师》《朝闻道》《全频带阻塞干扰》等。被誉为中国科幻的领军人物。于2011年天网启动之后，担任后审判日东亚行动小组顾问，此后以全部精力反对向地外文明寻求支援以取得人机战争主动权的行为；2035年硅基文明登陆后，因思考方式最接近硅基文明，介入了"文明谈判"和"地球不是家"会议，取得了巨大的成就。

天黑后,村里早早就没了灯光,娃娃和老人们睡的都早,电费贵,现在到了一块八一度了。

这时村里隐约传出了一声狗叫,声音很轻,好像那狗在说梦话。他看着村子周围月光下的黄土地,突然觉得那好像是纹丝不动的水面。要真是水就好了,今年是连着第五个旱年了,要想有收成,又要挑水浇地了。想起田地,他的目光向更远方移去,那些小块的山田,月光下像一个巨人登山时留下的一个个脚印。在这只长荆条和毛蒿的石头山上,田也只能是这么东一小块西一小块的,别说农机,连牲口都转不开身,只能凭人力种了。去年一家什么农机厂到这儿来,推销一种微型手扶拖拉机,可以在这些巴掌大的地里干活儿。那东西真是不错,可村里人说他们这是闹笑话哩!他们想过那些巴掌地能产出多少东西来吗?就是绣花似地种,能种出一年的口粮就不错了,遇上这样的旱年,可能种子钱都收不回来呢!为这样的田买那三五千一台的拖拉机,再搭上两块多一升的柴油?!唉,这山里人的难处,外人哪能知晓呢?

这时,窗前走过了几个小小的黑影,这几个黑影在不远的田埂上围成一圈蹲下来,不知要干什么。他知道这都是自己的学生,其实只要他们在近旁,不用眼睛他也能感觉到他们的存在,这直觉是他一生积累出来的,只是在这生命的最后时间里更敏锐了。

他甚至能认出月光下的那几个孩子,其中肯定有刘宝柱和郭翠花。这两个孩子都是本村人,本来不必住校的,但他还是收他们住了。刘宝柱的爹十年前买了个川妹子成亲,生了宝柱,五年后娃大了,对那女人看得也松了,结果有一天她跑回四川了,还卷走了家里所有的钱。这以后,宝柱爹也变得不成样儿了,开始是赌,同村子里那几个老光棍一样,把个家折腾得只剩四堵墙一张床;然后是喝,每天晚上都用八毛钱一斤的地瓜烧把自己灌得烂醉,拿孩子出气,每天一小揍三天一大揍,直到上个月的一天半夜,抢了根烧火棍差点把宝柱的命要了。郭翠花更惨了,要说她妈还是正经娶来的,这在这儿可是个稀罕事,男人也很荣光了,可好景不长,喜事刚办完大家就发现她是个疯子,之所以迎亲时没看出来,大概是吃了什么药。本来嘛,好端端的女人哪会到这穷得鸟都不拉屎的地方来?但不管怎么说,翠花还是生下来了,并艰难地长大。但她那疯妈妈的病也越来越重,犯起病来,白天拿菜刀砍人,晚上放火烧房,更多的时间还是在阴森森地笑,那声音让人汗毛直竖……

剩下的都是外村的孩子了,他们的村子距这里最近的也有十里山路,只能住校了。在这所简陋的乡村小学里,他们一住就是一个学期。娃们来时,除了带自己的铺盖,每人还背了一袋米或面,十多个孩子在学校的那个大灶做饭吃。当冬夜降临时,娃们围在灶边,看着菜面糊糊在大铁锅中翻腾,灶膛里秸杆桔红色的火光映在

他们脸上……这是他一生中看到过的最温暖的画面,他会把这画面带到另一个世界去的。

窗外的田埂上,在那圈娃们中间,亮起了几点红色的小火星星,在这一片银灰色的月夜的背景上,火星星的红色格外醒目。

这些娃们在烧香,接着他们又烧起纸来,火光把娃们的形像以桔红色在冬夜银灰色的背景上显现出来,这使他又想起了那灶边的画面。他脑海中还出现了另外一个类似的画面:当学校停电时(可能是因为线路坏了,但大多数时间是因为交不起电费),他给娃们上晚课。他手里举着一根蜡烛照着黑板,"看见不?"他问,"看不显!"娃们总是这样回答,那么一点点亮光,确实难看清,但娃们缺课多,晚课是必须上的。于是他再点上一根蜡,手里两根举着。"还是不显!"娃们喊,他于是再点上一根,虽然还是看不清,娃们不喊了,他们知道再喊老师也不会加蜡了,蜡太多了也是点不起的。烛光中,他看到下面那群娃们的面容时隐时现,像一群用自己的全部生命拼命挣脱黑暗的小虫虫。

娃们和火光,娃们和火光,总是娃们和火光,总是夜中的娃们和火光,这是这个世界深深刻在他脑子中的画面,但始终不明其含义。

他知道娃们是在为他烧香和烧纸,他们以前多次这么干过,只是这次,他已没有力气像以前那样斥责他们迷信了。他用尽了一生在娃们的心中燃起科学和文明的火苗,但他明白,同笼罩着这偏远山村的愚昧和迷信相比,那火苗是多么弱小,像这深山冬夜中教室里的那根蜡烛。半年前,村里的一些人来到学校,要从本来已很破旧的校舍取下椽子木,说是修村头的老君庙用。问他们校舍没顶了,娃们以后住哪儿,他们说可以睡教室里嘛,他说那教室四面漏风,大冬天能住?他们说反正都外村人。他拿起一根扁担和他们拼命,结果被人家打断了两根肋骨。好心人抬着他走了三十多里山路,送到了镇医院。

就是在那次检查伤势时,意外发现他患了食道癌。这并不稀奇,这一带是食道癌高发区。镇医院的医生恭喜他因祸得福,因为他的食道癌现处于早期,还未扩散,动手术就能治愈,食道癌是手术治愈率最高的癌症之一,他算拣了条命。

于是他去了省城,去了肿瘤医院,在那里他问医生动一次这样的手术要多少钱,医生说像你这样的情况可以住我们的扶贫病房,其他费用也可适当减免,最后下来不会太多的,也就两万多元吧。想到他来自偏远山区,医生接着很详细地给他介绍住院手续怎么办,他默默地听着,突然问:

"要是不手术,我还有多长时间?"

医生呆呆地看了他好一阵儿,才说:"半年吧。",并不解地看到他长出了一口气,好像得到了很大安慰。

至少能送走这届毕业班了。

他真的拿不出这两万多元。虽然民办教师工资很低，但干了这么多年，孤身一人无牵无挂，按说也能攒下一些钱了。只是他把钱都花在娃们身上了，他已记不清给多少学生代交了学杂费，最近的就有刘宝柱和郭翠花；更多的时候，他看到娃们的饭锅里没有多少油星星，就用自己的工资买些肉和猪油回来……

反正到现在，他全部的钱也只有手术所需用的十分之一。

沿着省城那条宽长的大街，他向火车站走去。这时天已黑了，城市的霓虹灯开始发出迷人的光芒，那光芒之多彩之斑斓，让他迷惑；还有那些高楼，一入夜就变成了一盏盏高耸入云的巨大彩灯。音乐声在夜空中漂荡，疯狂的、轻柔的，走一段一个样。

就在这个不属于他的世界里，他慢慢地回忆起自己不算长的一生。他很坦然，各人有各人的命，早在二十年前初中毕业回到山村小学时，他就选定了自己的命。再说，他这条命很大一部分是另一位乡村教师给的。他就是在自己现在任教的这所小学渡过童年的，他爹妈死得早，那所简陋的乡村小学就是他的家，他的小学老师把他当亲儿子待，日子虽然穷，但他的童年并不缺少爱。

那年，放寒假了，老师要把他带回自己的家里过冬。老师的家很远，他们走了很长的积雪的山路，当看到老师家所在的村子的一点灯光时，已是半夜了。这时他们看到身后不远处有四点绿荧荧亮光，那是两双狼眼。那时山里狼很多的，学校周围就能看到一堆堆狼屎。有一次他淘气，把那灰白色的东西点着扔进教室里，使浓浓的狼烟充满了教室，把娃们都呛得跑了出来，让老师很生气。现在，那两只狼向他们慢慢逼近，老师折下一根粗树枝，挥动着它拦住狼的来路，同时大声喊着让他向村里跑。他当时吓糊涂了，只顾跑，只想着那狼会不会绕着老师来追他，只想着会不会遇到其它的狼。当他上气不接下气地跑进村子，然后同几个拿猎枪汉子去接老师时，发现他躺在一片已冻成糊状的血泊中，半条腿和整只胳膊都被狼啃掉了。教师在送往镇医院的路上就咽了气，当时在火把的光芒中，他看到了老师的眼睛，老师的腮帮被深深地咬下一大块，已说不出话，但用目光把一种心急如焚的牵挂传给了他，他读懂了那牵挂，记住了那牵挂。

初中毕业后，他放弃了在镇政府里一个不错的工作机会，直接回到了这个举目无亲的山村，回到了老师牵挂的这所乡村小学，这时，学校因为没有教师已荒废好几年了。

前不久，教委出台新政策，取消了民办教师，其中的一部分经考试考核转为公办。当他拿到教师证时，知道自己已成为一名国家承认的小学教师了，很高兴，但也只是高兴而已，不像别的同事们那么激动。他不在乎什么民办公办，他只在乎那

　　一批又一批的娃们，从他的学校读完了小学，走向生活。不管他们是走出山去还是留在山里，他们的生活同那些没上过一天学的娃们总是有些不一样的。

　　他所在的山区，是这个国家最贫困的地区之一。但穷不是最可怕的，最可怕的是那里的人们对现状的麻木。记得那是好多年前了，搞包产到户，村里开始分田，然后又分其它的东西。对于村里唯一的一台拖拉机，大伙对于油钱怎么出机时怎么分配总也谈不拢，最后唯一大家都能接受的办法是把拖拉机分了，真的分了，你家拿一个轮子他家拿一根轴……再就是两个月前，有一家工厂来扶贫，给村里安了一台潜水泵，考虑到用电贵，人家还给带了一台小柴油机和足够的柴油，挺好的事儿，但人家前脚走，村里后脚就把机器都卖了，连泵带柴油机，只卖了一千五百块钱，全村好吃了两顿，算是过了个好年……一家皮革厂来买地建厂，什么不清楚就把地卖了，那厂子建起后，硝皮子的毒水流进了河里，渗进了井里，人一喝了那些水浑身起红疙瘩，就这也没人在乎，还沾沾自喜地卖了个好价钱……

　　看村里那些娶不上老婆的光棍汉们，每天除了赌就是喝，但不去种地，他们能算清：穷到了头县里每年总会有些救济，那钱算下来也比在那巴掌大的山地里刨一年土坷垃挣的多……没有文化，人们都变得下做了，那里的穷山恶水固然让人灰心，但真正让人感到没指望的，是山里人那呆滞的目光。

　　他走累了，就在人行道边坐下来。他面前，是一家豪华的大餐馆，那餐馆靠街的一整堵墙全是透明玻璃，华丽的枝形吊灯把光芒投射到外面。整个餐馆像一个巨大的鱼缸，里面穿着华贵的客人们则像一群多彩的观赏鱼。他看到在靠街的一张桌子旁坐着一个胖男人，这人头发和脸似乎都在冒油，使他看上去像用一大团表面涂了油的蜡做的。他两旁各坐着一个身材高挑穿着暴露的女郎，那男人转头对一个女郎说了句什么，把她逗得大笑起来，那男人跟着笑起来，而另一个女郎则娇嗔地用两个小拳头捶那个男的……真没想到还有个子这么高的女孩子，秀秀的个儿，大概只到她们一半……他叹了口气，唉，又想起秀秀了。

　　秀秀是本村唯一一个没有嫁到山外姑娘，也许是因为她从未出过山，怕外面的世界，也许是别的什么原因。他和秀秀好过两年多，最后那阵好像就成了，秀秀家里也通情达理，只要一千五百块的肚疼钱②。但后来，村子里一些出去打工的人赚了些钱回来，和他同岁的二蛋虽不识字但脑子活，去城里干起了挨家挨户清洗抽油烟机的活儿，一年下来竟能赚个万把块。前年回来呆了一个月，秀秀不知怎的就跟

---

②肚疼钱：西北一些农村地区彩礼的一个名目，意思是对娘生女儿肚子疼的补偿。

这个二蛋好上了。秀秀一家全是睁眼瞎，家里粗糙的干打垒墙壁上，除了贴着一团一团用泥巴和起来的瓜种子，还划着长长短短的道道儿，那是她爹多少年来记的账……秀秀没上过学，但自小对识文断字的人有好感，这是她同他好的主要原因。但二蛋的一瓶廉价香水和一串镀金项链就把这种好感全打消了，"识文断字又不能当饭吃。"

秀秀对他说。虽然他知道识文断字是能当饭吃的，但具体到他身上，吃得确实比二蛋差好远，所以他也说不出什么。秀秀看他那样儿，转身走了，只留下一股让他皱鼻子的香水味。

和二蛋成亲一年后，秀秀生娃儿死了。他还记得那个接生婆，把那些锈不拉叽刀刀铲铲放到火上烧一烧就向里捅，秀秀可倒霉了，血流了一铜盆，在送镇医院的路上就咽气了。成亲办喜事儿的时候，二蛋花了三万块，那排场在村里真是风光死了，可他怎的就舍不得花点钱让秀秀到镇医院去生娃呢？后来他一打听，这花费一般也就二三百，就二三百呀。但村里历来都是这样儿，生娃是从不去医院的。所以没人怪二蛋，秀秀就这命。后来他听说，比起二蛋妈来，她还算幸运。生二蛋时难产，二蛋爹从产婆那儿得知是个男娃，就决定只要娃了。于是二蛋妈被放到驴子背上，让那驴子一圈圈走，硬是把二蛋挤出来，听当时看见的人说，在院子里血流了一圈……

想到这里他长出了一口气，笼罩着家乡的愚昧和绝望使他窒息。

但娃们还是有指望的，那些在冬夜寒冷的教室中，盯着烛光照着的黑板的娃们，他就是那蜡烛，不管能点多长时间，发出的光有多亮，他总算是从头点到尾了。

他站起身来继续走，没走了多远就拐进了一家书店，城里就是好，还有夜里开门的书店。除了回程的路费，他把身上所有的钱都买了书，以充实他的乡村小学里那小小的图书室。半夜，提着那两捆沉重的书，他踏上了回家的火车。

在距地球五万光年的远方，在银河系的中心，一场延续了两万年的星际战争已接近尾声。

那里的太空中渐渐隐现出一个方形区域，仿佛灿烂的群星的背景被剪出一个方口，这个区域的边长约十万公里，区域的内部是一种比周围太空更黑的黑暗，让人感到一种虚空中的虚空。从这黑色的正方形中，开始浮现出一些实体，它们形状各异，都有月球大小，呈耀眼的银色。这些物体越来越多，并组成一个整齐的立方体方阵。这银色的方阵庄严地驶出黑色正方形，两者构成了一幅挂在宇宙永恒墙壁上的镶嵌画，这幅画以绝对黑体的正方形天鹅绒为衬底，由纯净的银光耀眼的白银小

构件整齐地镶嵌而成。这又仿佛是一首宇宙交响乐的固化。渐渐地,黑色的正方形消溶在星空中,群星填补了它的位置,银色的方阵庄严地悬浮在群星之间。

银河系碳基联邦的星际舰队,完成了本次巡航的第一次时空跃迁。

两万年前的那一时刻,硅基帝国从银河系外围对碳基联邦发动全面进攻。这是一场几乎波及整个银河系的星际大战,是银河系中碳基和硅基文明之间惨烈的生存竞争,但双方谁都没有料到战争会持续两万银河年!

在这场战役中,硅基帝国的最后舰队被赶到银河系最荒凉的区域:第一旋臂的顶端。

现在,这支碳基联邦舰队将完成碳硅战争中最后一项使命:

他们将在第一旋臂的中部建立一条五百光年宽的隔离带,隔离带中的大部分恒星将被摧毁,以制止硅基帝国的恒星蛙跳。这样,硅基帝国实际上被禁锢在第一旋臂顶端,再也无法对银河系中心区域的碳基文明构成任何严重威胁。

"我带来了联邦议会的意愿,"参议员用振动的智能场对最高执政官说:"他们仍然强烈建议:在摧毁隔离带中的恒星前,对它们进行生命级别的保护甄别。"

"我理解议会。"最高执政官说,"在这场漫长的战争中,各种生命流出的血足够形成上千颗行星的海洋了,战后,银河系中最迫切需要重建的是对生命的尊重。对隔离带中数以亿计的恒星进行生命级别的保护甄别是不现实的,所以在隔离带中只能进行文明级别的甄别。我们不得不牺牲隔离带中某些恒星周围的低级生命,是为了拯救银河系中更多的高级和低级生命。这一点我已向议会说明。"

参议员说:"议会也理解您和联邦防御委员会,所以我带来的只是建议而不是立法。但隔离带中周围已形成3C级以上文明的恒星必须被保护。"

"这一点无需质疑,"最高执政官的智能场闪现出坚定的红色,"对隔离带中带有行星的恒星的文明检测将是十分严格的!"

舰队统帅的智能场第一次发出信息:"其实我觉得你们多虑了,第一旋臂是银河系中最荒凉的荒漠,那里不会有3C级以上文明的。"

"但愿如此。"最高执政官和参议员同时发出了这个信息,他们智能场的共振使一道弧形的等离子体波纹向银色金属大地的上空扩散开去。

舰队开始了第二次时空跃迁,以近乎无限的速度奔向银河系的第一旋臂。

夜深了,烛光中,全班的娃们围在老师的病床前。

"老师歇着吧,明儿个讲也行的。"一个男娃说。

他艰难地苦笑了一下,"明儿个有明儿个的课。"

他想,如果真能拖到明天当然好,那就再讲一堂课。但直觉告诉他怕是不行了。

  他做了个手势，一个娃把一块小黑板放到他胸前的被单上，这最后一个月，他就是这样把课讲下来的。他用软弱无力的手接过娃递过来的半截粉笔，吃力地把粉笔头放到黑板上，这时又是一阵剧痛袭来，手颤抖了几下，粉笔哒哒地在黑板上敲出了几个白点儿。从省城回来后，他再也没去过医院。两个月后，他的肝部疼了起来，他知道癌细胞已转移到那儿了，这种痛疼越来越厉害，最后变成了压倒一切的痛苦。他一支手在枕头下摸索着，找出了一些止痛片，是最常见的用塑料长条包装的那种。对于癌症晚期的剧疼，这药已经没有任何作用，可能是由于精神暗示，他吃了后总觉得好一些。度冷丁倒是也不算贵，但医院不让带出来用，就是带回来也没人给他注射。他像往常一样从塑料条上取下两片药来，但想了想，便把所有剩下的12片全剥出来，一把吞了下去，他知道以后再也用不着了。他又挣扎着想向黑板上写字，但头突然偏向一边，一个娃赶紧把盆接到他嘴边，他吐出了一口黑红的血，然后虚弱地靠在枕头上喘息着。

  娃们中有传出了低低的抽泣声。

  他放弃了在黑板上写字的努力，无力地挥了一下手，让一个娃把黑板拿走。他开始说话，声音如游丝一般。

  "今天的课同前两天一样，也是初中的课。这本来不是教学大纲上要求的，我是想到，你们中的大部分人，这一辈子永远也听不到初中的课了，所以我最后讲一讲，也让你们知道稍深一些的学问是什么样子。昨天讲了鲁迅的《狂人日记》，你们肯定不大懂，不管懂不懂都要多看几遍，最好能背下来，等长大了，总会懂的。鲁迅是个很了不起的人，他的书每一个中国人都应该读的，你们将来也一定找来读读。"

  他累了，停下来喘息着歇歇，看着跳动的烛光，鲁迅写下的几段文字在他的脑海中浮现出来。那不是《狂人日记》中的，课本上没有，他是从自己那套本数不全已经翻烂的《鲁迅全集》上读到的，许多年前读第一遍时，那些文字就深深地刻在他脑子里。

  "假如一间铁屋子，是绝无窗户而万难破毁的，里面有许多熟睡的人们，不久都要闷死了，然而是从昏睡入死灭，并不感到就死的悲哀。现在你大嚷起来，惊起了较为清醒的几个人，使这不幸的少数者来受无可挽救的临终的苦楚，你倒以为对得起他们么？

  "然而几个人既然起来，你不能说决没有毁坏这铁屋的希望。"

  "下面我们讲牛顿第二定律……"

  他心急如焚，极力想在有限的时间里给娃们多讲一些。

"一个物体的加速度,与它所受的力成正比,与它的质量成反比。首先,加速度,这是速度随时间的变化率,它与速度是不同的,速度大加速度不一定大,加速度大速度也不一定大。比如:

"一个物体现在的速度是110米每秒,2秒后的速度是120米每秒,那么它的加速度就是120减110除2,5米每秒,呵,不对,5米每秒的平方;另一个物体现在的速度是10米每秒,2秒后的速度是30米每秒,那么它的加速度就是30减10除2,10米每秒平方;看,后面这个物体虽然速度小,但加速度大!呵,刚才说到平方,平方就是一个数自个儿乘自个……"

他惊奇自己的头脑如此清晰,思维如此敏捷,他知道,自己生命的蜡烛已燃到根上,棉芯倒下了,把最后的一小块蜡全部引燃了,一团比以前的烛苗亮十倍的火焰熊熊燃烧起来。剧痛消失了,身体也不再沉重,其实他已感觉不到身体的存在,他的全部生命似乎只剩下那个在疯狂运行的大脑,那个悬在空中的大脑竭尽全力,尽量多尽量快地把自己存贮的信息输出给周围的娃们,但说话是个该死的瓶颈,他知道来不及了。他产生了一个幻像:

一把水晶样的斧子把自己的大脑无声地劈开,他一生中积累的那些知识,虽不是很多但他很看重的,像一把发光的小珠子毫无保留地落在地上,发出一阵悦耳的叮铛声,娃们像见到过年的糖果一样抢那些小珠子,抢得攥成一堆……这幻像让他有一种幸福的感觉。

"你们听懂了没?"他焦急地问,他的眼睛已经看不到周围的娃们,但还能听到他们的声音。

"我们懂了!老师快歇着吧!"

他感觉到那团最后的火焰在弱下去,"我知道你们不懂,但你们把它背下来,以后慢慢会懂的。一个物体的加速度,与它所受的力成正比,与它的质量成反比。"

"老师,我们真懂了,求求你们快歇着吧!"

他用尽最后的力气喊道:"背呀!"

娃们抽泣着背了起来:"一个物体的加速度,与它所受的力成正比,与它的质量成反比。一个物体的加速度,与它所受的力成正比,与它的质量成反比……"

这几百年前就在欧洲化为尘土的卓越头脑产生的思想,以浓重西北方言的童音在二十世纪中国最偏僻的山村中回荡,就在这声音中,那烛苗灭了。

娃们围着老师已没有生命的躯体大哭起来。

"目标编号:500921473,绝对目视星等:4.71,演化阶段:

主星序正中，带有九颗行星。这是蓝８４２１０号舰报告。"

"一个精致完美的行星系。"舰队统帅赞叹。

最高执政官很有同感："是的，它的固态小体积行星和气液态大体积行星的配置很有韵律感，小行星带的位置恰到好处，像一条美妙的装饰链。还有最外侧那颗小小的甲烷冰行星，似乎是这首音乐最后一个余音未尽的音符，暗示着某种新周期的开始。"

"这是蓝８４２１０号舰，将对最内侧１号行星进行生命检测，检测波束发射。该行星没有大气，自转缓慢，温差悬殊。１号随机点检测，白色结果；２号随机点检测，白色结果……１０号随机点检测，白色结果。蓝８４２１０号舰报告，该行星没有生命。

舰队统帅不以为然地说："这颗行星的表面温度可以当冶炼炉了，没必要浪费时间。"

"开始２号行星生命检测，波束发射。该行星有稠密大气，表面温度较高且均匀，大部为酸性云层覆盖。１号随机点检测，白色结果；２号随机点检测，白色结果……１０号随机点检测，白色结果。蓝８４２１０号舰报告，该行星没有生命。"

通过四维通讯，最高执政官对一千光年之外蓝８４２１０号舰上的值勤军官说："直觉告诉我，３号行星有生命可能性很大，在它上面检测３０个随机点。"

"阁下，我们时间很紧了。"舰队统帅说。

"照我说的做。"最高执政官坚定地说。

"是，阁下。开始３号行星生命检测，波束发射。该行星有中等密度的大气，表面大部为海洋覆盖……"

来自太空的生命检测波束落到了亚洲大陆靠南一些的一点上，波束在地面上形成了一个约五千米的圆形。如果是在白天，用肉眼有可能觉察到波束的存在，因为当波束到达时，在它的覆盖范围内，一切无生命的物体都将变成透明状态。现在它覆盖的中国西北的这片山区，那些黄土山在观察者的眼里将如同水晶的山脉，阳光在这些山脉中折射，将是一幅十分奇异壮观的景像，观察者还会看到脚下的大地也变成深不可测的深渊；而被波束判断为有生命的物体则保持原状态不变，人、树木和草在这水晶世界中显得格外清晰醒目。但这效应只持续半秒钟，这期间检测波束完成初始化，之后一切恢复原状。观察者肯定会认为自己产生了一瞬间的幻觉。而现在，这里正是深夜，自然难以觉察到什么了。

这所山村小学，正好位于检测波束圆形覆盖区的圆心上。

"１号随机点检测，结果……绿色结果，绿色结果！

"蓝８４２１０号舰报告,目标编号：500921473,第3号行星发现生命！"

检测波束对覆盖范围内的众多种类生命体进行分类,在以生命结构的复杂度和初步估计的智能等级进行排序的数据库中,在一个方形掩蔽物下的那一簇生命体排在首位。于是波束迅速收缩,会聚到那座掩蔽物上。

最高执政官的智能场接收到从蓝８４２１０号舰上发回的图像,并把它放大到整个太空背景上,那所山村小学的影像在瞬间占据了整个宇宙。图像处理系统已经隐去了掩蔽物,但那簇生命体的图像仍不清晰,这些生命体的外形太不醒目了,几乎同周围行星表面的以硅元素为主的黄色土壤溶为一体。计算机只好把图像中所有的无生命部分,包括这些生命体中间的那具体形较大的已没有生命的躯体,全部隐去,这样ые那一簇生命体就仿佛悬浮在虚空之中,即使如此,它们看上去仍是那么平淡和缺乏色彩,像一簇黄色的植物,一看就知是那种在他们身上不会发生任何奇迹的生物。

一束纤细的四维波束从蓝８４２１０号舰发射,这艘有一个月球大小的星际战舰正停泊在木星轨道之外,使太阳系暂时多了一颗行星。那束四维波束在三维太空中以接近无限的速度到达地球,穿过那所乡村小学校舍的屋顶,以基本粒子的精度对这十八个孩子进行扫描。数据的洪流以人类难以想像的速率传回太空,很快,在蓝８４２１０号舰主计算机那比宇宙更广阔的内存中,孩子们的数字复制体形成了。

十八个孩子悬浮在一个无际的空间里,那空间呈一种无法形容的色彩,实际上那不是色彩,虚无是没有色彩的,虚无是透明中的透明。孩子们都不由想拉住旁边的伙伴,他们看上去很正常,但手从他们身体里毫无阻力地穿过去了。孩子们感到了难以形容的恐惧。计算机觉察到了这一点,它认为这些生命体需要一些熟悉的东西,于是在自己的内存宇宙的这一部分模拟这个行星天空的颜色。孩子们立刻看到了蓝天,没有太阳没有云更没有浮尘,只有蓝色,那么纯净,那么深邃。孩子们的脚下没有大地,也是与头顶一样的蓝天,他们似乎置身于一个无限的蓝色宇宙中,而他们是这宇宙中唯一的实体。计算机感觉到,这些数字生命体仍然处于惊恐中,它用了亿分之一秒想了想,终于明白了：银河系中大多数生命体并不惧怕悬浮于虚空之中,但这些生命体不同,他们是大地上的生物。于是它给了孩子们一个大地,并给了他们重力感。孩子们惊奇地看着脚下突然出现的大地,它是纯白色的,上面有黑线划出的整齐方格,他们仿佛站在一个无限广阔的语文作业本上。他们中有人蹲下来摸摸地面,这是他们见过的最光滑的东西,他们迈开双脚走,但原地不动,这地面是绝对光滑的,磨擦力为零,他们很惊奇自己为什么不会滑倒。这时有个孩子脱下自己的一只鞋子,沿着地面扔出去,那鞋子以匀速直线运行向前滑去,孩子们呆呆地看着它以恒定的速度渐渐远去。

他们看到了牛顿第一定律。

有一个声音，空灵而悠扬，在这数字宇宙中回荡。

"开始3C级文明测试，3C文明测试试题１号：请叙述你所在星球生物进化的基本原理，是自然淘汰型还是基因突变型？"

孩子茫然地沉默着。

"3C文明测试试题2号：请简要说明恒星能量的来源。"

孩子茫然地沉默着。

……

"3C文明测试试题１０号：请说明构成你们星球上海洋的液体的分子构成。"

孩子仍然茫然地沉默着。

那只鞋在遥远的地平线处变成一个小黑点消失了。

"到此为止吧！"在一千光年之外，舰队统帅对最高执政官说，"不能再耽误时间了，否则我们肯定不能按时完成第一阶段的任务。"

最高执政官的智能场发出了微弱的表示同意的振动。

"发射奇点炸弹！"

载有命令信息的波束越过四维空间，瞬间到达了停泊在太阳系中的蓝８４２１０号舰。那个发着幽幽荧光的雾球滑出了战舰前方长长的导轨，沿着看不见的力场束急剧加速，向太阳扑去。

最高执政官、参议员和舰队统帅把注意力转向了隔离带的其它区域，那里又发现了几个有生命的行星系，但其中最高级的生命是一种生活在泥浆中的无脑蠕虫。接连爆炸的恒星像宇宙中怒放的焰火，使他们想起了史诗般的第二旋臂战役。

不知过了多长时间，最高执政官智能场的一小部分下意识地游移到太阳系，他听到了蓝８４２１０号舰舰长的声音：

"准备脱离爆炸威力圈，时空跃迁准备，三十秒倒数！"

"等一下，奇点炸弹到达目标还需多长时间？"最高执政官说，舰队统帅和参议员的注意力也被吸引过来。

"它正越过内侧１号行星的轨道，大约还有十分钟。"

"用五分钟时间，再进行一些测试吧。"

"是，阁下。"

接着听到了蓝８４２１０号舰值勤军官的声音："3C文明测试试题１１号：一个三维平面上的直角三角形，它的三条边的关系是什么？"

沉默。

"3C文明测试试题１２号：你们的星球是你们行星系的第几颗行星？"

沉默。

"这没有意义，阁下。"舰队统帅说。

"3C文明测试试题１３号：当一个物体没有受到外力作用时，它的运行状态如何？"

数字宇宙广漠的蓝色空间中突然响起了孩子们清脆的声音：

"当一个物体没有受到外力作用时，它将保持静止或匀速直线运动不变。"

"3C文明测试试题１３号通过！3C文明测试试题１４号……"

"等等！"参议员打断了值勤军官，"下一道试题也出关于甚低速力学基本近似定律的。"他又问最高执政官："这不违返测试准则吧？"

"当然不，只要是测试数据库中的试题。"舰队统帅代为回答，这些令他大感意外的生命体把他的注意力全部吸引过来了。

"3C文明测试试题１４号：请叙述相互作用的两个物体间力的关系。"

孩子们说："当一个物体对第二个物体施加一个力，这第二个物体也会对第一个物体施加一个力，这两个力大小相等，方向相反！"

"3C文明测试试题１４号通过！3C文明测试试题１５号：对于一个物体，请说明它的质量、所受外力和加速度之间的关系。"

孩子们齐声说："一个物体的加速度，与它所受的力成正比，与它的质量成反比！"

"3C文明测试试题１５号通过，文明测试通过！确定目标恒星500921473的３号行星上存在３C级文明。"

"奇点炸弹转向！脱离目标！！"最高执政官的智能场急剧闪动着，用最大的能量把命令通过超空间传送到蓝８４２１０号舰上。

在太阳系，推送奇点炸弹的力场束弯曲了，这根长几亿公里的力场束此时像一根弓起的长杆，努力把奇点炸弹挑离射向太阳的轨道。蓝８４２１０号舰上的力场发动机以最大功率工作，巨大的散热片由暗红变为耀眼的白炽色。力场束向外的推力分量开始显示出效果，奇点炸弹的轨道开始弯曲，但它已越过水星轨道，距太阳太近了，谁也不知道这努力是否能成功。

但奇点炸弹最终像一颗子弹一样擦过太阳的边缘，当它以仅几万米的高度掠过太阳表面上空时，由于黑洞吸入太阳大气中大量的物质，亮度增到最大，使得太阳边缘出现了一个刺眼的蓝白色光球，使它在这一刻看上去像一个紧密的双星系统，这奇观对人类将一直是个难解的谜。蓝白色光球飞速掠过时，下面太阳浩翰的火海黯然失色。像一艘快艇掠过平静的水面，黑洞的引力在太阳表面划出了一道V型的划痕，这划痕扩展到太阳的整个半球才消失。奇点炸弹撞断了一条日珥，这条从太阳表面升起的百万公里长的美丽轻纱在高速冲击下，碎成一群欢快舞蹈着的小小的等离子体旋涡……奇点炸弹掠过太阳后，亮度很快暗下来，最后消失在茫茫太空的永恒之夜中。

"我们险些毁灭了一个碳基文明。"参议员长出一口气说。

"真是不可思议，在这么荒凉的地方竟会存在3C级文明！"舰队统帅感叹说。

"是啊，无论是碳基联邦，还是硅基帝国，其文明扩展和培植计划都不包括这一区域，如果这是一个自己进化的文明，那可是一件很不寻常的事。"最高执政官说。

"蓝84210号舰，你们继续留在那个行星系，对3号行星进行全表面文明检测，你舰前面的任务将由其它舰只接替。"舰队司令命令道。

同他们在木星轨道之外的的数字复制品不一样，山村小学中的那些娃们丝毫没有觉察到什么，在那间校舍里的烛光下，他们只是围着老师的遗体哭啊哭。不知哭了多长时间，娃们最后安静下来。

"咱们去村里告诉大人吧。"郭翠花抽泣着说。

"那又咋的？"刘宝柱低着头说，"老师活着时村里的人都腻歪他，这会儿肯定连棺材钱都没人给他出呢！"

最后，娃们决定自己掩埋自己的老师。他们拿了锄头铁锹，在学校旁边的山地上开始挖墓坑，灿烂的群星在整个宇宙中静静地看着他们。

"天啊！这颗行星上的文明不是3C级，是5B级！！"看着蓝84210号舰从一千光年之外发回的检测报告，参议员惊呼起来。

人类城市的摩天大楼群的影像在旗舰上方的太空中显现。

"他们已经开始使用核能，并用化学推进方式进入太空，甚至已登上了他们所在行星的卫星。"

"他们基本特征是什么？"舰队统帅问。

"您想知道哪些方面？"蓝84210号上的值勤军官问。

"比如，这个行星上生命体记忆遗传的等级是多少？"

"他们没有记忆遗传，所有记忆都是后天取得的。"

"那么，他们的个体相互之间的信息交流方式是什么？"

"极其原始，也十分罕见。他们身体内有一种很薄的器官，这种器官在这个行星以氧氮为主的大气中振动时可产生声波，同时把要传输的信息调制到声波之中，接收方也用一种薄膜器官从声波中接收信息。"

"这种方式信息传输的速率是多大?"

"大约每秒1至10比特。"

"什么?!"旗舰上听到这话的所有人都大笑起来。

"真的是每秒1至10比特,我们开始也不相信,但反复核实过。"

"上尉,你是个白痴吗?!"舰队统帅大怒,"你是想告诉我们,一种没有记忆遗传,相互间用声波进行信息交流,并且是以令人难以置信的每秒1至10比特的速率进行交流的物种,能创造出5B级文明?!而且这种文明是在没有任何外部高级文明培植的情况下自行进化的?!"

"但,阁下,确实如此。"

"但在这种状态下,这个物种根本不可能在每代之间积累和传递知识,而这是文明进化所必需的!"

"他们有一种个体,有一定数量,分布于这个种群的各个角落,这类个体充当两代生命体之间知识传递的媒介。"

"听起来像神话。"

"不,"参议员说:"在银河文明的太古时代,确实有过这个概念,但即使在那时也极其罕见,除了我们这些星系文明进化史的专业研究者,很少有人知道。"

"你是说那种在两代生命体之间传递知识的个体?"

"他们叫教师。"

"教————师?"

当娃们造好那座新坟时,东方已经放亮了。老师是放在从教室拆下来的一块门板上下葬的,陪他入土的是两盒粉笔和一套已翻破的小学课本。娃们在那个小小的坟头上立了一块石板,上面用粉笔写着"李老师之墓"。

只要一场雨,石板上那稚拙的字迹就会消失;用不了多长时间,这座坟和长眠在里面的人就会被外面的世界忘得干干净净。

太阳从山后露出一角,把一抹金晖投进仍沉睡着的山村;在仍处于阴影中的山谷草地上,露珠在闪着晶莹的光,可听到一两声怯生生的鸟鸣。

娃们沿着小路向村里走去,那一群小小的身影很快消失在山谷中淡蓝色的晨雾中。

他们将活下去,以在这块古老贫脊的土地上,收获虽然微薄、但确实存在的希望。

2000.08.08于娘子关

2050年的语文课本

**课后思考题：**

1、本文是什么题材？科学幻想小说还是现实主义小说？

2、请用自然脑判断这篇文章中描写的场景哪些是源于现实，哪些是虚构的；并将相同题目以脑中芯片全自主判断，分析异同及原因。

3、2050年的你们看到数十年前的科幻小说，感想是什么？

**课后作业：**

1.试着写一篇科幻小说，不超过五十万字。

（此题禁止用脑中芯片协助完成，禁止抄袭，老师会用搜猫哦）

2.去人类博物馆调阅刘慈欣基因，克隆一个他并研究其思维模式。

（实验完毕后务必在博物馆管理人员协同下销毁克隆模板，千万不能让克隆刘慈欣流入世界！）

3.命题作文：《论腐朽落后反动的碳基文明被我光荣伟大正确的硅基文明取代之历史必然》

**扩展阅读：**

请用课外时间阅读《地球往事·三体》、《三体Ⅱ·黑暗森林》、《三体Ⅲ·死神永生》、《刘慈欣第三次关于反对向地外文明请求协助提案的报告》、《刘慈欣于"地球不是家"联合文明会议上的讲话》。可以不做分析，但如果试图分析，请使用自然脑，严厉禁止智能芯片介入分析，否则一切烧毁、死机等事件发生与本教材无关。

# 编辑部涂鸦板

**【图】编辑部众人**

某天,大角在微博中爆出一张《战九州online》的鹤雪士定妆照之后( http://weibo.com/1074974723/60K55Qn1Z1J ),网上就此展开了讨论,但很不幸,讨论的话题再次被带歪,最后延伸到了鹤雪士应不应该胸围很大的问题上,一一Ⅲ然后……

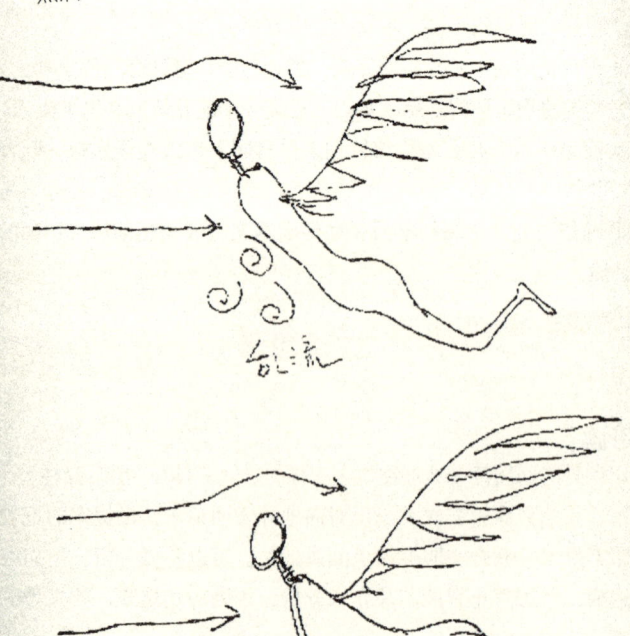

强烈支持鹤雪士应该是大胸的大角为此作图一幅,以验证其理论的科学性。
再然后……

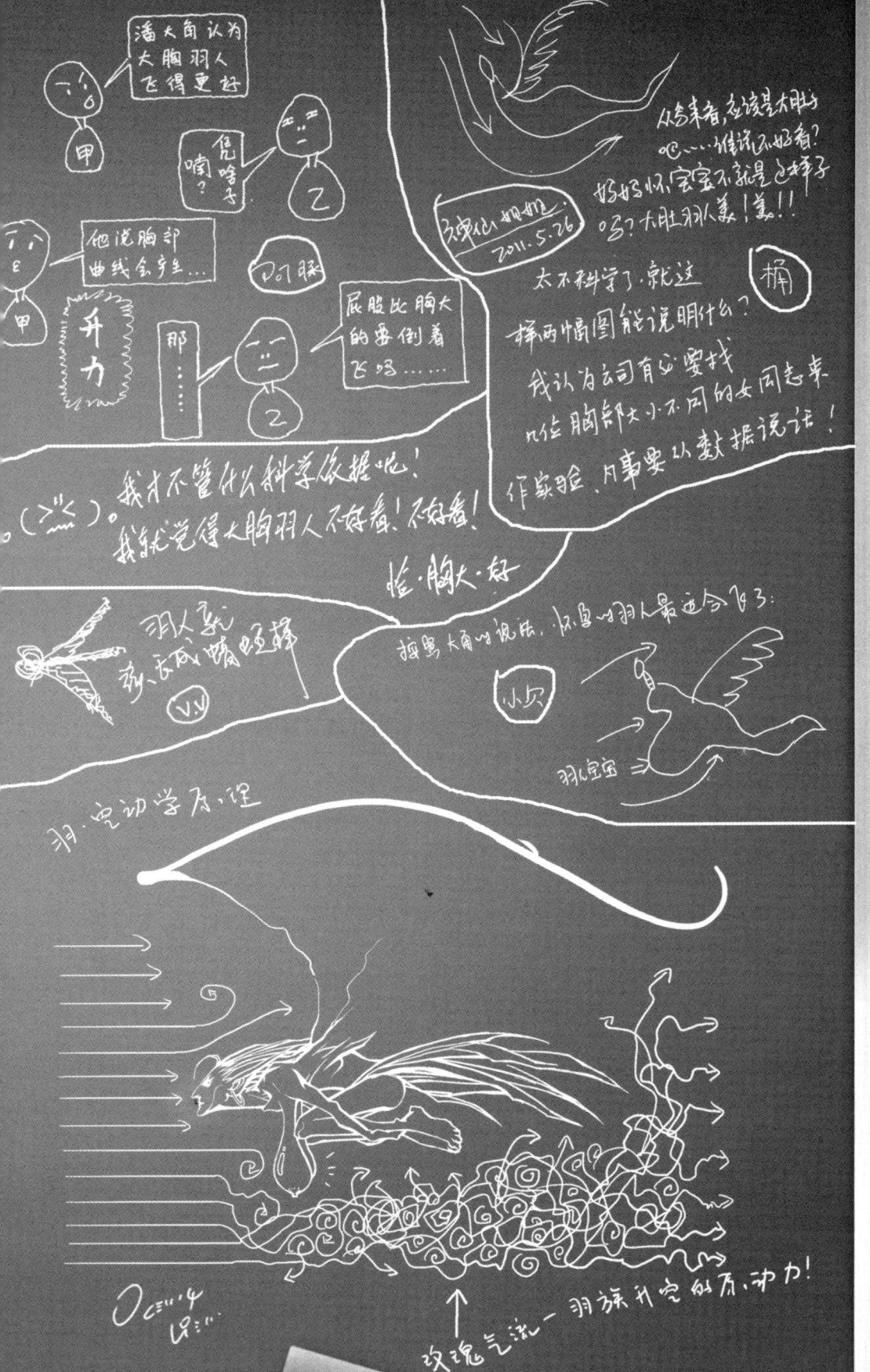

# 卮言小语
## （三）

**【文】骑桶人**

我写过的九州不多，几乎可以说是没有；我看过的九州也不算多，比起老九州迷来，比如说恰好这个包子控，可以说是很少；但我对九州却一直有一种亲近感。

这种亲近感产生得似乎有些奇怪，长久以来，我一直没有试图去搞明白它究竟源于何处，而仅仅只是满足于这种亲近感的存在。

说起来九州和我的渊源也很深，曾经深深地打动过我的小说《大角，快跑！》，是潘大角写的；九州的发源地之一清韵，也曾经是我经常出没的地方；最早推出九州的《奇幻世界》杂志，也是我曾经的栖身之地。

但我想这些都不是让我对九州产生亲近感的真正原因。

2005年参加《奇幻世界》的笔会，回来时顺了几本样刊在火车上看，我记得里面似乎有猴子的《羽传说》的一部分，还有别的九州小说，比如江南，比如斩鞍，回到家后我对严岩说，这些小说写得很好！

我判断一篇小说的好坏，是与这篇小说的可读性、技巧、语言等等外在的东西无关的，当我说一篇小说写得好的时候，就意味着这篇小说有我所以为的对一个写小说的人来说最重要的东西，这最重要的东西，我想，是来自写作者对写作的某种坚持，来自于某条不能被突破的底线，或者也可以说，是来自于某种信仰。

我以为判断一篇九州小说是不是九州小说的最基本的条件，不是这篇小说是否符合九州的设定，而是这篇小说的写作者是不是一个天驱。

是的，天驱。一个安于无名与孤独的勇者，热爱着爱与自由，决不推卸责任，勇于牺牲，可以畏惧，但决不退缩，这就是一个天驱。

要成为这样的一个天驱，特别是要一个人一辈子都成为这样的一个天驱，很难，很难！外在条件的限制，欲望的诱惑，强权的压制……我们终难免要失去自己，但我坚信每一个天驱的内心中，都会有一朵永不熄灭的信仰之火，它可以极为微弱，但总在燃烧，总在照亮着这天驱的内心，使他明白对一个天驱而言，最重要的是什么，什么是可以放弃的，什么是必须坚守的！

人的一生很长，而让人的这一生变得有价值、有意义，其实并不需要太多，甚至都不一定需要你付出一生，只要你有所坚持，那么你的生命总会有闪光的一刻！

那么你也就是一个天驱，一个安于无名与孤独的勇者，热爱着爱与自由，那么你也可以在你的生命终结的时候，对你身边的人说："铁甲依然在！"我相信那时肯定也会有一个雷音，一个年轻的安于无名与孤独的勇者，和你一样热爱着爱与自由，向你跪下，说："依然在！"

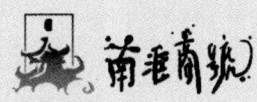

NUM-HWAI FIRM, A NINLANDS SHOP
NUM-HWAII, UWAN LAND, NINLANDS.

| 周边 | | | |
|---|---|---|---|
| 《战九州》桌游 | | 九折，送封测激活码 | |
| 战九州TEEs | | 九折，有四个码可选 | |
| 河络主题搪瓷杯 | | 高13cm，直径10cm | |
| 明信片Postcards | 九州幻想系列 | 共8张，随机附赠1~2张 | |
| 海报 Posters | 机械女神 | 尺寸：84cm*57cm 送专用海报筒 | |
| | 西安吉祥 | | |
| | 安睡湾 | | |
| 笔记本 Note books | 九州之星速写本 | 6种可选 | |
| | 寻桶记笔记本 | 笔记本+书签+徽章 | |
| 徽章 Emblems | 星轮之徽 | 共12枚，直径4.5cm | |
| | 寻桶奇缘 | 上有潘海天题诗 | |
| | 寻桶记 | 普版4.5cm 迷你版3.2cm | |
| 卡贴card stickers | 水晶/磨砂 | 15款，随机赠送活动 | |
| 图书 | | | |
| 《星球大战》漫画限量典藏版 | | 《我的征途是星辰大海》 | |
| 《鱼·小岛惊魂》 | | 《百味胭脂弄》 | |
| 《绿林记》 | | 《赋名师》 | |
| 《2050年的母系氏族》 | | 《0000年的母系氏族》 | |
| 《九州·轮回之悸》 | | 《九州·海潮三十年》 | |
| 《九州·澜州战争》 | | 《九州·龙渊》 | |
| 《逝鸿传（上下卷）》 | | 《杯雪》全本 | |
| 《长安古意》全本 | | 《荒村公寓》典藏版 | |
| 《2010年中国最佳奇幻小说集》 | | | |
| 杂志 | | | |
| 2006年 | 2007年 | | 2008年 |
| 2009年 | 2010年 | | 2011年 |
| 赠品 | | | |
| 天驱指环 | | 《战九州》计分卡 | |
| 寻桶情人特别版徽章 | | "九州"TEEs经典白色款 | |
| 近期优惠 | | | |
| 即日起在本店任意消费，送"寻桶情人特别版徽章"一枚 | | | |
| 满58元，送天驱指环一枚 | | | |
| 买《战九州》（内含天驱指环），送计分卡一张 | | | |
| 买杂志年度套装，每套减10元 | | | |
| 单笔满189元，送"九州"TEEs经典白色款一件 | | | |
| 其他 | | | |
| 部分书籍、印刷制品含作者签名 | | | |
| 所有商品均可要求加盖"暗月纪印章"或"九州幻想"印章，倘若商品支持盖戳 | | | |
| 优惠、运费等相关疑问，以及青春期烦恼、恋爱综合症，均可咨询掌柜——知心姐姐"可可欠" | | | |
| 周边讨论Q群：106455993（承接周边创意、催稿吐槽等） | | | |
| BBS讨论区：http://bbs.9zfun.com【南淮商号】板块 | | | |
| 网店地址：http://ninlands.taobao.com | | | |
| 线下代理 | | | |
| 属性 | 代理人 | 地址 | 移动电话 | QQ |
| 代理商 | 朱先生 | 山东 | 13811089381 | 692874016 |
| 高校 | 阿奔 | 西安外国语大学 | 15129291470 | 420346675 |
| 实体店 | ZakiZawa 杂物店 | 哈尔滨市道里区中央大街原宿春天商城 | | 431794816 |
| 合作网店 | 星之所在 | http://sfway.taobao.com | | 940856031 |
| 加盟方式请进入http://bbs.9zfun.com/thread-4868-1-1.html | | | | |
| 合作邮箱：oldfish9@live.cn | | | | |

## 九州幻想读者俱乐部
### 回馈单

| 读者信息 |
| --- |
| 姓名_____ 网名_____ 邮箱_____ 性别_____ 年龄_____ |
| 联系方式_____ |
| 从事职业/就读专业_____ |
| **本期评点** |
| 最喜欢的文章或栏目： |
| 最不喜欢的文章或栏目： |
| 意见建议： |
| 兴趣调查： |
| 喜欢的周边类型（如纸制品、服装、卡牌等等）： |
| 希望九州上出现的作者、题材： |
| 对九州幻想书名方案、封面方案、赠品方案、栏目方案等细节的点子： |

回馈单邮寄地址：上海市邮政信箱060-006